ビール職人のレシピと推理

エリー・アレグザンダー

JN090038

ビールで知られるアメリカの小さな町レブンワース。ドイツのバイエルン地方に似たこの町に、今年もオクトーバーフェストの開催が迫っていた。ビール職人のわたしは、別居中の夫と離婚するか悩みながらも、ブルワリー〈ニトロ〉で新作のビールの開発に精を出しているところ。そんな中、ビールをテーマにしたドキュメンタリー映画がレブンワースで撮影されることに。しかし、オクトーバーフェスト前日の夜、会場近くで映画の関係者が殺されているのが見つかって……。愉快でおいしいビール・ミステリ第二弾！

登場人物

スローン・クラウス……ブルワリー〈ニトロ〉のビール職人
マック・クラウス……スローンの夫。ブルワリー〈デア・ケラー〉のビール職人
アレックス・クラウス……スローンとマックの息子
オットー・クラウス……マックの父。〈デア・ケラー〉の創業者
ウルスラ・クラウス……マックの母。〈デア・ケラー〉の創業者
ハンス・クラウス……マックの弟
ギャレット・ストロング……〈ニトロ〉の経営者
エイプリル・アブリン……観光協会の運営者兼不動産業者
リサ・バルメス……不動産管理会社の経営者
ペイトン・スミス……映画監督
デイヴィッド……映画プロデューサー
コナー……カメラマン
ミッチェル・モーガン……俳優

カット・ケリー……………ミッチェルのファン
マイヤーズ……………警察署長

ビール職人のレシピと推理

エリー・アレグザンダー
越　智　睦　訳

創元推理文庫

THE PINT OF NO RETURN

by

Ellie Alexander

Copyright © 2018 by Kate Dyer-Seeley

This book is published in Japan by TOKYO SOGENSHA Co., Ltd.

Japanese translation published by arrangement with

St. Martin's Publishing Group

through The English Agency (Japan) Ltd.

日本版翻訳権所有

東京創元社

ビール職人のレシピと推理

編集者のハンナに乾杯！　本質を見抜くその目とクラフトビール愛に。

1

活気あふれる広場からアコーディオンの音が聞こえてくる。レブンワースのオクトーバーフエストで一番よく耳にするポルカ『チキン・ダンス』だ。おそろいの水色のTシャツ――ピューター製のビールジョッキふたつにプレッツェル、ドイツのソーセージ、黒いクマが描かれた今年の紋章入りTシャツ――を着た町の職員が、週末から始まるオクトーバーフェストに向けてそこかしこで準備をしている。町の休憩所の東屋《あずまや》は黄色、オレンジ、白の小さな電球があしらわれた紅葉のガーランドで飾り立てられていた。コンクリートの階段の両側には、干し草のかたまりとカボチャが置かれ、フロント・ストリートの街灯には、黄金色の葉のイラストと〝ようこそ《ヴィルコメン》〟の文字が入った濃紺の旗が掲げられている。周囲の木々も秋らしく色づき、町は一様に歓迎ムードだ。レブンワースがオクトーバーフェストの観光地として世界的に有名になったのも不思議ではない。

わたしは笑みを浮かべ、休憩所の近くの草地でエア遊具を膨らませている作業員に手を振った。フロント・ストリートはまもなく、屋台や工芸品の露店のほか、ボルダリング用の壁やピエロ、さまざまなゲームやアクティビティを完備した子供広場（別名〝キンダープラッツ〟）で埋め尽くされるだろう。子供広場は、ドイツから輸入されたビールを親が飲み比べしているあいだ、わが町を訪れた一番若いお客たちを飽きさせないための工夫だ。今後三週間は、週末ごとに数千人の旅行者がレブンワースを訪れ、ワシントン州の風光明媚《ふうこうめいび》な山々や曲がりくねった道をトレッキングしたり、飲めや歌えの大騒ぎに参加したりすることになる。

　一九九八年にレブンワースで初めてオクトーバーフェストが開かれたとき、このドイツで有名なビールの祭典を記念して、四百人がパイントグラスを掲げた。それ以来、レブンワースのオクトーバーフェストはものすごい勢いで成長し、今では数週間にわたって開催され、世界じゅうの観光客やビール愛好家、パフォーマー、醸造家《じょうぞうか》が足を運ぶイベントになっている。

　このお祭りに浮かれるなというほうが無理な話だった。町じゅうの店という店が手の込んだ秋らしい装飾をし、盛りあがりを見せているのだから。お祭りの期間中は革製半ズボン《レーダーホーゼン》を着たくるみ割り人形のほか、リンゴのシュトルーデル（果物やチーズを薄い生地で巻いて焼いたお菓子）やクーヘン（粉砂糖や炒ったナッツなどがのったケーキだ）が入ったバスケットが、広場のショーウィンドウから通行人を誘惑する。どの店もドイツのアルプスに建つ山小屋のような風情だ。ハーフティンバー様式の黒っぽい木材があしらわれた真っ白の漆喰《しっくい》の壁から、凝った窓の彫刻、ゼラニウムが咲き乱れるバルコニーにいたるまで、ドイツの田舎のコテージにそっくりだった。

　ここ数週間、私生活で無茶苦茶なできごとが起きていたにもかかわらず、秋最大のお祭りにおなじみのにぎわいを見ているうちに、わたしは心が落ち着いてくるのを感じた。オクトーバーフェストは、この片田舎の町の魅力を最大限に引き出してくれる。オクトーバーフェストの準備は数ヵ月前から始まっており、店舗経営者はドイツ国旗を箱単位で注文したり、正面の窓や歩道を掃除したりするのに精を出してきた。お祭りの開始時期が正式な秋の訪れと重なっていることもあり、華々しさはいっそう際立っていた。わたしたちの小さなバイエルン地方は、まるで映画のセットのようだ。わたしもここの住人でなければ、素朴な丸石敷きの道や日の当たる瓦屋根が本物だとは信じられなかったかもしれない。

ここ以上に美しい場所なんてある？　わたしはそう思いながら、葉の茂ったオークの木に見とれて足を止めた。太陽に照らされて葉が金色に輝いている。

しかし、その思いもあえなくわたしの名前を呼ぶ声に遮られた。妙に抑揚のついた、感じの悪いしゃべり方だ。

「ねえ、ちょっと、スローン！」

胃がずしりと沈んだ。鼻にかかったその声の主は嫌というほど知っている。〝お行儀よくね〟。わたしは自分にそう言い聞かせて振り返った。エイプリル・アブリンがこっちへ走ってきていた。エイプリルは自称レブンワースの大使であり、わたしの宿敵でもある。いつものごとくドイツのパブのウェイトレスみたいな服を着ており、豊かな胸が押しつぶされて首までせり上がっていた。

一目散にその場から逃げ出そうかと思ったが、そんなことをしても無駄なのはわかっていた。

エイプリルはしつこい女だ。

「おはよう」わたしは、けばけばしいメイクをじろじろ見ないように気をつけながら言った。

「ちょっと、スローン、あちこち捜したのよ」エイプリルは息を切らしていた。「ニュースは聞いた？」

「さあ。ニュースって？」

額のしわを隠すためにファンデーションを何層にも塗りたくったエイプリルの顔がうれしそうに輝いた。「えー、うそー、信じられない。まだ知らない人がいたの？ てっきりクラウス家の人間なら、ビールについて知らなきゃいけないことは全部知ってると思ってたのに」エイプリルは気の毒そうにこっちを見て、赤と白のギンガムチェックのスカートに巻いたフリル付きのエプロンをふわりと膨らませた。「あら、ごめんなさい。わたしったら失礼なこと言っちゃった。そういえばあなた、もうクラウス家の一員ってわけじゃなかったんだったわね。すっかり忘れてた。ね、そうでしょ？ 今は完全に蚊帳《かや》の外よね」

エイプリルの嫌みにわざわざ反応するまでもなかった。「で、ニュースって何、エイプリル？」

「それがね」エイプリルは両手を合わせて指をくるくる回した。親指の爪はドイツ国旗の模様に、ほかの爪は赤、黄色、黒、白に塗られている。ヘア・エクステンションや派手なつけまつげなど、彼女がつけているほかのものと同じく、爪も偽物だ。「すごいのよ。わたしたち、映画スターになるの」

「映画スター?」わたしは眉をひそめた。

「そう! 信じられる? 今日の午後、ドキュメンタリー映画の撮影チームが来るの。ここで映画を撮影するんですって。このレブンワースで! われらが愛しいレブンワースでよ。わたしたち地元民のことばで言うなら〝ハオス(ドイツ語で〝家〟の意)〟で、かしら」ドイツ語らしく発音しようとしたものの、まったくさまになっていなかった。「しかも、まさにオクトーバーフェスト開催中に来るのよ。それって、わたしたちにとってとてつもなく意味があることじゃない? とてつもなく大きな意味が。レブンワースは一躍有名になるのよ」

「とっくに有名になってるんじゃない?」エイプリルといるとつい悪い面が出てしまう。レブンワースは毎年何万人もの旅行者を呼び寄せているという事実を指摘しようかと思った。何も、わたしたちはこのレブンワース版のビール天国に観光客を誘致するのに苦労しているというわけではないのだ。それどころか正反対だった。ホテルやB&B、貸し別荘は数ヵ月前から予約でいっぱいになる。オクトーバーフェストは非常に人気の高いお祭りなので、出遅れた旅行者は近郊のワナッチーかクレエラム(前者は車で三十分、後者は車で一時間ほどの距離)に滞在し、一日ごとにバスで移動するしかなくなる。クリスマス・マーケットの時期もしかりだ。家族連れの客は、それこそ一年前からホテルやAirbnb(主に民泊が対象の宿泊予約サイト)を手配する。そのうえ、この町では季節ごとにお祭りが開催されている。冬のイルミネーション・イベントに五《マイ》月祭《フェスト》、紅葉祭りなどなど。レブンワースがよその町から来た客であふれかえっていないときなどないのだ。

「スローン、わたしの言いたいことはわかるでしょ。メジャーな映画がここで撮影されるとなれば、国内的にも国際的にもわたしたちの地位が今よりもっと向上するにちがいないってこと」エイプリルは〝向上する〟ということばを強調するように、胸の下に両手を置いて谷間をさらに押しあげた。

「それはすばらしいわね」とわたしは言って、その場から立ち去ろうとした。

「そんなに慌てないでよ」エイプリルはわたしの腕に手を伸ばして引き留めてきた。値踏みするようにわたしの頭の先から爪先まで見たかと思うと、眉間《みけん》にしわを寄せて、顔を近づけてくる。口臭予防のタブレットではごまかし切れないコーヒーの饐《す》えたにおいがした。「話をしようと思ってたのよ。その……」エイプリルはそこで間を置き、わたしの全身に目を走らせた。「服装について」

わたしは思わずエイプリルの視線につられて自分のジーンズを見た。

「町民全員に協力してもらう必要があるの」とエイプリルは続けた。「そのみすぼらしいジーンズに、みっともない黄色の長靴、ビールのTシャツでしょ。それじゃあ全然だめ。撮影チームにはしっかり宣伝しておいたんだから。オクトーバーフェストを楽しみにくるなら、本場のミュンヘンに次いでここが一番だって」

その売り文句は何度も聞いたことがあった。わたしたち町民はレブンワースのこの有名なお祭りを誇りに思っている。それも当然だ。これまで、カスケード山脈北部に位置するこの町に観光客を誘致しようと、地域一丸となって努力してきたのだから。自分たちの愛する町を今のようなビールの聖地に変えようと団結した一部の住民がいなければ、今頃レブンワースは存在しなかったかもしれない。一九六〇年代に主要な鉱業と木材産業が衰退したあと、町は崩壊寸前だった。ワシントン州のアルプスという辺鄙《へんぴ》な場所にあることを考えれば、ゴーストタウンになっていてもおかしくなかった。だが、創造力と才覚のある地域の人々のおかげで、わたしたちは町のイメージを一新することができたのだ。あらゆる店や会社が建物を改築し、ドイツのバイエルン地方に似せて見た目を整えた。ドイツの風光明媚なアルプスの村を手本に町を再生するという考えを町民は受け入れ、旅行者も受け入れた。こうして、わたしたちの愛してやまない今のレブンワースが誕生したわけだ。

「そのこととわたしの服になんの関係があるの?」とわたしはエイプリルに訊いた。今は開店したばかりの新しいビール醸造所〈ニトロ〉で働いているが、そこではジーンズにTシャツが普段の仕事着だ。それに、誇りあるビール職人ならだれでも丈夫なゴム製の長靴のひとつくらい持っている。防水加工がされているうえに滑りにくい靴はビールの醸造には欠かせない。わたしが履いている鮮やかな黄色の長靴は、ウィスコンシン州にあるビール醸造用の備品を扱う会社から特注で取り寄せたもので、金属の爪先と分厚い靴底で補強されている。重い樽や醸造設備を運んだり洗ったりするときは、念には念を入れるに越したことはない。

エイプリルはあきれたように目をぐるりと回した。その目は黒く縁取《ふちど》られ、エメラルドグリーンのアイシャドウがたっぷり塗られている。「スローン、ここが本物のドイツの町だってこと、みんなに証明しなくちゃいけないのよ。つまり、わたしたちひとりひとりがそれらしい格好をする必要があるってこと」彼女は歩道の真ん中でくるりと回り、自分の衣装を見せびらかした。「母国の人が言うように、みんなが伝統を大切にし、義務を果たすことが〝ヴィヒティヒ〟なのよ。

いつものごとく、〝重要〟っていう意味だけど。ご存知なければね」

エイプリルのドイツ語は目も当てられなかった。〝重要〟という単語を正しく発音しようとしているにもかかわらず無残に失敗しているのを見て、オットーとウルスラが首を振る姿が頭に浮かんだ。実際、レブンワースはドイツの村ではない。また、現代のドイツでエイプリルのような風変わりな格好をしている人もまずいないだろう。その事実をエイプリルに指摘してやりたくなった。もちろん、客を呼び込むマーケティングツールとして従業員にドイツの民族衣装を着させている店のオーナーは町にも一定数いる。けれども、毎日のようにパブのウェイトレスみたいな格好をしようと考えている住民はエイプリルひとりだ。

「ありがとう。でも、大丈夫」わたしは退散しようとした。

エイプリルはカボチャ色の唇を固く引き結んだ。「レブンワースの正式な大使としてこれだけは言っておくわ。あなたの反バイエルン的な姿勢は改めてもらいますからね」

「反バイエルン的な姿勢なんて、そんなつもりはないわ。ただそういう格好はしない。それだけよ」

エイプリルは怒りで頰を真っ赤に染めた。「これですむと思ったら大まちがいよ、スローン・クラウス」彼女はそう言うと、ストラップ付きのハイヒールのサンダルを履いた足で荒々しく去っていった。丸石敷きの歩道にヒールが引っかかり、危うく転びかけながら。

　エイプリルのせいでさわやかな朝を台無しにされてたまるものか。そう思いながらわたしは通りを渡り、角を曲がってコマーシャル・ストリートに出た。ビールの醸造に加えて店の切り盛りと料理を手伝うため、最近わたしが雇われた小さなパブ〈ニトロ〉は、メインエリアから二ブロックの距離に位置している。近くにはウォーターフロント・パークがあった。以前から自家醸造が趣味で、シアトルでエンジニアとして働いていたギャレット・ストロングが大叔母のテスから相続したのが〈ニトロ〉の建物だった。

　テスは自分が死んだとき、もともとは売春宿が入っていた建物——一八八〇年代後半、グレート・ノーザン鉄道が拡張を進めていた頃の話だ——を唯一の甥であるギャレットに遺した。その山小屋に似た二階建ての建物は長年、レストランと朝食付きホテルとして機能してきた。テスは町の古株で、レブンワースが荒廃した製材の町から繁栄したドイツ村へと変貌を遂げた成功の立役者のひとりだ。ギャレットは、薄汚れたビニール製のボックス席を取り払い、大叔母が取り揃えた種々雑多なドイツの装飾品をすべて処分して、その建物を自分の店につくりかえた。メインフロアの天井は高く、梁《はり》がむき出しになっている。建物の表側には、脚の長いバー用のテーブルと椅子が置かれ、客はそこでのんびりとビールを飲める。アンティーク調の木でできた長さ六メートルのカウンターがダイニングエリアとその先にある厨房、醸造所を仕切っており、その奥にオフィスがあった。

　ギャレットは美意識が低く、店内の装飾には無頓着だった。壁が真っ白なおかげで店内が開放的に感じられるのはいいが、そのせいで殺風景にもなっていた。わたしはむき出しの梁にストリングライトを巻きつけ、壁一面に昔の白黒写真を飾って〈ニトロ〉にアットホームな雰囲気を与えた。もっとも、レブンワースはくるみ割り人形やカッコウ時計やグロッケンシュピール（鉄琴の一種）など、ドイツのおみやげが店内にところ狭しと置かれた小売店やレストランばかりなので、ギャレットの店のこざっぱりした研究室のような雰囲気はありがたかったけれど。

それに、ギャレットはものすごくきれい好きだ。清潔にしておくことは、ビールの醸造において神聖とも言えるほど大事な要素だった。ビールがまずくなったり傷んだりしてしまう原因はたくさんある。優れたビール職人なら、高品質のクラフトビールをつくるうえで発酵槽《はっこうそう》や冷却槽を申し分のない状態に保っておくことがいかに大切か知っている。ギャレットも例外ではなかった。〈ニトロ〉にあるステンレスのタンクは、まだ新しいせいもあるが、清掃スケジュールをしっかり管理しているおかげでぴかぴかだった。毎晩モップ掛けを欠かさないコンクリートの床も。

わたしは入口のドアを開けて店の奥に入った。ギャレットは普段から朝が遅いので、醸造所の中がひっそりしているとわかっても別に驚かなかった。上着とバッグをオフィスに置き、タンクを確認しに向かった。オクトーバーフェストに合わせてお披露目予定の新しいビール――チェリー・ヴァイツェン――が完成間近だった。レブンワースは、近くにヤキマ・ヴァレーの豊かな有機果樹園があるので、厳選されたすばらしい農産物を手に入れるのに苦労しない。わたしたちはチェリー・ヴァイツェン用に、風味の強い色鮮やかなビング種のチェリーを大量注文していた。

タンクからチェリー・ヴァイツェンを少しスポイトで吸いあげた。それを味見用のグラスに入れ、口に含む。ほのかにピンクを帯びた華やかな琥珀色《こはくいろ》のビールだ。チェリー・ヴァイツェンを舌の上で転がした。完璧なバランスだ。甘すぎず、酸っぱすぎない。夏の日差しを浴びて熟したチェリーのさわやかな風味がそれとなく感じられる。観光客が店のパティオでピクニックにぴったりの冷たい一杯を飲んでいる姿が早くも目に浮かんだ。

ビールの醸造でとくに好きなのが、ビールが生まれるその瞬間を目にするときだった。すでにタンクの中で数週間発酵させているこのビールは、まもなく炭酸ガスが注入され、樽詰めされる。ヒット商品になり、早々に売り切れてしまうような予感がした。樽詰めは今日の午前中を予定している。すべて計画どおりに進めば、今日の夜には準備ができるはずだ。オクトーバーフェストを目指して群衆が押し寄せる頃には、注ぎ口から流れるようにビールが出ているにちがいない。

このフルーティーな小麦のビールに加えて、オクトーバーフェストではわたしたちの定番商品も客に出す予定だった。看板メニューのパカーアップIPAに、ライト・エールのボトル・ブロンド、チョコレートとコーヒーの風味が感じられる、黒ビールのパーク・ミー・アップ・ポーター。レブンワースで一番古く、最も大きなビール醸造所兼パブである〈デア・ケラー〉とはちがい、ギャレットの好みはアメリカ北西部流のビールだ。〈デア・ケラー〉は、オクトーバーフェストで代表的なパブとして取りあげられている醸造所のひとつで、今回はケルシュやヘーフェヴァイツェン、ドッペルボック、デュンケルといった、彼らの代名詞とも言えるドイツのビールを売り出す予定だ。

わたしの義理の両親であるオットーとウルスラのクラウス夫妻はその昔、自国のビールを引っさげ、アメリカに移住してきた。たまたまそれは、レブンワースの町おこしが大々的におこなわれていたのとちょうど同じ時期だった。オットーとウルスラは、ドイツ村をつくるという町民の考えにすぐさま賛同した。そして〈デア・ケラー〉は数年のうちに、州で一、二を争うクラフトビールの製造会社になったのだった。

クラウス夫妻がいなかったら、今頃わたしはどこかでウェイトレスかバーテンダーでもしていただろう――それも運がよければの話だ。わたしは里親のもとで育った根無し草だった。幼い頃と十代のあいだは、さまざまな家族を転々として過ごした。中には親切で温かい家庭もあったけれど、〝やりたい放題〟ということばでは甘いと感じるくらいひどい家庭も多かった。高校を卒業すると、ファーマーズ・マーケットや飲食店で働いてコミュニティ・カレッジに通うあいだの生活費を稼いだ。そんなある日、人生を変える転機が訪れた。オットーとウルスラがわたしの働いていたファーマーズ・マーケットの露店にたまたま立ち寄ったのだ。ふたりはそこの常連客で、醸造所〈デア・ケラー〉で使う地元の農産物を毎週末仕入れにきていた。わたしたちは料理やお菓子づくりについて気軽に話すようになり、ウルスラは目を輝かせながら、バターを塗った甘いツイストパンや遠心分離器を使って採取した故郷のはちみつの話でわたしを楽しませてくれた。料理やビール、人生に対する彼らの情熱には、話を聞いているこちらに、自分もという気にさせる力があった。わたしはクッキーやケーキを焼き、彼らに意見を求めるようになった。懐《ふところ》の深い彼らといると、ふたりのような家族が無性にほしくなった。

クラウス夫妻は〈デア・ケラー〉で働かないかとわたしを誘い、長男のマックとわたしをくっつけたがった。最初はわたしも断っていたが、彼らはどうしてもと言って聞かなかった。別にやり方が強引だったわけではない。というより、ウルスラはわたしの手を取って、優しいまなざしでこちらの心を射抜いたのだった。「スローン、ビール業界も変わりつつあるの。女性の感性が必要なのよ。あなたはぴったりだわ。ほら、もっと言ってやって、オットー」

オットーも同じくらい粘り強かった。「ああ《ヤー》、そのとおりだ。おまえには〝鼻〟がある。鋭い味覚というのは特別な才能で、みんなが持っているわけじゃない。その使い方についてはわたしが教えるよ。おまえはきっと伝説になるぞ、スローン。類まれなる鼻を持った、かわいいビール職人の誕生だ」そう話すオットーの目はきらきらしていた。

そう言われて、どうしたら抵抗できるだろう？　というわけで、指導者にオットーとウルスラをつけた状態で、わたしはクラフトビールの世界に飛び込んだ。そして、マックを紹介された。彼に心を奪われるのに時間はかからず、やがてわたしは妊娠した。今になって思えば、彼と結婚したのはまちがいだったかもしれない。けれども、クラウス家の一員になれたことは後悔していない。生まれて初めて自分の居場所を見つけられたから。家と呼べる場所を。オットーとウルスラは、クラフトビールやドイツ流の料理、よき親になる方法について知っていることをすべて教えてくれた。ふたりのいない人生など想像できなかった。それをいえば、十代の息子のアレックスと義理の弟のハンスのいない人生も。たまに考えることがある。もしクラウス家の人たちがいなければ、あそこまで急速に激しくマックと恋に落ちていただろうかと。
数週間前に〈デア・ケラー〉で一、二を争うほど若いウェイトレスとマックが浮気しているところを見つけたとき、わたしの人生は終わったと思った。これまで一緒に過ごしてきた日々――家庭を築き、アレックスを育て、協力してビールを醸造してきた日々。あの年月がすべて台無しになるの？　わたしは自分を責めた。ひどく寂しかったせいで、ついみんなに心を許してしまった。彼らを愛することなど、初めからするべきではなかったのだ。

マックの浮気はただ結婚生活の終わりを意味するだけではなかった。自分が知っている唯一の家族をもあきらめなければならないかもしれない――わたしはそれを恐れていた。といっても、オットーとウルスラとハンスは、そういうふうには考えていないようだ。実際、オットーとウルスラから最近、〈デア・ケラー〉の会社の株を大量に譲り渡された。彼らは近い将来、引退を考えていて、徐々に第一線を退《しりぞ》きたがっていた。しかし、有能だが衝動的なところのあるマックに会社を一任するのを心配しており、マックとわたしとハンスにそれぞれ同等の所有権を与える取り決めをまとめたというわけだった。ふたりとも、わたしは娘も同然だと言ってくれていた。わたしとマックのあいだで何があっても、わたしにはつねに〈デア・ケラー〉に居場所があると。彼らのことばは信じていたが、これからどうすべきか考えると、わたしは夜も眠れなかった。〈デア・ケラー〉とは縁を切りたいと思う自分がいるのも確かだが、オットーとウルスラにそんな仕打ちはできない。
二階で人が動く気配がし、ふとわれに返った。

ギャレットが起きたらしい。そろそろ仕事に集中する時間だ。私生活と将来への不安はとりあえず脇に置いておかなくては。ほどなく、ギャレットが寝ぼけまなこで醸造所に現れた。

「相変わらず早いね」ギャレットはウィンクをした。「頼むから、コーヒーができてるって言ってくれ」

わたしはバーエリアのほうにちらりと目を向けた。「まだ開けてないコーヒー豆の袋があったと思うけど、淹《い》れましょうか？」

「おお、助かるよ」彼は乱れた黒髪をかきあげ、わたしのあとについてバーエリアのほうへ移動した。

わたしたちの店は、ビールがそれほど好きでない人や、車の運転をしなければならない客のために、コーヒーや紅茶などのソフトドリンクを取り揃え、無料で好きなだけ飲めるようにしていた。おかげでカウンターの下の棚にコーヒー豆の袋があるのを見つけた。豆をコーヒーメーカーにセットする。新鮮なコーヒー豆の香りに、ギャレットは深く息を吸い込んだ。

「昨日は何時まで起きてたの？」わたしは水を注ぎながら訊いた。

ギャレットは二度まばたきして伸びをした。背が高くやせていて、太平洋岸北西部のビール職人に特有のカジュアルな格好を好んでいる。今朝は、ジーンズと〝熱く語って〟と書かれたライトグレーのTシャツを着ていた。ギャレットはあらゆる点においてマックと正反対だった。

マックは彼より背が低くがっしりしていて、赤ら顔で金髪だ。知らない人とでも何時間も話すことができる。相手は気づくと、彼のためになんでもしようという気になっていることが多い。一方のギャレットは、物静かで哀愁を漂わせていると言ってもよかった。ことばを慎重に選びたがる傾向があり、会話に参加するより聞き役に回るタイプだった。

「覚えてないな」ギャレットはそう言って、温かい砂を思わせる茶色の目にかかった髪を払いのけた。「たぶん一時半とか二時とか？　時間は気にしてなかった」

「ビールをつくってたの？」〈ニトロ〉のような小さなビール醸造所《ナノブルワリー》の所有者はとくにそうなのだが、パブのオーナーには、深夜にビールを醸造する人が多い。

「パンプキン・エールをあれこれ試作してたんだけど、どうもしっくりこないんだ」ギャレットはカウンターに身を乗り出してコーヒーのにおいを嗅いだ。「いい香りだ。なんでこんなに時間がかかるんだろう？」

わたしは笑い声をあげ、コーヒーメーカーに目をやった。濃いコーヒーがガラスのポットにゆっくり落ちている。「まだ二分しか経ってないわ」

「確かに」ギャレットはスツールを引っぱり出して座った。「パンプキン・エールだけど、どう思う？　ちょっとやりすぎかな？　シアトルとポートランドでは最近、大きなトレンドになってるらしいんだ。でも、果たしてぼくらは流行を追う人になりたいのか、それとも流行の発信者になりたいのか？」

「いい質問ね」

ギャレットはため息をついた。「ああ。しかも、味のバランスの調整が大変そうなんだ。最初の試作品は味がくどすぎた。まるでカーボイに入った泥水みたいだったよ」カーボイとは、ビールを試しに少しだけ醸造する際、二次発酵で使う五ガロンサイズのガラス容器のことだ。うちの定番商品のビールは醸造所にあるステンレスのタンクで大量生産しているが、新しいレシピの試作となると、ギャレットの古い自家醸造用の道具を厨房で使っていた。

「ふたつ目の試作品は逆に、味がぼんやりしていそうで」とギャレットは続けた。「きみも味見してみてくれよ」

ビールのトレンドに関して彼が言っていることはそのとおりだった。パンプキンはここ数年人気のトレンドで、ハロウィーンや感謝祭の時期に合わせて季節限定のパンプキン・エールを出している店は多い。まだ九月の末とはいえ、わたしたちもすでにそういった季節用のビールを計画し、準備していた。クラフトビールは醸造に少なくとも二、三週間かかるので、チェリー・ヴァイツェンを樽に詰めてタンクを洗ったらすぐ次のビールを仕込まなくてはならないのだ。

「そうね」わたしはコーヒーカップをふたつ取った。「個人的には、パンプキン・エールはとくに好きなビールってわけじゃないけど、何かほかにかわりのビールはあるかしら？　秋の終わりに合わせた季節限定のビールを出すのはいい考えだと思うの。それが終わったら、今度はクリスマス・マーケットに合わせて冬のエールをつくればいいし」

ギャレットはこめかみをさすった。「ああ。七面鳥とよく合う秋のビールを出せたらいいよね」

わたしはクリームと砂糖とスプーンを用意しながらしばらく考えをめぐらせた。コーヒーポットはもう少しでいっぱいになりそうだ。カップにクリームを少し入れ、コーヒーメーカーの停止ボタンを押した。コーヒーを注ぎ、ギャレットに渡す。

彼は両手でカップを受け取った。わたしは砂糖を差し出した。「いや、いいよ。これで充分だ。ありがとう」

「どういたしまして」わたしは自分のカップに小さじ半分の砂糖とたっぷりのクリームを入れ、コーヒーを注いだ。「クランベリーはどう？」カフェラテ色のコーヒーを混ぜながらギャレットに訊いた。コーヒーにクリームを入れるのが好きになったのはここ最近だ。ギャレットの影響を受けたせいだと思う。クリームと砂糖を少し入れたほうがコーヒーは絶対にうまくなる――それが彼の持論だった。

「クランベリー？」ギャレットは眉間にしわを寄せた。

「ええ。新鮮なクランベリーを使ったＩＲＡなんてどう？　ぴりっとした味わいが生まれそうだし、色も鮮やかな赤になるんじゃないかしら」ＩＲＡ――インディア・レッド・エール――は麦芽のしっかりした味にホップの風味が効いたビールが好きという飲み手にはぴったりの一品だ。この太平洋岸北西部流の人気のエールはルビー色でわずかな苦みがあり、その苦みは、ほんのりと漂うキャラメルやタフィ（砂糖やバターを煮詰めて固めたキャンディ）の風味とよく合っていた。

ギャレットはコーヒーをちびちび飲んだ。「いいね」と言ってうなずいている。「クランベリーならすごく秋っぽいよね？　それに、七面鳥とも合いそうじゃないか？」

「そうなの」わたしはコーヒーを一口飲んだ。最近、近くでクランベリーのビールを売り出している店がないか思い出そうとした。どこも思い当たらなかった。「酸味のあるビールはこのところものすごく人気でしょ。ＩＲＡに酸味が加わった新たな主流商品になるかもしれない」

「そうだな。ぜひ試してみよう。クランベリーは手に入りそうかい？」

「一ヵ所当てがあるわ」わたしはくすりと笑った。

「さすがだ」ギャレットはにやりとした。「スローン、きみには〝当て〟がないものなんてないんだろ？」

「まあ、レブンワースに長く住んでることの弊害とも言えるけど」とわたしは言った。その冗談の裏には真実も含まれていた。このくらい小さな町では、食料品店や郵便局で知人なり隣人なりに出くわさずに一日を終えるほうが困難だった。みんなが自分の名前を知っている町に住むことにはもちろん恩恵もあるが、独特の問題点もある。たとえば、わたしとマックのあいだで起きたことを町民全員がばっちり知っているというような。

　わたしたちはコーヒーを飲みながら今日一日の仕事の計画を立てた。最初の仕事はチェリー・ヴァイツェンの樽詰めだ。それが終わったら貯酒槽を洗う。わたしはビールの試作用にクランベリーを少し仕入れてくるとギャレットに約束した。新しいレシピの試作でつくるビールはせいぜい五ガロンだ。それくらいのクランベリーならまちがいなく食料品店にあるだろう。クランベリーを調達したあとは、樽の開栓記念パーティーに向けた料理を仕上げ、四時には店を開ける。無理な仕事ではない気がした。なんといっても一日はまだ始まったばかりなのだから。

そんなことを思いながらコーヒーを飲みおえた。〈ニトロ〉の仕事のおかげで悩みごとをうじうじ考えずにいられてうれしかった。

2

チェリー・ヴァイツェンの樽詰めにはそれほど時間はかからなかった。最新式の自動化された設備を使い、チームで作業している〈デアア・ケラー〉とはちがい、〈ニトロ〉は完全にふたり体制だ。だから、ほぼすべての作業がわたしたちの手でおこなわれている。樽詰めにしてもそうだ。ビール醸造所《じょうぞうじょ》の基準となる単位にバレルがあるが、〈ニトロ〉では一度に五バレルずつ生産するシステムを取っている。これは、大手のビールメーカーと比べたら微々たる量だ。一バレルは三十一ガロン、樽にしてふたつ分。ということは、一度に生産するのは百五十五ガロン、樽十個分となる。客の喉を潤《うるお》すには充分な量だが、〈デアア・ケラー〉には遠く及ばない。〈デアア・ケラー〉は大量生産し、ビールを瓶詰めしている。そのビールは太平洋岸北西部じゅうに出荷され、ときには東海岸まで届けられる。一方の〈ニトロ〉は、この町の他店でゲストビールとして出してもらうほどの量さえつくっていない。

チェリー・ヴァイツェンに関しては、三バレル生産していた。樽六つ分。これだけあれば、ざっと見積もって七百五十杯弱、ビールが注げるだろう。わたしの計算が合っていればだが。とはいえ、この六つの樽がいつまでもつかを予想するのは困難だった。できることなら、オクトーバーフェストが開催される三度の週末は乗り切りたい。でも、もっと早くに売り切れてしまう可能性もある。

ギャレットとは何時間もかけて客足を予測しようとしてきた。だが、答えを出すのはほぼ不可能だった。まず、わたしたちの店はまだオープンしたばかりだ。それに、〈ニトロ〉は本格的なドイツのパブではない。しかも、観光客が目指す、フェストハレと呼ばれる巨大なビールテントやその他の小さなテントが並ぶメインエリアのフロント・ストリートにあるわけでもなかった。フロント・ストリート沿いの店は、大勢の客が自分たちの店のまえを通ることを見込んで数ヵ月前から準備を始める。〈ニトロ〉はそこから少し外れているのだ。そのうえ、オクトーバーフェストで訪れるべきビール店として特別に取りあげられているわけでもない。だから、ひょっとしたら客足はほとんど伸びないかもしれない。とはいうものの、一万二千人を超える観光客がこの魅力的な町に押し寄せることを考えると、おこぼれにあずかる可能性はあった。人混みを避けたり、延々と続くドイツの民族音楽からしばし逃れようとしたりする客は少なからずいるだろう。ということで、わたしたちは結局、いつもより少しだけ多めにビールをつくることにしたのだった。

これから始まる三週間の一番の呼び物といえば、オクトーバーフェストそのものにほかならない。通りで開かれるこの盛大なお祭りにはチケットが必要だが、テントが張られたエリアにひとたび入れば、ビール愛好家たちは、本格的なドイツビールや太平洋岸北西部各地から取り寄せられたさまざまなビールをがぶ飲みする。バンド演奏にダンス、シュニッツェルにシュトルーデル、次から次へジョッキに注がれるビールと、パーティーは週末の夜ごとに早朝の時間帯まで続く。このお祭りに参加しようと、近隣だけでなく遠方から人が集まるのも納得だ。自分の中でも期待がどんどん膨らむのがわかった。

チェリー・ヴァイツェンの樽詰め作業が終わると、ギャレットは膝丈の長靴を履き、肘まであるゴム手袋をはめた。「じゃあ、始めるよ」彼は化学の実験で使うようなプラスティックのゴーグルをつけてまぬけな笑みを浮かべた。〈ニトロ〉の醸造所の真っ白な壁とコンクリートの床は実験室を彷彿《ほうふつ》とさせる。ぴかぴかのステンレスのタンクは七メートルの高さの天井までそびえている。おかげで衛生管理は、控えめに言ってもやり甲斐のある作業だった。タンクの中を洗い流すには、備えつけのはしごをのぼらなければならない。洗ったあとは、タンクの底にある蓋を開けて、床の端から端まで延びている排水溝に直接水を流す。ビールづくりに費やす倍の時間を、わたしたちは清掃に当てている。

「ホースとへらを消毒液に浸けたら、クランベリーを調達できるか確認してくるわ。今夜のパーティーに備えて、ほかに何か買わなきゃいけないものはある？」そうギャレットに訊きながら思った。エイプリルが今ここにいたらよかったのに。水と汚れまみれになりながらタンクを磨きあげる作業をぜひ見せてやりたいものだ。誇りあるビール職人なら、ぴったりしたスカートとハイヒールでこの作業に取りかかることはしない。いや、前言撤回。エイプリルならやるだろう。

ギャレットは首を横に振った。「料理の準備はできてるんだよね?」

「ええ」オクトーバーフェスト用のスペシャルメニューはもう下準備が終わっていた。チェリー・ヴァイツェンに合わせるのは、フルーツと肉類、チーズの盛り合わせだ。ザクロにヤギのチーズのはちみつがけ、風味の強いファーマーズ・チーズ、アイリッシュ・ホワイトチェダー、三つの穀物を使った田舎風パン、サラミ、地元のサクランボ三種、リンゴと洋ナシ、それにミックスナッツ。秋のスープは、ニンニクにタマネギ、ニンジン、セロリ、パプリカ、炒めた芽キャベツ、ブロッコリーの入った、栄養たっぷりの野菜スープだ。厚めに切った田舎風パンと自家製バターを添えて出すつもりだった。そして最後が、ビール入りの塩水に数日間浸けた特製ソーセージ。これを焼いて出す。マリネ液は、水に塩、コショウの実、タイム、ニンニク、タマネギ、ブラウンシュガーを加え、うちのビールのボトル・ブロンドを混ぜたものを使っていた。マリネ液を熱し、ブラウンシュガーが溶けて透きとおったところで、ソーセージにかけて、密閉した容器に入れておいた。マリネ液がソーセージに染み込み、ジューシーな仕上がりになるはず——秋の肉料理にはもってこいの一品だ。

「それならとくにないよ」ギャレットはそう言って敬礼し、タンクを洗う作業に取りかかった。

わたしはその場を離れ、業務用サイズのバケツにヨウ素と水を混ぜたものを入れた。ホースの消毒には食品用のヨウ素剤を使っている。バケツに浸しておけば、完璧に洗浄できるはずだ。

次のクランベリーのビールづくりに問題なく使える。バケツの用意が終わったところで、バッグを持って食料品店に向かった。

フロント・ストリートに出た瞬間、思わず笑みがこぼれた。町は活気にあふれていた。プランターがわりの木のビール樽から、赤や黄色、オレンジのゼラニウムが咲きこぼれている。店の屋根や町の休憩所の東屋《あずまや》などあらゆる場所に、横断幕や電飾が取りつけられていた。店主たちがこぞって秋らしい装飾の仕上げをしている。空気はすがすがしく、さわやかな香りがした。山の斜面は太陽の光で赤く輝いている。

〝ここ以外の場所に住みたがる人なんている?〟。わたしはそう思いながら、ソーセージをひもでくくっているデリカテッセンの店主に手を振った。

そのまま歩いて公園のまえを通りすぎ、食料品店へ向かった。公園には、フェイス・ペインティング店やアイスクリームの屋台が入ることになる明るい白のテントがずらりと並んでいた。食料品店は、レブンワースのほかの建物と同じく、ドイツの農家のような店構えだった。店頭には、オクトーバーフェストの限定Tシャツやプラスティック製のビールジョッキ、緑のフェルト帽が目立つように陳列されていた。もちろん、アスピリンに胃薬《タムズ》、ジンジャーエール――お祭りを楽しんだ客が翌朝必要になりそうなもの――も一緒に。

含み笑いをしながら野菜と果物のコーナーに向かった。枝編みのかごにカボチャとひょうたんがたんまり入っていたが、クランベリーはどこにも見当たらなかった。まだ時期が早すぎたのかもしれない。ほかの陳列棚もすべてチェックしたが、だめだった。あきらめかけたとき、若い店員が通りかかった。彼はアレックスより二、三歳年上で、地元の高校の先輩だ。

「ねえ、ジャック。たまたまクランベリーが入荷してるなんてことはない？」とわたしは訊いた。

「こんにちは、ミセス・クラウス。アレックスは元気ですか？」

「ええ、元気よ」〝ミセス・クラウス〟と呼ばれたことは無視しようとした。「週末のあいだ、シアトルに行ってるの」

「いいですね。そういえば、そんなことを聞いたような。うらやましいな。クランベリーが必要なら、裏を見てきましょうか？　さっき見たような気がするけど」ジャックは奥の従業員エリアを指差した。

「助かるわ」わたしは安堵《あんど》し、笑みを浮かべた。新しいビールの試作は数日かかるので、シアトルからクランベリーが入荷するのを待つはめになるのは避けたかった。こういう状況なら、本格的に必要になったときのために、〈ニトロ〉に戻ったらすぐクランベリーを大量注文しておいたほうがいいかもしれない。オクトーバーフェストのせいでばたばたしている影響で、トラックの積荷がいっぱいになっている可能性もある。業者に電話してみなければ。

わたしは青果のコーナーをぶらぶら歩いた。足を止めて、バラのように赤いワシントン州産のリンゴとみずみずしい洋ナシを眺めた。ここカスケード山脈北部では、秋はまちがいなく豊穣の季節だ。リンゴをひと山取り、重さを量ろうとした。リンゴは買っておくに越したことはない。アップルパイにちなんだビールをひとつすぐに思いついた。が、そのとき、エイプリルの声が聞こえ、手が止まった。エイプリルがいるのは棚を挟んでとなりの通路だったが、鼻にかかったその声はあまりに大きかった。これでは、店じゅうの耳に彼女の声が届いているにちがいない。

「さあ、みなさん、ついてきてください。田園風景を描いたヴァンダフルな壁画をお見せします。はい、こちらですよ。ベルリンから呼び寄せた有名なドイツ人画家に依頼して描いてもらったものです。それほどまでにこの町の住民は〝本物〟にこだわっているんですよ」

わたしは左に目をやった。エイプリルの言う壁画が後方にあった。野菜や果物が豊富に取り揃えられた、風光明媚《ふうこうめいび》な田舎のファーマーズ・マーケットが描かれている。メイポールの周りで踊っている子供に、樽からあふれ出しそうなビール。この絵がすばらしいというエイプリルの意見には同意するが、わたしの記憶が正しければ、確かこれは、地元の高校生が最終学年の特別課題として制作したものだ。まあエイプリルなら、この絵の由来についてうそをつくらいやりかねないが。

　どこかに隠れたりとなりの通路に逃げ込んだりする暇もなく、エイプリルとそのご一行——ポータブルカメラとタブレットを持っている人がいることからすれば、おそらく映画の撮影チームだろう——は角を曲がってまっすぐこっちへ来た。

「あら、スローン。こんなところで何してるの?」エイプリルはつくり笑いを浮かべた。わたしに出くわしてもちっともうれしくなさそうだ。そのことが声にありありと表れていた。さっき会ったとき身につけていた滑稽《こっけい》な衣装がさらにグレードアップしていた。露出度の高いパブのウェイトレスみたいな服に加えて、光沢のある腰帯と白いレースのかぶり物までつけている。

「買い物だけど」わたしは空《から》の買い物かごを持ちあげた。

エイプリルはさっきより大きな笑みを浮かべた。前歯に口紅がべっとりついている。「この町の住人はみんな伝統衣装を着ていると、さっき申しあげましたよね」と一行に向かって言った。「スローンも例外ではないんです。あなたもあとで着替えるのよね」彼女は厳しい目つきでこっちを見た。「スローンはビール職人なんです。だから、麦水だかなんだかの中で働いているときはいつも――」

「麦汁よ」わたしは訂正した。

「そう。その中で働いているときは、ルールを破ってこれを着てるんです」エイプリルは手を広げてわたしのジーンズと黄色の長靴を示した。

ルールを破っている？　前回確認したときは、レブンワースの住人にドレスコードはなかったはずだけれど。

一行の中にいた、唯一の女性――年齢はわたしと同じくらいか――がタブレットを脇に挟み、わたしの顔をじっくり見た。「あなたがビール職人？」

わたしはうなずいた。「そうです」

エイプリルは咳払いをした。「ええと、スローンは、次にみなさんをお連れする〈デア・ケラー〉で長年働いていました。つい最近、新たな道に足を踏み出して、ナノブルワリーで働きはじめたんですけど」彼女は〝ナノブルワリー〟という単語をわざとひそひそ声で言った。

女性はタブレットにメモを書き込み、また小脇に挟んだ。わたしのほうへ手を差し出してくる。「ペイトン・スミスと言います。ビールに関するドキュメンタリー映画を撮ってるの。ぜひ時間を取って、あなたの働く姿を見にいきたいわ。ビールに携わる女性という観点から全編を撮ってもいいかもしれない」彼女は、白髪交じりの髪が薄くなりかけた年配男性のほうを向いた。「どう思う、デイヴィッド？」

デイヴィッドと呼ばれた男はうなずいた。「いいね。女性の観客を増やすにはもってこいだ。新たな関心を集められるかもしれない」彼は高そうなグレーのスーツの下にTシャツを着ていた。どこか、アレックスが読んでいるスーパーマンの漫画を思わせるTシャツだった。

エイプリルが急に慌て出した。つけ爪をした指でギンガムチェックのスカートのひだを撫で、無理矢理笑みを浮かべている。「お断りしておきますけど、〈ニトロ〉はドイツのパブじゃありませんよ」

「でも、さっき言ってたじゃない。この町にある店はすべて、ドイツのバイエルン地方らしい設計美学にのっとって店をつくらなきゃいけないことになってるって」とペイトンは言った。

前下がりのボブを耳にかけ、黒いサングラスを頭にのせている。

「ええ、ええ、それは事実ですよ。スターバックスみたいなチェーン店であれ、家族経営の小さな店であれ、外観に関しては、すべての店がちゃんと基準からはみ出ないよう、わたしたちは一生懸命努力しています。でも、店の中をどうするかについては、個々の店のオーナーに任されてるところがあって。でも、大丈夫です。町の店の大半はバイエルン地方の文化をちゃんと受け入れてる人たちが経営してますから。ただ、そのペースがゆっくりなはぐれ者もいるというだけで」エイプリルはそう言って、わたしをにらみつけた。

「別にかまわないわ。わたしたちはビールのあれやこれやをカメラに収めたいの。ついでに町の女性ビール職人を取りあげられるとなれば、言うことはないわ」ペイトンはそう言って笑みを浮かべた。肩にかけた高級そうな革のバッグに手を入れ、名刺を取り出してわたしの手に押しつけてくる。「電話してちょうだい。取材の時間を設定しましょう。これから三週間、ここに滞在して映画を撮る予定なの。わたしたちには壮大な計画があるのよ。これはほんの一例だけど、サンダンス映画祭やロサンゼルス映画祭、ソーホー国際映画祭、トロント国際映画祭、サウス・バイ・サウスウェストなんかで先行上映できるよう、すでに手配してる。大がかりなプロジェクトでけっこうなお金がかかってるんだけど、わたしたちはそれだけの見返りがあると思ってる。何しろビールだもの。ＮｅｔｆｌｉｘとかＨｕｌｕとか大手の動画配信サービスでもきっと配信してもらえるんじゃないかしら。デイヴィッドとわたしはそう確信してる。それに加えて、全国の醸造所でも上映できたらと考えてるの」

わたしはクリーム色の名刺を見た。ペイトンの名前とともに、金色の文字でエンボス加工された〝映画制作者〟という肩書と電話番号が入っている。「すごい。なんだかビッグプロジェクトみたい。もちろん、うちの店へ来ていただくのは大歓迎です。ぜひ今日の午後にでも。新作のチェリー・ヴァイツェンが今日から発売開始で、開栓記念パーティーを予定しているので」

ペイトンは勢いよくうなずいた。「すばらしいわ。どう思う、デイヴィッド？」

「チェリー・ヴァイツェンに異存はないよ」彼はウィンクをした。「おまけに、きれいな女性ビール職人が映画に出てくれるときたらね」

さっきからずっと肩にカメラをのせていた若い男性がカメラを持ち替えて口を開いた。「ちょっと割り込んですみません。コナーと言います。ぼく、チェリー味の小麦ビールを一度飲んだことがあって。すごくおいしかったんですけど、チェリー・ヴァイツェンっていうのはそれと同じですか？」

わたしはうなずいた。「ええ。ヴァイツェンは小麦のビールのことなの。ヴァイツェンの自然な甘みを引き出すのにベリーや柑橘類《かんきつるい》がよく加えられる。その一方で、ドイツのヴァイツェンで使われるオーソドックスなハラタウ・ミッテルフリュー種など、異なる種類のホップに頼るビール職人もいる。ヴァイツェンは南ドイツで生まれたビールよ。昔から濾過《ろか》はされていなくて、そのせいで濁ってるように見えるの」

「ヘーフェ・ヴァイツェンみたいに？」

「そう。霞《かすみ》がかかった感じね」わたしは店内の陳列された青果を見まわし、レモンの山を指差した。「色はちょうどあのレモンに近いかな。ヴァイツェングラスで提供されるの。底のほうが細くなってて、飲み口が膨らんでる背の高いグラスなんだけど、知ってる？」

コナーはうなずき、わたしの顔にカメラを向けた。

わたしは一歩下がった。「とにかく、その膨らんだ飲み口のおかげで、こんもりした泡で閉じ込めて、小麦ビール本来の香りを堪能できるわけ」

「やっぱりあなたには映画に出てもらいたい」とペイトンは言った。手に取ったレモンを見ていた年配のデイヴィッドのほうを向く。「というか、そうしないといけないでしょ?」

デイヴィッドはうなずき、チャコールグレーのスーツのしわを伸ばした。レブンワースでスーツを着た人を見かけることはまずない。もっと異様なのが、スーツの下にTシャツを着ていることだった。

そのとき、三十代半ばくらいの男がいきなり通路に現れた。ぱりっとした白のシャツと格子縞のハーフパンツにサスペンダーをつけ、三十センチくらいの黒い羽根をつけた緑のフェルト帽をかぶっている。「おい! おれのいないところでカメラを回してるんじゃないだろうな?ええ?」最初は冗談かと思ったが、彼は今にも殴りかかりそうな勢いでコナーに近づいた。コナーはもう少しでカメラを落としそうになった。はっきり聞こえなかったが、何かぼそっとつぶやいたと思う。そのあと、カメラを男のほうに向けた。

エイプリルがすばやくまえに出た。「あら、ミッチェル。もちろん、そんなことはしないわ」つけまつげをぱちぱちさせている。「おたくの撮影チームをうちの……」彼女はまた不満そうにこっちを見た。「ビール職人のひとりに紹介しただけよ。スローン・クラウスって言うの」

ミッチェルは挨拶がわりに帽子を軽く持ちあげた。「そうか。サインならあとでする。今は撮らなきゃいけないサブの映像があるから」そう言って、彼は絆創膏《ばんそうこう》の箱を開けて、右腕にできた痛そうな傷に三枚貼った。「ほんの一瞬席を外したと思ったら、もう撮りはじめてるってわけか。コナー、いったいなんのつもりだ？　タレントなしでカメラは回すなと言っただろ。わかってるのか？」

コナーははっと息をのんだ。彼のTシャツの背中に汗染みができはじめていた。

エイプリルは手を伸ばしてミッチェルの腕に触れた。「あら大変。けがしてるの？　わたしたちの愛すべき町で大切な大スターにけがをさせるわけにはいかないわ。そんなの絶対にだめ」

ミッチェルは絆創膏の箱をデイヴィッドに放り投げた。「あんたのつけにしておいてくれよ、おっさん」彼はエイプリルを無視し、サスペンダーをぱちんとはじいて、カメラを身振りで示した。「そもそもどういう狙いなんだよ、ペイトン？　どうして食料品店なんかで撮影してるのさ？　それに何度言わせる？　このまぬけはクビにしろって言っただろうが」彼はそう言って、コナーの胸を指で小突いた。「仕事の進め方を理解してるやつはここにいないのか？　おれが映らないところでカメラを回させるんじゃない」

ペイトンとデイヴィッドは苛立《いらだ》った様子で顔を見合わせた。

それでもデイヴィッドは冷静な表情を崩していなかったが、合わせた両手の指が白くなっているのがわかった。「もういい。撮影なんかしちゃいないさ、ミッチェル。スローンと少し話をしてビールづくりについて教わってただけだ」

「それなら、なんでこいつはカメラを構えてる？」ミッチェルがコナーを指差すと、彼はカメラを下げた。「これだからアマチュアとの仕事は嫌なんだ。この映画をサンダンスで上映したいだって、ペイトン。ふん、笑わせるよ！　せいぜい頑張るこった」

この人はいったいどうしたのだろう？

「開栓記念パーティーはいつ？」ペイトンはミッチェルを無視し、わたしのほうを向いて訊いた。

「今夜よ」わたしはこの場から速やかに退散したかった。

「ぜひお店にうかがわせて。必ず顔を出すから。それにしても女性ビール職人とはね。願ってもない展開だわ」ペイトンはタブレットに何やら書き込んだ。その拍子にサングラスが落ちた。片手で拾い、バッグにしまっている。

エイプリルが咳払いをした。「でも、行けるかしら」彼女はそう言って舌打ちのような音を出した。「あいにく午後は予定がぎっしり詰まってるのよ。ドイツ語でいう〝ベシェフティヒト〟ってやつ。つまり忙しいわけ。ペイトンとデイヴィッドを町じゅうの事業主に紹介しなきゃならないし、醸造所を案内しに〈デア・ケラー〉にも行く予定でしょ。そのあとは、ミッチェルがフロント・ストリートとテントの中で宣伝用の映像を撮らなきゃいけないし」

「心配しないで」とわたしは応じた。「わたしたちはどこにも行かないから。売り切れにならないかぎり、チェリー・ヴァイツェンはいつでも待ってる」

食料品店のジャックがクランベリーの袋を三つ持って戻ってきた。「遅くなっちゃってすみません、ミセス・クラウス」彼はそう言って、クランベリーをわたしに渡した。

まったく、その呼び名にはうんざりだ。「ありがとう。お店に置いてあっただけでもありがたいわ」わたしはそう言って、クランベリーを買い物かごに入れた。「みなさん、お会いできてうれしかったです」と映画の撮影チームに言った。「ご滞在中にぜひ〈ニトロ〉へお越しくださいね」

ペイトンは自分の名刺を指差した。「電話して——お願いよ。いろいろ調整しましょう。電話してくれなくても必ずつかまえるから。わたし、ロサンゼルスのブルドッグって呼ばれてるの。ほしいものは必ず手に入れる女よ。あなたには映画に出てもらいたい。いや、出てくれなきゃ困るわ。この映画はわたしにとってわが子も同然だから、賞を獲るような作品にするためならなんだってする。ずっと探してたのよ。ビールのきめ細かい泡みたいな、これっていう最後の決め手を。女性ビール職人に出てもらえば、文句なしの仕上がりになるはず」

エイプリルはチョコレート色の腕時計を強く叩いた。文字盤がハトに囲まれたプラスティックの腕時計で、短いチェーンからビア樽がぶら下がっていた。「ほんとにもう行かなくちゃ。次に会うときは、あなたもそれらしい格好をしててよね」鋭い視線をこっちへ向けたかと思うと、エイプリルは大きな笑みを浮かべて、ペイトンとデイヴィッド、ミッチェル、コナーを出口に促した。

わたしは会計をしに向かった。早く〈ニトロ〉に戻ってクランベリー・エールの試作に取りかかりたかった。映画の撮影チームと会った話もギャレットに伝えたい。新規オープンの小さな店として、利用できる宣伝はすべて利用したかった。エイプリルがこの状況をよく思っていないとくればなおさら。

3

午後は流れるように時間が過ぎた。窓を開けると、すがすがしい秋の空気が入り込み、麦とクランベリーが煮える香りと溶け合った。作業しているあいだ、ギャレットもひっきりなしに話す必要はないと感じているようでありがたかった。麦の状態を確認し、ノートに記録する彼も、わたしと同じくらい集中していた。この醸造所《じょうぞうじょ》には、エンジニアとして働いていた彼の経歴がいたるところに表れている。壁に貼られた元素の周期表にしても、新しいレシピを試作する際の順序だったやり方にしても。彼はスプレッドシートを使ってすべての工程をきっちり管理していた。わたしたちは、ホップを加えるタイミングや酵母の比率、麦汁を煮る時間について詳細なデータを記録している。

〈ニトロ〉の商品には、自然の素材だけを使った材料と穀物――大麦、麦芽、オート麦、小麦、ライ麦――が使われていた。小規模なクラフトビールメーカーが直面する多くの課題のひとつが、麦やホップをどうやって確保するかだ。この業界では大手のビールメーカーが数十年にわたってホップの契約権を買い占め、麦の在庫を確保しておくということがよく起きている。かと思えば、そういうメーカーはいきなり掌《てのひら》を返したようにトウモロコシを使ったりする。販促キャンペーンをかけて安上がりのビールを大衆に押しつける作戦にちがいないと、クラフトビールオタク――ギャレットとか、彼が参加していた自家醸造クラブのメンバーとか――は確信している。

ギャレットの自家醸造用の道具を使ってビールをつくるのは、大規模な設備で作業するのとは大ちがいだった。ギャレットの道具での作業は手作業によるところが大きい。コンロでクランベリーをソテーできるのがわたしはうれしかった。そこへ、搾《しぼ》りたてのレモン汁と砂糖をほんの少し加える。長靴に麦のかすが飛んでも、ポニーテールが湿気で縮れても、まったく気にならなかった。ビールを醸造する工程のひとつひとつに手を加えるのは実にやりがいのある作業だ。しばらくした頃には試作品のビールが数種類できあがっており、ラベルの貼られた五ガロンサイズのカーボイが厨房のカウンターの上に五つ並んでいた。

「どれかひとつは成功してるよね？」ギャレットはゴーグルを額に押しあげ、ナプキンで額を押さえた。

「まちがいないわ」わたしは請け合った。少なくともひとつは大量生産に値する出来に仕上がっているはずだ。

「幸運を祈ろう」ギャレットは壁時計を見た。「料理のほうの手伝いは要る？」

わたしはやるべきことを頭の中で確認した。ソーセージはビールのマリネ液に二日間浸けてある。あとは野菜スープをつくって、フルーツとチーズの盛り合わせを用意するだけだ。一時間もかからないだろう。わたしは首を振った。「ううん、大丈夫よ」

「了解。それならぼくは、シャワーを浴びて着替えてくる」ギャレットは厨房の蒸気で湿ったシャツを引っぱった。「着替えたらバーエリアの準備をするよ」

「わかった」わたしは息を吸い込んだ。クリスマスのようなにおいがした。「映画の撮影チームが開栓記念パーティーに来てくれたら最高じゃない?」

ギャレットはゴーグルを外して調理台に放り投げた。ステンレスの調理台と巨大な冷蔵庫がついたこの業務用キッチンは、彼の大叔母がここでレストランと朝食付きホテルを経営していた頃、大勢の客をもてなしていた。実際のところ、〈ニトロ〉にこれほど大きな厨房は必要ないのだが、ギャレットがここを残しておいてくれてよかったと思う。料理の支度がずっと楽だし、もし事業を拡大することになってプロのシェフを雇うことになったとしても、それだけのスペースを確保できる。「映画の撮影チームがここに来るなんて想像もつかないよ。でも、もしそうなったらすごいよね。シアトルの自家醸造クラブの連中は腰を抜かすんじゃないか」彼はそう言って髪をかきあげた。「想像してみてくれよ。オタクの自家醸造者《ホーム・ブルワー》がテレビスターだぞ?」ギャレットはおどけて目を輝かせた。

「あら、ほんとに来るかもしれないわよ。だってすごく興味がありそうな口ぶりだったもの」うちの醸造哲学についてもっと話しておけばよかったと、わたしは少し後悔した。ついでに言えば、ここくらい小さな醸造所と〈デア・ケラー〉みたいな大規模店のちがいについても。

「幸運を祈ろう」ギャレットはそうするしるしに、人差し指と中指を重ねながらまた言うと、二階へ向かった。

わたしは醸造用の道具をしまって料理用の鍋を出した。ニンニクとセロリ、タマネギ、ニンジン、パプリカを切ってスープづくりに取りかかった。ソテーパンにたっぷりのオリーブオイルと野菜を入れ、弱火で炒める。野菜に火を通しているあいだに、芽キャベツを半分に切り、ブロッコリーを小房に分けた。このふたつは野菜ストックに入れて煮るのではなく、焼いて焦げ目をつけるつもりだった。少し歯ごたえが残るよう、スープには最後に加える予定だ。アルデンテのパスタのように。焦げ目のおかげでしっかりした風味が生まれるはずだ。普段スープを仕込むときは、朝につくって一日ほど味をなじませることが多いが、このスープの主役は野菜そのものだ。歯触りはそのままに、独特の食感のある一品にしたかった。

まもなくビールのにおいは消え、厨房は野菜の素朴な香りに包まれた。ソテーした野菜をスープ鍋に移し、あらかじめ用意しておいた野菜ストックを流し込む。次に、新鮮なハーブ――パセリ、セージ、タイム、ほんの少しのローズマリー――を加えた。最後に塩コショウをしっかりして蓋をする。スープを煮込んでいるあいだ、プラスティックのお皿を何枚か用意して、色とりどりのフルーツを並べはじめた。食べ物があると、ビールを味わうという経験がより充実したものになる。濃厚なチェダーチーズと甘い洋ナシを食べたあとにチェリー・ヴァイツェンを飲んだらどんな風味を感じるか、客に体験してもらうのが待ち切れなかった。

里親から里親へ渡り歩いて過ごしていた頃、料理はわたしの気晴らしだった。ときどき自分の体をつねってこの生活が現実かどうか確かめたくなる。あの頃を思い出すのは正直つらいが、幼少期の喪失と人とのつながりの欠如《けつじょ》を経験していなければ、レブンワースに行きつくことはなかったかもしれない。過去のトラウマやマックとの現状はともかく、この人生は少しも変えたくなかった。そんなことを考えながら料理をしているうちに、アレックスのことを思い出した。マックとのあいだで何があろうと、アレックスはずっとふたりの息子だ。息子の誕生ほど、人生ですばらしいと思えるできごとはなかった。自分が充分に愛され、安定した生活を送れるとアレックスに感じてもらうためなら、わたしはどんなことでもする。たとえそのせいでマックがそばにいるのを多少我慢しなければならなかったとしても。

わたしはみずみずしいオーガニックのフルーツを並べる作業に集中した。アレックスはリーダーシップを学ぶ研修で校外学習に出かけている。レブンワースの学校は今週末のような観光のハイシーズンに課外活動や遠足を組むことが多い。今週末はちょうどシアトルで会議があり、教師と数人の付き添い役が子供たちに名所を案内する予定だった。スペース・ニードル（シアトル中心部にあるタワー）や美術館を回り、パイク・プレース・マーケットで買い物をすることになっている。アレックスが友達と小旅行へ出かけられるのは喜ばしいことだが、週末のあいだずっと息子がいないと思うと、泣きたくなるくらい寂しかった。

料理の準備が整ったところで、オフィスに行って新しいＴシャツを取り、長靴を脱いだ。もしほんとうに映画の撮影チームが来たら、ドイツの民族衣装を着ろという警告を気にも留めなかったことに、エイプリルはひどく落胆するだろう。長靴を脱ぐと、わたしはかわいいウェッジソールのサンダルに履き替えた。化粧室にＴシャツを持っていって着替え、身なりを整えることにした。ビールづくりと料理で長いことと暑さと湯気にさらされていたため、顔はべたべたで、ポニーテールは縮れていた。

髪の毛をほどいて肩に垂らした。マックと一緒にいた頃、わたしたちは見るからに不釣り合いなカップルだった。黒髪でオリーブ色の肌をしたわたしに対して、ドイツの血筋を色濃く受け継いだマックは、髪の色は薄く、肌の色もピンクがかっていた。わたしは生みの親を知らないので、自分の血筋については推測するしかない。里親のひとりから、きっとギリシャ人だろうと聞いたことがある。確かに頬骨は高く、唇はふっくらしていた。ギリシャは必ずしもクラフトビールで有名ではないけれど、いつか当地に足を運んでビール事情を調査することになるのかもしれない。

髪をとかして頰にほんのりチークを入れながら、冷えたビールを片手に青い海の見える砂浜をギャレットとそぞろ歩きしているところを思い浮かべた。

〝やめなさい、スローン〟。わたしは自分自身を叱った。どこからそんな考えが湧いてきたのだろう?

ここ最近はジェットコースターのように目まぐるしい毎日を送っていた。今一番必要ないのは、新しい上司について夢想する時間だ。

髪を高い位置でポニーテールにまとめ、ほんのり光るリップグロスを塗った。まぶたには、目の金色を引き立てる銀色のアイシャドウをあしらう。化粧が終わると、〈ニトロ〉のTシャツを着た。ギャレットの化学のテーマに合わせて、従業員のTシャツは黒地に白の文字というシンプルなものにしていた。わたしたちの店の謳《うた》い文句〝ニトロだともっとおいしい〟が胸の部分にプリントされていた。この謳い文句は、ビールに窒素《ニトロゲン》を加えるのが流行《はや》っている最近のトレンドをもじったものだ。窒素《ニトロゲン》を加えたビールは、泡がきめ細かくなり、通常の二酸化炭素を加えたものと比べて、口当たりがまろやかでクリーミーな仕上がりになる。Tシャツの背には、よくある原子の図をホップのイラストでアレンジしたレトロなロゴが描かれていた。それに加えて、わが店の別の謳い文句〝ニトロ——科学とビールが出会う場所〟の文字も入っている。このデザインの簡潔さがわたしは好きだった。それに、Tシャツとジーンズで毎日働ける環境も。

〈デア・ケラー〉では、客のまえに出るスタッフはみな、ドイツ人っぽい格好をしていた。ふりふりのウェイトレスの衣装か、革製半ズボン《レーダーホーゼン》にサスペンダー、膝丈の靴下、緑のフェルト帽という格好。クラウス家はだれひとりそういう服は着ていないけれど。マックの場合、体を鍛えている時期はいつも、ぴたっとしたTシャツを着て胸筋を見せびらかしていた。ありがたいことにわたしも、フリルのついたスカートを穿《は》けとは一度もオットーとウルスラから言われたことがなかった。エイプリル・アブリンのような格好をせずにいられることは〈デア・ケラー〉で働く特典のひとつだった。

服と化粧品をバッグに入れ、最後にもう一度鏡を見た。撮影されるなら、きちんと身なりを整えておきたい。肌は健康的で色つやがよく、髪を結んでいるおかげであごのラインが引き立っていた。化粧やアクセサリーはもともと趣味ではなかった。幼少期にものを持たなかったことが少なからず影響しているのかもしれない。子供の頃は、ソーシャルワーカーがいつ玄関に現れて、次の家へ連れていかれるかわからなかったので、荷物はつねに少なくし、身の周りのものには執着しないようにしていた。そのせいで寂しい子供時代を過ごすことにはなったが、がらくたを溜め込むような大人からは程遠い人間になれたのも事実だ。

鏡の中のわたしは少なくとも一日じゅうビールを醸造していたようには見えなかった。そのことに満足し、バッグを取って、オフィスにしまいにいった。すると、バーエリアのほうから声が聞こえてきて驚いた。開店時間までまだ二十分はあるはずなのに。ギャレットが早めに開けたのだろうか。

バーエリアへ行ってみてさらにびっくりした。オットーとウルスラ、マックの弟のハンスが楽しげにギャレットと話をしていた。みんな、ギャレットに一杯ずつビールを注いでもらっている。外出しているウルスラを見るのはうれしかった。彼女は数週間前に階段で転び、腰の骨を折っていた。手術のあとしばらくベッドで安静にしていたが、最近になって少し動きはじめてもいいと許可が出ていた。

「ウルスラ、来てくれたのね」わたしは彼女に駆け寄って抱きしめた。

ウルスラは元気なときでもわたしの肩ほどの背丈しかない。けがをして杖をついている今は余計に小さく見えた。「スローン、今日は一段ときれいね」そう言って、わたしを抱きしめ返した。

「座らなくちゃ」わたしは窓際のテーブルを指差した。ウルスラを脚の長いバースツールによじ登らせるわけにはいかない。

「ぼくもさっきそう言ったんだ」とハンスが言って、母親のおなかを肘でそっとつついた。

「母さんはスローンと座ってて。父さんとぼくでビールを取ってくる」

ウルスラの腕に自分の腕を絡ませてテーブルへ連れていくと、オットーの陽気な顔がさらに輝いた。「さすがわたしたちの娘だ。ありがとう、スローン」

ウルスラはもう一本の脚がわりのように杖を使いこなしながらしっかりした足取りでまえに進んだ。「すごい、もうすっかりコツをつかんでるのね」

ウルスラは誇らしげに笑みを浮かべた。「ええ《ヤー》、そうなのよ。今までで一番優秀な患者だって、お医者さまに言われたんだから。うちのビールのおかげだって返しといたわ」

わたしは椅子を引いた。座るとき、ウルスラが一瞬顔をしかめたのがわかった。「まだ痛むの？」

「いいえ、そんなことないの。大丈夫よ」ウルスラは自分の横の席を叩いた。「座って。調子はどう？　お祭りの準備はばっちり？」

けがをした彼女の腰に体をぶつけないよう注意しながら、わたしは言われたとおり、となりの席に座った。ウルスラは手術を受けた人間のようには全然見えなかった。頬は血色がよくピンクがかっていて、目もきらきらしている。頑丈なアンクルブーツを履き、タイトな黒のスカートと、雪のように真っ白な手編みのセーターを着ていた。髪も同じ白だが、肌はそのセーターのおかげで太陽にキスされたかのような輝きを帯びていた。ウルスラは典型的なドイツ人のおばあちゃんだ。見た目だけでなく、おおらかな態度と人懐《ひとなつ》っこい性格も。彼女のまえでストレスを感じるのはほぼ不可能だった。肩の緊張が緩み、呼吸が落ち着くのがわかった。

「ギャレットが早めに入れてくれたのね。でも、どうやってそんな特別待遇を引き出したの?」わたしはにやりとした。「その杖で脅したとか?」

ウルスラは男三人がビールを吟味しているカウンターのほうを向いた。ギャレットがチョコレート・スタウトのこんもりした泡の層を指差している。オットーはその泡に小指を入れ、ハンスは別のグラスを味わっていた。「ビールよ。ビールはみんなをひとつにするでしょ。味見しにきてくれないかってギャレットに頼まれたの。あなたも知ってると思うけど、ギャレットはオットーと一緒にビールをつくりたがってるのよ。あいにく手術のせいで今回は無理だったけど、近いうちにってオットーは約束してたわ」

ウルスラの言ったことは、クラフトビール業界ではよくある話だった。ビール職人は競争意識が強いものだとまちがった解釈をしている人は多いかもしれない。もちろん、競争意識の強いビール職人も一定数いるが、ほとんどはお互いに支え合っている。クラウス夫妻は、自分たちの業界と駆け出しのビール職人に積極的に尽くすことで有名だった。〈ニトロ〉のような小さな醸造業者にホップや麦を分けたり、新人を何時間も指導したり、新たなコラボレーションやパートナーシップを絶えず模索したり。クラフトビール業界全体を盛りあげることがみんなの利益になると信じていた。

ビールの醸造はクリエイティブな作業だ。画家やシェフといった芸術家と同じく、共同で制作することで、ビール職人は新しいアイディアや味の特徴、技術を共有できる。現に〈デア・ケラー〉が過去にコラボした商品の中には、大ヒット作になり、レギュラーメニューとして定着しているものもあった。この業界の好ましい点のひとつだ。わたしたちは競争ではなくコミュニティを大事にしている。

「へえ、初めて聞いた」とわたしは返した。

「いいことだと思うのよ」ウルスラはまたカウンターのほうをちらりと見た。「それよりハンスが心配で。マックとの仕事が負担になってるかもしれない」

マックとハンスは兄弟でもまったくちがっていた。ハンスは手を使ってする裏方の仕事のほうが好きだ。自分の家族と家族の事業を愛してはいるものの、ビールの醸造は彼の天職ではなかった。大工仕事や醸造所の設備を修理する仕事のほうが彼の性《しょう》に合っていた。それに対してマックは、スポットライトを浴びるのが大好きだ。たいてい店頭で客とおしゃべりしたり商品を味見したりしている。オットーとウルスラは最近、会社の経営体制を再編しようと考え、マックとハンスとわたしにそれぞれ同じだけ〈デア・ケラー〉の株を譲り渡していた。わたしたちは店の将来について話し合うため頻繁に集まっていた。わたしとしてはしぶしぶ参加することも多かったけれど。マックは総支配人として店の経営を引き継ぎたがっていたが、ハンスがそれに反対した。かといってハンスは、店の業務を管理する責任を負いたがっているわけでもない。どちらかといえば、これまでどおりたまに店に顔を出して、設備を点検したり雨漏りしている屋根を直したりするくらいのほうが望ましかったはずだ。けれども、ハンスはわたしと同じく、マックに店の経営権を一任すれば災いを巻き起こすとわかっていた。

マックも両親が一から築きあげた帝国をわざと滅ぼすような真似はしないだろう。とはいえ、好機と見ればろくに調べもせず、すぐに飛びつくその傾向と、いつも人から注目され、崇拝されていないと気がすまない彼の性格は、〈デア・ケラー〉にとって命取りとなりかねなかった。最近も、現物を見もせずホップ農場に投資した結果、それが詐欺だと判明したことがあった。ホップなど最初から存在しなかったのだ。あのとき、オットーとウルスラの介入がなければ、マックの失敗のせいで会社は倒産していたかもしれない。

「何があったの？」とわたしは声を低くしてウルスラに尋ねた。

彼女はわたしの視線を受け止めた。「重圧が大きすぎるんだと思う。大工仕事のほうも大変なのに、毎日店に来てくれてるから」

「そうなの？」その話は聞いていなかった。といっても、わたし自身が〈デア・ケラー〉に近づかないようにしているのだけれど。マックとは今、とびきり良好な関係とは言いがたい。三人で集まったときも、ハンスがふたりの仲裁をしなければならないほどだった。彼を板挟みにするのは心苦しいが、自分の未来がどうなるかもわからないのに、正直〈デア・ケラー〉の将来についてマックと話し合っている場合ではなかった。ひとつ確かなのは、〈デア・ケラー〉で大きな役割を担うつもりはわたしにもないということだ。マックと一緒には働けない——今は。いや、もしかしたらこれから先もずっと。〈ニトロ〉に来たのは、精神衛生上最良の決断だった。わたしはここのこじんまりした業務が好きでならない。

「ええ《ヤー》」ウルスラはテーブルの上で両手を組んだ。「でも、大丈夫よ。本人がやりたいことではないんでしょうけど。ね？」

わたしはうなずいた。

「あなたはどうなの、スローン？　自分が何をしたいか考えてみた？　ずっと心配してたのよ」

その質問に答えるにはもっと時間が必要だった。「ううん、まだ」わたしはため息をついた。「というか、〈デア・ケラー〉はわたしにとって大事だし、どんな形であれ、できることはなんでもさせてもらいたいと思ってる。でも、毎日店に出るとは約束できない。実を言うと、ここにいるのが楽しいの。なんというか、自分のためにそうしなくちゃいけないような気がしてて」

ウルスラはわたしの手に自分の手を重ねた。彼女の掌は温かく、手の甲には染みが浮いていた。「いいのよ。オットーもわたしもわかってる。あなたには幸せでいてほしいから。だけど、覚えておいてね。〈デア・ケラー〉にはいつも帰ってくる場所があるってこと」

「ありがとう」わたしは彼女の手をぎゅっと握った。「うん、わかってる」込みあげる涙を懸命にこらえた。

「この件はマックがどうにかするわ」ウルスラは自信たっぷりに言った。その自信はわたしにはなかったけれど。「あの子は中年の危機に瀕してるけど、あなたとアレックスを愛してるのは確かよ。自分の過ちはちゃんとわかってるし、これからもきっと努力しつづけるはず」

どう返していいのかわからなかった。マックは彼女の息子だ。当然かばうだろう。

「ちがうの。別にマックのしたことを正当化してるわけじゃない」わたしの心を読んだかのように、彼女は言った。「あの子はいろいろと変わらなくちゃいけないわ。本人にもオットーとふたりでそう言ってやったのよ」

わたしからしてみれば、二十三歳のウェイトレスと浮気しておいて〝変わる〟くらいでは全然足りないが。

「ひょっとしたらあんなことがあったのもわたしのせいかもしれない」とウルスラは言った。

「あなたのせい？」とわたしは言った。オットーとウルスラみたいなすばらしい親には会ったことがなかった。ふたりは息子たちを心から愛していて、愛情をおおっぴらに表現する。マックとハンスの幼少期はビールの世界を中心に回っていた。ふたりはいつもパブにいて、客や従業員や取引先からかわいがられていた。クラウス夫妻とともにする日曜の夕食はいつも、みんながにぎやかに冗談を言い合い、テーブルにはウルスラお手製のシチューとドイツのペイストリーがたくさん並んでいた。オットーとウルスラの子供たちへの愛は、彼らの手が触れるあらゆるものに表れていた。マックの軽率さが自分のせいだなんて、ウルスラときたらどうしてそんなふうに思うのだろう？

「そう《ヤー》」ウルスラはハンスのほうをちらりと見たあと、またわたしに視線を戻した。「今まで何もかも〈デア・ケラー〉に注ぎ込んできたから。もっと子供たちに注意を払うべきだったのかもしれない」

「何言ってるの」思わず大きな声が出た。ハンスが変な目でこっちを見てきた。わたしは声を落として言った。「そんなわけないでしょ。あなたとオットーみたいなすばらしい親はいない。

るわ」

ウルスラは笑みを浮かべたが、目は悲しみをたたえていた。「そうかしら」

ハンスとオットーがビールを三杯持ってこっちに来た。「悪いけど、スローン、姉さんの分はないよ」うちのパカーアップIPAを自分のまえに置きながらハンスは言った。「今夜は店に出るんだろ?」

「ええ。働くわ」とわたしは言った。

ハンスが横に座ったとき、かすかにおがくずのにおいがした。カーハートのズボンとフランネルシャツ姿の彼は、ビール職人というより、どう見ても大工だ。「そう思った」彼はチェリー・ヴァイツェンのテイスティンググラスをウルスラとオットーに配った。「ほらみんな、密売品だ。しーっ。内緒だぞ。ギャレットが特別にくれたんだ」

「ぜひ感想を教えてね」とわたしは言った。

ウルスラとオットーはふたり同時にグラスを持ちあげて光にかざした。〝ビール職人はどこまでもビール職人ね〟。わたしは胸の内でつぶやいた。

「色がすばらしい」とオットーは言った。

ふたりが〈ニトロ〉の新商品を試飲しているあいだ、ハンスが顔を近づけてきた。「姉さん、忙しいのはわかってる。オクトーバーフェストでこれからてんてこ舞いになるだろうけど、少し時間を見つけて話せないかな」

「お兄さんのこと?」わたしはひそひそ声で言った。

ハンスはうなずいたが、そのとき、視線がさっと正面の窓のほうに移るのがわかった。そっちに目をやると、マックのがっしりした体が窓を横切るのが見えた。胃が口から飛び出しそうになった。こんなところでいったい何をしているの?

4

マックは颯爽《さっそう》と店に入ってきた。あたかもここが自分の店であるかのように。彼が着ているポロシャツはワンサイズ小さすぎた。筋肉を見せびらかすためにわざと小さめの服を着ているのは知っているが、そのたるんだおなかを見るかぎり、少し考え直したほうがいいような気がした。もともとブロンドだった髪も、はっきりとは言い切れないが脱色しているように見えた。短髪の先が白っぽくなっている。はは、面白い。肌も少し日焼けしていない?

マックとギャレットは決して友達というわけではないが、マックがカウンターまでずんずん歩いてきて、一杯くれと言ったとき、ギャレットは普段どおりそつなく応対した。横でハンスが体をこわばらせるのがわかった。

オットーとウルスラは顔を見合わせた。マックは差し出されたビールを一気に飲み、小声で何かギャレットにつぶやいたあと、わたしたちのいるテーブルへ来た。

「招かれざる客ってとこか」マックは冗談交じりにそう言ったが、声には怒気が含まれていた。

ウルスラは空いた自分の横の席を叩いた。ことばは必要なかった。厳しい顔つきだけで警告の意味は充分伝わった。マックは椅子に座り、とげとげしい態度を改めた。とりあえず今のところは。

「悪くないな」マックはわたしにビールの感想を言った。「ちゃんとチェリーの味がするじゃないか」

オットーはマックのまえで両手を振った。「何言ってるんだ。すばらしいビールだろ。申し分ない味だよ、スローン」彼は実においしいとばかりにうなずき、マックをにらみつけた。

マックは話題を変えた。「うわさは聞いたか?」

わたしは身構えた。マックは普段からやたらとお金儲けや突拍子もないことばかり計画している。その計画を最後まで遂行できたためしはないが。

「なんのうわさだよ?」ハンスは乾燥した手でグラスの縁《ふち》を叩き、しかめ面《つら》で嫌そうに兄を見た。

「映画の撮影チームが町に来てるんだとさ」マックはどこか得意げだった。内情に通じているのをうれしがるタイプだ。「ビールのドキュメンタリー映画を撮ってるらしい」

「そうなのよ」ウルスラが話に割り込み、マックの話題を横取りした。「さっき〈デア・ケラー〉にも来たわ。レブンワースにとっても、わたしたちのビールにとっても、いいことよね」

オットーはチェリー・ヴァイツェンの入ったグラスを持ちあげた。「〈デア・ケラー〉と〈ニトロ〉に乾杯《プロースト》！　ドイツのビールとわれわれの町を撮ってもらえるなんて、昔この町へ来たときには夢にも思わなかったよ。なあ、ウルスラ？」

ウルスラは笑みを浮かべた。「ほんとそうね」

みんなでグラスを合わせた。わたしは、ギャレットのいるカウンターへ移動しようとした。まもなく客を迎える時間のため、準備しておきたい。もちろん、マックから離れられる口実があればなんでもありがたかった。椅子をうしろに押しやったとき、映画の撮影チームが店に現れた。タブレットを持ったペイトンが一団を率い、引きつった笑みを浮かべている。

「早すぎたかしら？」彼女はドアを半開きにしたまま足を止めた。革のバッグを腕にかけている。

「とんでもない。どうぞ入って」わたしは中にはいるよう手で促した。

ペイトンはドアを開け、デイヴィッド、コナー、ミッチェルを先に通した。オットーとウルスラに気づいたあと、わたしに目をやり、続いてカウンターの向こうにいるギャレットを見た。「みんな勢ぞろい？」驚いているようだ。「さすが平和な町ね。ビール職人が一堂に会してるってわけ。でも、なんの用で？　オクトーバーフェストの戦略を練ってるとか？　それともライバルの動きを探ろうとしてる？」彼女はそう言って、コナーを肘で突いた。「さあ、カメラの準備をして。撮るわよ。これこそわたしたちが撮りたい画《え》じゃない。現実のクラフトビールの世界。舞台裏で起こってるのはこういうことよ」

ミッチェルがテーブルのまえにさっと現れた。おしりのポケットから深緑のフェルト帽を取り出して頭にのせている。帽子の上についた大きな黒の羽根が揺れた。ダチョウみたいだ。彼はカジュアルに見せようとするように、ぱりっとした白のドレスシャツの袖をまくり上げた。

「大丈夫だ、ペイトン。おれに任せろ」ミッチェルは指を鳴らして、人差し指をカメラに向けた。「こっちから撮るんだよ、コナー。ちゃんとついてこい。まったく、何度言ったらわかる？　いつでも撮れるように準備しておけって常々言ってるだろうが。カメラはいつもオンにしておかないとだめだ。そうだろ、ペイトン？　デイヴィッド？　ほんと、この映画ときたら冗談もいいところだよ。まあ、笑い者にされてロサンゼルスから追い出されるのがオチだ。そもそもなんでこいつを雇った？　何者なんだよ、ええ？　十二歳のガキか？」

コナーは目を伏せた。

「それをおまえが言うとはな」デイヴィッドはぼそっとつぶやき、険しい目つきでミッチェルを見た。

ウルスラと目が合った。わたしは肩をすくめた。

ミッチェルは両手で指を鳴らした。「ほら、せっかくのチャンスが台無しになる。始めよう！　みんな、撮影に取りかかるぞ」

コナーはどうにかこうにかカメラの準備をし、わたしたちにレンズを向けた。わたしもなんの通告もなしにいきなり撮影が始まるとは思っていなかった。どうすればいい？　とはいえ、心配する必要はなかった。ミッチェルがわたしたちのテーブルのまえに立ち、すらすらと自己紹介を始めてくれた。

「みなさん、ビールの町からミッチェル・モーガンがお届けします。そうです、ぼくたちは今、アメリカ流のオクトーバーフェストを祝うため、世界に冠たるビールの中心地、レブンワースに来ています。レーダーホーゼンとパイントグラスのご用意をお忘れなく。ビールがどんどん注がれ、現地は今、最高に盛りあがっています！」彼はそこでことばを切り、自分の帽子を指差した。「これから本場ミュンヘンもうらやむようなテイスティングツアーへとみなさんをお連れします。まずは、飛ぶ鳥を落とす勢いのナノブルワリーからご紹介しましょう」

テーブルの下からハンスが足でつついてきた。

ペイトンはタブレットを手で叩いた。「カット！　ミッチェル、何してるのよ？　ふざけないで。今回はつくりものじゃなくてリアルな映像にしたいんだから。これはドキュメンタリー映画よ。わたしたちは語り手であるべきなの――真実を語る語り手。わたしたちのターゲットは大学生じゃない。クラフトビール業界とその背景にいる人たちを狙ってるの」

ミッチェルは彼女を無視して咳払いをした。「デイヴィッド、あんたも映るかい？　うん？　遠慮しとく？　まあ、そうだよな。いつものごとく、ただそこに突っ立ってるだけか。ああ、それがいい。それがいいさ」

デイヴィッドは居心地が悪そうだった。スーツの上着のポケットに両手を突っ込んでいる。

「なあ、ペイトン」ミッチェルは言った。「ハリウッドの世界にはまだなじみがないんだろうが、タレントはこのおれだ。台本にないことをタレントがしゃべりたいと思ったら、しゃべっていいんだよ。わかったか？」

ペイトンは上唇を嚙《か》んだ。

デイヴィッドは一歩まえに出た。「ミッチェル、ちょっと休憩しないか？　確かこのロケーションはまだ撮影計画を立てていなかったはずだ」

「これだからアマチュアは。いったいどこまでアマチュアなんだよ」ミッチェルは頭から羽根のついたフェルト帽を取り、床に叩きつけた。コナーが腰をかがめて帽子を拾ったが、ミッチェルはそんな彼を軽く殴った。「おい、放っとけ」

コナーはびくっとし、帽子を落とした。

ミッチェルはまたデイヴィッドに視線を向けた。「休憩だ。もちろん休憩させてくれるよな。おれはこれからエージェントに電話しなきゃならない。こんな辺鄙《へんぴ》な場所に連れてこられたうえに、あんたらはなんにも準備ができてないときてる。そもそも今回は、駅に着いたときに車が待ってるはずだったんだ。宿泊施設も最高級の豪華別荘が用意されてるはずだった。それが、蓋を開けてみたら肥溜《こえだ》めとはな。リサとかいう女にさっき案内されたよ。今日の夜までに別の場所を探してこないとこの町から出ていくと彼女には言っておいた」

デイヴィッドが口を挟もうとしたが、ミッチェルの勢いは止まらなかった。「そこへもってきてこのありさまさ。おれたちはなんの計画もなしにロケーションに来た。で、おれとしては一番得意なこと――アドリブ――をしようとした。それを却下される？　あんたらの仕事を引き受けた結果がこのざまだよ。ほんと、ふざけてる。こんなさびれた町、多少うまいビールがあったところで残る価値はないね」彼は床のフェルト帽を拾うと、足音荒く出ていった。

レブンワースは確かに人里離れた町かもしれないが、さびれているですって？ そんなことは決してなかった。

彼が言っていたリサとは〈バルメス・バケーション・プロパティーズ〉のリサ・バルメスのことだろうか？ リサと彼女の母親のクリスは、町で不動産管理会社を経営していた。細かいところまで手が届き、心のこもったもてなしをすることで有名だった。貸別荘には必ず、地元で炒った香りのよいコーヒー豆の袋を置いたり、花瓶に花を活《い》けたり、かごにドイツのペイストリーを用意したりしている。彼女たちの扱う物件はどれも高級志向の客向けで、窓からは山山が見晴らせ、お風呂はジャグジー付きで、上質なリネンを使い、旅行に必要なものすべてを取り揃えていた。客が万が一、歯磨き粉や化粧水を持ってくるのを忘れても、リサとクリスが事前に用意するか、届けるかしてくれる。貸別荘の管理に加えて、ふたりはレブンワースに来た旅行者全員に家族のように接することも忘れなかった。ワナッチー川の川下りやヤキマ・ヴァレーへのワインのテイスティングツアーなどを手配したりもしている。そんな彼女たちが扱う物件にひどいところがあるなんて想像できない。

デイヴィッドは軽口をたたこうとした。「これだからタレントは。困りますな」きまり悪そうに肩をすくめている。

「これって冗談だよね？」ハンスがわたしの耳元でささやいた。

「ね？」わたしも口だけ動かして答えた。

ペイトンは人差し指でタブレットをタップした。「デイヴィッド、彼を暴走させないで。でなきゃ、降りてもらうことになるわ」

ウルスラは杖に手を伸ばした。「わたしたちはそろそろお暇《いとま》しようかしら」

オットーが妻の体を支えて立ちあがらせようとした。

「ちょっと待って、お願い」とペイトンは言った。「開栓記念パーティーにおふたりが同席してる場面をぜひ撮りたいの。ビール職人同士で仲良くしようとする、そのマインドがすてきじゃない。別の業種ではあまり見ない光景だわ。だから、ぜひそのシーンを映画に撮らせてちょうだい」

ウルスラはためらった。わたしと同じくらい気まずく感じているのだろう。

「もしよければ、ミッチェルのナレーション抜きで撮りますけど」とコナーが提案した。

ペイトンは許可を求めてデイヴィッドを見た。彼は肩をすくめた。ペイトンは空いた手で親指を立てた。バッグをテーブルに置き、中に手を突っ込むと、薬瓶を取り出し、二錠口に放り込んだ。「ごめんなさい。ひどい頭痛がするものだから。あのミッチェルのおかげでね」

彼女はタブレットをスクロールした。「よし。アイディアはここにある。さあみんな、気負わずやってちょうだい。普段どおりに振る舞って、わたしたちがここにいることは忘れてくればいいわ。さて、どこから始めましょうか?」

マックがこのチャンスに飛びついた。椅子から立ちあがり、レブンワースのビールの歴史について長々と語りはじめた。スポットライトを浴びる機会を逃さないことにかけては彼の右に出る者はいない。彼の赤ら顔が自信で輝くのがわかった。ときに普段は使わないドイツ語訛《なま》りを織り交ぜながら、熱心にうなずくペイトンの横で両親の経歴について話をしている。宗教迫害を恐れてドイツから逃げてきたのだと、事実を脚色して説明していた。それは真実ではない。クラウス夫妻は母国を愛していた。ふたりは息子たちが小さい頃、冒険を求めてアメリカにやってきたのだった。故郷の町に新しいパブを出店する余地がなかった、というのもある。とにかく、思い入れの強いアルプス山脈と似ているからという理由で、彼らはレブンワースを選んだ。ここが当時急速に拡大していたビール業界の中心地になっていると気づいたのは、移住して数年経ったあとのことだ。

オットーもウルスラも息子のうそは指摘しなかった。ハンスがテーブルの下からまた足でつついてきた。でも、彼のほうを見る余裕はなかった。カメラのレンズがまっすぐこちらに向けられていたからだ。もしかしたらクラウス夫妻もこの映画は怪しいと思いはじめているのかもしれない。だから、何も言わず黙っているのではないか。

マックが大げさな説明を終えると、ペイトンはまたタブレットにメモを取った。「完璧。わたしたちが求めてたのはこれよ」そう言って、コナーのほうを向いた。「さっきの、ちゃんと撮れてるわよね?」

コナーはカメラを下げた。「はい。ばっちりです」

彼らはおそろいのTシャツを着ていた。〝ここにビールがあれば《ウィッシュ・ユー・ワー・ビア》〟と書かれている。今まで気がつかなかった。「その謳《うた》い文句、いいわね」とわたしは言った。

ペイトンはきょとんとした顔をした。

「そのTシャツよ」わたしはコナーの胸元を指差した。みなさんに出てもらう映画。

「ああ、これね。映画なの」

「映画?」

「ドキュメンタリー映画。わたしたちが撮ってる映画の名前よ。〝ここにビールがあれば《ウィッシュ・ユー・ワー・ビア》〟っていうタイトルなの」

オットーとウルスラが含み笑いをした。

「やりすぎ?」ペイトンはそう言って、額にしわを寄せた。「ビール業界ではそういう語呂合わせがけっこう流行《はや》ってるみたいだったから。クラフトビールの名前からパブの名前まで、どこもかしこも語呂合わせだらけでしょ。この映画の制作にあたっていろいろ調べたんだけど、そういうの、数えきれないくらい目にしたわ」

「いや、いい名前だと思うよ」オットーは説得力を込めてうなずいた。

「ビールの語呂合わせならいくらでも思いつくよ」とマックが言って、パイントグラスを持ちあげた。「〝美しいかどうかは見る人《ビホルダー》ならぬ飲み手《ビア・ホルダー》によって決まる〟とかね」彼はちらりとこっちを見た。わたしは彼をにらみつけてやった。

ペイトンの顔がぱっと華やいだ。「いいわね。いっそのこと、マンツーマンでアイディアを出し合ったらいいかも。映画のそこかしこに語呂合わせをちりばめても面白いかもしれない」

マックは見るからにうれしそうだった。「もちろん。おれはここにいるし、ビールのことならなんでも知ってるよ」

〝マンツーマン〟が行きつく先について、マックが別の考えを抱いているのは、ペイトンを見る目つきからわかった。彼女は魅力的な女性だ。運動選手のような締まった体つきをしていて、絹のようなつややかな髪を肩まで垂らしている。マックを殴ってやりたかった。けれどもそれはやめにし、わたしは感じよくほほ笑んで立ちあがった。

「そろそろ店を開けなくちゃ」

ペイトンはうなずいた。「そうだったわね。もしお邪魔じゃなければ、このまま店に残って、お客さまが入ってくるところを撮らせてもらえないかしら。あと、樽の開栓シーンも。それにしても、女性のビール職人をつかまえられてよかったわ。ほんと、幸運な巡り合わせだったわよね、デイヴィッド？」

デイヴィッドはスーツの上着を脱いでいた。〝ここにビールがあれば《ウィッシュ・ユー・ワー・ビア》〟のTシャツ一枚になっている。彼は値踏みするように、うつろな黒い目でわたしを見た。「いや、ほんとに。彼女はカメラ映えするよ」

どう答えてよいかわからなかったので、わたしは中途半端に彼らに手を振り、ドアを開けにいった。外には小さな行列ができていた。フロント・ストリートの角にミッチェルが立っているのが見えた。腕を激しく振って、リサ・バルメスを怒鳴りつけている。

〝かわいそうなリサ〟。わたしは客を迎え入れながら思った。でも、最悪なのはどっちだろう？　ミッチェルのエゴに対処するほうか、マックに対処するほうか。

5

いったん店を開けると、どちらの男にしろ、わたしの頭からは消えた。〈ニトロ〉は興奮した客でがやがやしはじめた。ブリンク182（ギャレットのお気に入りのバンドだ。もちろん、ドイツの民族音楽ではない）がかかっていた。地元の人たちが背の高いテーブルの周りにひしめき合って座っている。狭い店内に人々の熱気とビールのにおいが充満していた。わたしは入口のドアとパティオの窓を開けて、涼しい風を取り込んだ。

ギャレットはみんなを温かく迎えた。自分の店の醸造《じょうぞう》のやり方について紹介し、地元で採れたチェリーを使っていると説明した。クラウス夫妻には、ホップを分けてもらったお礼を伝え、しっかりオクトーバーフェストを盛りあげていくつもりだと約束していた。オットーはそれに応えてグラスを掲げ、親しみを込めてギャレットにうなずきかけた。

よその店の経営者がひとりバースツールの上にのぼった。「みんな、ちょっと聞いてくれ。新しい樽を開けるまえに、ひとつ約束しようじゃないか。この店のことは観光客に一切口外しないこと。連中には、延々と続くアコーディオンの音楽に合わせて、テントで踊りたいだけポルカを踊らせておくぞ。〈ニトロ〉はおれたちだけの秘密だ。この意見に賛成の人は？」

拍手が沸き起こった。

ギャレットは顔をほころばせた。「ありがとう。ドイツの世界から抜け出したくなった人には、喜んで一息つける場所を提供するよ。ぼく個人としては、テントで絶品のドイツビールをぜひ味わってみたいとわくわくしているけどね」彼はそう言って店内を見まわし、わたしのいるところで視線を止めた。「さあ、つべこべ言うのはこれくらいにして、われらがビール職人、スローン・クラウスに登場してもらおう」彼はわたしにウィンクした。「スローン、樽を開ける準備はできてるかい？」

歓声があがった。

客のまえに出ながら、わたしは頰が火照《ほて》るのを感じた。カウンターのうしろで身をかがめ、記念のグラスを取り出す。注ぎ口に手を置いて最初の一杯を注ぎはじめた。ルビー色をしたチェリー・ヴァイツェンがグラスに流れ込んだ。申し分のないビールを注ぐには練習と忍耐が必要だ。急ぎすぎると、泡だらけになってしまう。最初の一杯を縁《ふち》まで注ぎおえたところで、わたしは注ぎ口を閉めて、みんなに見えるようグラスを持ちあげた。

「それではみなさん、うちのチェリー・ヴァイツェン第一号をお楽しみいただけるとうれしいです」とギャレットは言った。

店内は歓喜の声に包まれた。わたしは最初の一杯をカウンターにいる客に渡し、それからまたビールを注いだ。何杯目かのビールを客に渡し、カメラを向けられてようやく、コナーがカウンターのまえに来て、一部始終を撮影していたことに気づいた。もう少しでビールをこぼすところだった。

「びっくりした」列をつくる客のためにカウンターにビールを置きながらわたしは言った。

コナーは〝ここにビールがあれば《ウィッシュ・ユー・ワー・ビア》〟と書かれた自分のTシャツを指差した。「仕事なんで。ペイトンにきつく言われてるんです。何ひとつ撮り逃さないようにって。あとあと編集室で全部カットすることになるかもしれないけど、とりあえず今は片っ端から撮っておかないと殺されちゃう」

わたしはくすりと笑った。

「いや、笑いごとじゃなくて。ミッチェルに出ていかれたから、全部撮り直しになるかもしれないと心配してるんだと思います。このまま進行役抜きで進めようと考えてるみたいで。まあ、だれか特別に新しい人が見つからなければですけど」コナーはそう言って、期待を込めた目でにんまり笑った。

「だめよ。こっちを見ないで」わたしは注ぎ口に意識を戻した。「わたしの居場所はここなんだから。注ぎ口のまえか醸造所の中。カメラのまえじゃないわ」

「だめもとで言ってみただけです」コナーはカメラのレンズを調整した。「そっちに回ってもいいですか？　ビールを注ぐところを近くで撮ってみたくて。だって、さっきから芸術品でもつくってるような感じだから。注ぎ口をぐいっと引っぱるところなんて、まるでマッサージしてるみたいだ。どうしてグラスを斜めに傾けてるんですか？」

「どうぞ。入って」わたしは注ぎ口から出るピンクがかった美しい色のビールに目を向けたまま言った。泡が立ちすぎないようにするグラスの正しい持ち方——斜めに構えるのだ——について彼に説明した。ビールがおいしくなるかどうかはさまざまな要因にかかっているが、注ぐ際に一番大事なのは泡の立ち具合だ。泡だらけのビールを飲みたがる人はいないし、その逆もまた同じ。絶妙な泡の比率は科学であり、通常、何度も味見して初めて見つかる。けれども、結局は個人の好みによるところも大きかった。たとえば、太平洋岸北西部の最近のトレンドのひとつが、炭酸を極度に少なくしたビールだ。個人的にはそのスタイルは好きではないけれど。ビールはぱちぱちと炭酸が弾けるのにかぎる。とはいえ、太平洋岸北西部一帯のパブでは、泡のないビールが人気になりつつあった。イギリスのビール――炭酸が少なく、ホップもほとんど使っていない――を飲んだときの味を想像してもらうとわかりやすいかもしれない。

太平洋岸北西部のクラフトビールはホップの風味が強烈なことで知られている。ホップの香りが強ければ強いほど、よしとされるのだ。この地域のビール職人は今までIBU（国際苦味単位。ビールの苦さの度合いを測るのに用いられる）が100にもなるビールをつくってきた。IBU100というと、ほとんど味を感じないレベルだ。IBU80を超えた時点でちがいはわからなくなる。

ありがたいことに最近、この傾向は下火になりつつあり、麦芽の風味と、よりバランスの取れたホップの味が重視されるようになってきた。ビール職人たちがIPAに飽き、新しい味を試そうという気になってきたからだろう。パブのメニューに最近、ニューイングランド流のIPAをよく見かけるようになった。シトラスの香りが印象的なのは同じだが、ニューイングランドIPAは濾過《ろか》せず、濁っているものが多い。口に火がついたように感じるホップの苦みを抑え、バランスの取れた味になっているのが特徴だ。

　わたしもビール職人の端くれとして、変化する業界のトレンドには目を配るようにしている。昔ながらのビール醸造所の多くは、店で一番人気のビールを主力商品として置き、そのときどきで季節ごとのビールをいくつか出している。ときおり、既成概念の枠を超えたビールに挑戦する職人がいて、そういう職人がトレンドをつくるのだ。最近では酸っぱい《サワー》ビールというのが登場し、フルーツを思わせるこのビールだけを生産する店も出てきた。サワービールはもともとベルギーでつくられていたもので、酸味が強いことで知られる。このトレンドが浸透すれば、ますますそういう店が増えるにちがいない。

　コナーのカメラがビールを注ぐわたしの手元からわずか十センチの位置にあるという事実は無視しようとした。新しいビールが披露されたことで一気に新鮮なエネルギーが店内に充満していた。地元の人々は乾杯し、これからの三週間をどうやって乗り切るか、意見を交換している。この光景をぜひともエイプリルに見せてやりたかった。ここには革製半ズボン《レーダーホーゼン》を穿《は》いた客はだれひとりいない。わたしと同じく、地元民たちはみんな、ジーンズかショートパンツにTシャツという、カジュアルな格好をしていた。半径三ブロック以内にフェルト帽をかぶった人間はひとりもいないだろう（ミッチェルは除く）。

　店内を回り、いいにおいのする野菜スープとビール漬けのソーセージを配った。店内の雰囲気は明るく、仲間意識に満ちていた。

「スローン」テーブルの横を通ったとき、ウルスラに腕をつかまれた。「このスープ、すごくおいしいわ。レシピを教えてもらわなくちゃ」

「気に入ってもらえてよかった」グラスからビールがこぼれそうになり、わたしはトレイを支えた。

マックがすかさず立ちあがり、手を貸そうとしてきた。そのベビーフェイスいっぱいに期待するような表情を浮かべている。わたしは怒りを表に出さないようにするために、自制心を総動員しなければならなかった。

「大丈夫よ」わたしは彼をにらみ、客にビールを配りに向かった。

マックにいらいらさせられていることを除けば、樽の開栓記念パーティーはうまくいっているように思えた。少なくとも一時間後、ミッチェルがふたたび姿を現すまでは。店に入ってきた彼は、頭にのせたフェルト帽が少し斜めになっていた。カウンターまで進んできたかと思うと、客席とビールの注ぎ口を隔《へだ》てるアンティーク調の木でできたカウンターにいきなり飛び乗った。彼はコナーを指差して、すばやく手を振った。「おい、こっちだ。集中しろ。そのレンズをカウンターに向けたらどうだ」

コナーはさっと体勢を変え、ミッチェルを撮りはじめた。この映画の責任者はだれだろう？コナーは明らかにミッチェルから命令を受けているように見える。

「そのヴァイツェンをくれ」ミッチェルはうしろを向いて要求してきた。

わたしはビールを注いでグラスを彼に渡した。彼は何を考えているのだろう？　ドキュメンタリー映画を撮っていると言うが、こんなドキュメンタリー映画は見たことがなかった。ペイトンはクラフトビールの世界をのぞいてみたいと考えているようだが、そもそもその意向が、注目を浴びていないと気がすまないミッチェルの性格とまったくそぐわないような気がした。

ミッチェルは片手でビールを持ち、指を二本口の中に入れた。甲高い指笛の音に、店内は静まり返った。「どんどん飲みましょう、レブンワース！　進行役のミッチェル・モーガンです。一流のビールづくりをみなさんにご紹介するためここへ来ました。映画をご覧になってくれた方をうらぶれたビール村へとお連れし、〈ニトロ〉のような醸造所の舞台裏をお見せしたいと思っています。今注いでもらったばかりのこのチェリー・ヴァイツェンのような見事なビールをつくって、クラフトビール業界の定義を変えようとしている〈ニトロ〉のような醸造所の舞台裏を」ミッチェルはグラスを掲げた。「乾杯《チアーズ》！」そう言って、聴衆の反応を待った。

客は互いに顔を見合わせた。みんな、どう反応していいかわからないらしい。

デイヴィッドがまえに進み出て咳払いをした。「ミッチェル、ちょっと散歩にいこう」

「あんたに命令される筋合いはないんだよ、おっさん。あんたもわかってるだろ。散歩ならひとりで行ったらどうだ！」ミッチェルはデイヴィッドをにらみつけた。思わず身震いするような視線だった。デイヴィッドはバースツールの背をつかんだ。

ミッチェルはグラスをさらに高く掲げた。「それじゃあ、気を取り直して。乾杯《プロースト》！」

店内に気まずい沈黙が流れた。それにもミッチェルは動じず、客の反応を待っている。やがて、小さな〝乾杯《プロースト》〟の声がマックのほうから聞こえた。周りの客はそれを合図と受け取った。ミッチェルの立場が危うくなりそうになったところで、みんながグラスを持ちあげて大声で言った。「乾杯《プロースト》！」

「うらぶれたビール村？」とギャレットが小声で言った。

「ですって」わたしたちが並んでビールを注いでいる横で、ミッチェルは引き続き、耳を傾けてくれた客の歓心を買おうとしていた。自分はスターで、『ここにビールがあれば《ウィッシュ・ユー・ワー・ビア》』の進行役だと説明している。「映画は降りたんじゃなかったのかしら」

ギャレットは余分な泡を捨てながら言った。「どうやら気が変わったらしいね」

そのようだ。ミッチェルの口のうまさはマックと比べても引けを取らなかった。彼は店内にいる客の中からインタビューする相手を選び出していた。そのあいだもずっと、コナーが自分を撮っているか、そのアングルが正しいか、抜かりなくチェックしている。「そこのあなた。次にインタビューをお願いします。ぼくたちはこのビール天国についてあらゆることを知りたいんですよ。何がレブンワースを動かしているのか」彼は書店のオーナーにそう語りかけていた。

「それからそこのあなた」今度はマイヤーズ警察署長に狙いを定めていた。マイヤーズ署長はレブンワースの警察で長年刑事として働いてきた人物で、今日は、窓辺の席に座って水を飲んでいた。「あとで一緒に町をパトロールさせてくださいよ。ぜひともビール業界の暗部を見てみたいな。立ち小便とか痴漢とか。この町じゃ、何をやったら豚箱に入れられるんです？」

マイヤーズ署長は蔑《さげす》むような目つきでミッチェルを見た。彼のおふざけにつきあっている場合ではないらしい。それはそのしかめ面《つら》からはっきりわかった。店に署長がいてくれるのはありがたかった。きっとギャレットの力になろうとここへ来てくれたのだろう。実は〈ニトロ〉のグランドオープン直後、この店で殺人事件が起きたのだ。そのとき、ギャレットが捜査に協力し、無事犯人がつかまったという経緯があった。今日のマイヤーズ署長はいつものカーキ色の制服を着て、腰にホルスターをはめていた。ということは、おそらくチェリー・ヴァイツェンを飲みにきたわけではないのだろう。

ペイトンもマイヤーズ署長と同じく不満げな顔をしていた。聞き取れない声でデイヴィッドに何やらつぶやいていたが、必死そうなその身振りから、ミッチェルのスタンドプレーをやめさせるようデイヴィッドを説得しているのだとわかった。が、デイヴィッドは肩をすくめただけだった。ペイトンはバッグに手を入れ、それぞれ別の薬が入った瓶を三つ取り出した。目当てのものを見つけると、蓋を開けてまた一錠飲んだ。そして険しい顔でミッチェルをにらんだかと思うと、くるりと向きを変えて店から出ていった。

こんなのは見たことがなかった。確かに、映画制作のことに関しては何も知らない身だが、ドキュメンタリー映画の撮影チームの多くがこれほどドラマに満ちているとは想像しにくい。

「入場料を取らないとね」とギャレットは冗談を言った。

ミッチェルはカウンターからひょいと飛びおり、店内を歩きまわりはじめた。だが、そのまえにおかわりを注文するのを忘れなかった。さっきのチェリー・ヴァイツェンは五分ほどで飲み干していた。

「これがほんとにドキュメンタリー映画だなんて信じられない。どちらかといえば、たちの悪いリアリティ番組って感じだけど」わたしはタオルで手を拭いた。

「演技だと思う？」ギャレットはミッチェルのほうに視線を向けた。ミッチェルは羽根のついたフェルト帽を右に左に傾けながら自撮り写真を撮っていた。

「いい質問ね。確かに、あれはやりすぎよね？　全部演技かな？　さっき怒って店を飛び出したのも？」

ギャレットは肩をすくめた。「さあ。もしかしたらね。でも、ビールが絡むと分別を失う人もいるから。そして彼はどこからどう見ても分別を失ってる」

ミッチェルはすでに二杯目のビールを飲みおえ、ベーカリーで働く従業員のひとりにもう一杯ビールを買いにいかせていた。「彼って最高にクールじゃない？」わたしがビールを注いでいるあいだ、その従業員は興奮気味に言った。「本物の映画スターがここにいるなんて信じられないわ」

そうは言っても、わたしたちのだれひとりとしてミッチェル・モーガンという名前は聞いたことがなかった。その事実を彼女に思い出させてやりたかった。しかし、口には出さず、わたしはほほ笑んで彼女にビールを渡した。

彼女は希望に満ちた笑みを浮かべて彼のもとに戻ったが、ミッチェルはほとんど気づいていなかった。彼の注意は入口のドアに向けられていた。不動産管理会社を経営しているリサ・バルメスが〈ニトロ〉に足を踏み入れたところだった。そのうしろには、わたしが地球上で一番嫌っているエイプリルの姿があった。エイプリルはリサの服装についてもう文句を言ったのだろうか。リサは、黒のスキニージーンズに、クリーム色のVネックシャツと同じ色の薄手のカーディガンという格好をしていた。首には房飾りのある黒のストールを巻いている。明らかに、ドイツのバイエルン地方風の衣装ではない。一方、リサのうしろにぴたりとくっついているエイプリルは、さっきと同じ格好をしていた。ただし、パブのウェイトレス風の白いレースのかぶり物は取り、長い赤毛を二本の三つ編みに結《ゆ》っていた。ハイジ役のオーディションでも受けにいくつもりだろうか。

ミッチェルにじろじろ見られていることに気づいたとしても、リサはまったくそのそぶりを見せなかった。途中、何度か立ち止まってうちの常連客と会話しつつ、人々のあいだを縫ってカウンターまで来た。

「驚いたわ。すごい盛況ぶりね」とリサはギャレットとわたしに言った。「レブンワースじゅうの人が集まってるんじゃない?」

ギャレットはその褒めことばに、わずかながら目を輝かせた。「何かお注ぎしましょうか?」

リサは注ぎ口の横の壁に掲示された黒板のメニューに目をやった。「今日はチェリー・ヴァイツェンにしたほうがいいのよね?」

「もちろん」ギャレットは清潔なグラスをつかんでビールを注ぎはじめた。

「調子はどう、スローン?」ほんとうに興味がありそうな口ぶりでリサは訊いてきた。

「まずまずよ。というか、オクトーバーフェストをまえにしていつもどおりそわそわしてる感じかな。といっても、うちはそこまで忙しくならないと思うけど。そっちはどう?」

リサは首元のストールを緩めた。「もう考えるのさえ嫌。これから始まる三週間のことを思うと、毎回パニック発作を起こしそうになるわ。明日以降、うちで扱ってる物件はどこもいっぱいなの」

「すばらしいじゃない」

リサはうなずき、手首に通した鍵の束をぼんやりといじった。「そうとも言えるし、そうじゃないとも言える。あなたと一緒で、仕事にはわくわくしてるわ。けど、やることが多すぎて。ロッジと貸別荘すべてにウェルカム・パッケージを用意して、水とガスが通ってるか確認するのにレブンワース市内はもちろん、ワナッチーとクレエラムまですべて埋まってるんだから。丸一日かかったのよ。今まで一番忙しいシーズンになりそう。しかもそのピークはいつ終わるともしれないときてる。うちで扱ってる物件のほとんどが、年明けまで予約が入ってる始末で」

「ひゃー」わたしは手の甲で額をこすった。「想像するだけで疲れるわ。今度わたしが仕事の愚痴をこぼしてたら、そのことを思い出させて」

リサの温かい笑みに、たちまち肩の力が抜けた。「職場を交換する？　ビールのことはさっぱりわからないけど」

ギャレットが冷えた一杯を彼女のまえに置いた。「ビールのことは、飲み方さえ知っていればいいっていうのがうちのモットーなんだ」

「それならわたしにもできる」リサはグラスを持ちあげて一口飲んだ。

「貸別荘を管理してるのはあなたとお母さんのふたりだけなの？」カウンターにこぼれたビールを拭きながらわたしは訊いた。

「ええ。繁忙期はインターンに来てもらって、ときどき手伝ってくれる人も何人かいるけどね。実は、義理の弟さん……」リサは一瞬、口ごもった。ハンスのことをどう呼んでいいものか、困っているらしい。

「ハンス？」わたしは助け舟を出した。

「そう。彼、普段修理をお願いしてる業者の都合が悪いときはいつでも手を貸すって言ってくれてるの。ほら、いつ何が起こるかわからないでしょ。そりゃあ、いつも事前に計画して準備はしてるけど、水道管が破裂したり暖房設備が壊れたりってことは必ず起きるものだから。どうにもできない事態ってあるのよ」

「そうなのね」

リサはビールを飲んだ。「ええ。それから、いろいろ段取りも大変でしょ。次のお客が来るまえに清掃スタッフを入れたりとか、送迎車やシャトルバスを手配したりとか、設備に問題がないことを確認したりとか。去年なんて、一番豪華なロッジで双子のお客がお風呂を詰まらせてね。家じゅう水浸しになっちゃったの。あれは予想できなかったわ」リサはバッグに手を入れて、鍵をじゃらじゃらいわせながら携帯電話を取り出した。「わたしのやることリストは一キロ先くらいまで続いてる」

何かわたしにできることはないかと尋ねようとしたそのとき、ミッチェルがリサの横に現れ、彼女の肩に手を回した。

「部屋のアップグレードは順調かい？」ミッチェルはマッサージでもするかのようにリサの細い鎖骨をぎゅっと握った。

痛かったらしく、リサは顔をしかめた。携帯電話をバッグにしまい、ミッチェルの手を払いのけている。「さっきも説明しましたけど、今お貸ししてる物件をアップグレードするのは無理です。オクトーバーフェストのせいでどこもかしこも予約でいっぱいなので。今お泊まりいただいてるロッジを手配するだけでもあれこれ手を回したんですよ。お孫さんのいるシアトルへ旅行にいくようご近所さんに頼んで、その家に泊まってもらえるよう、今のロッジに泊まるはずだったご家族にお願いしたんですから。これ以上うちでできることはありません。百五十キロ圏内にあるホテルはどこもこの先数ヵ月予約でいっぱいなんです」

ミッチェルはリサの肩に両手を置いた。「今だれと話してるかはわかってるよな？　おれたちの映画はこのちっぽけな田舎町に大金をもたらすんだぜ」彼はそう言ったが、だんだんろれつが怪しくなってきていた。

わたしはカウンターから身を乗り出して彼に殴りかからないようにするので精いっぱいだった。

そこへエイプリルが現れた。バースツールの背にわざと胸を押しつけ、谷間を強調している。

「なになに？　宿泊施設の問題について話してるのが聞こえたような気がしたんだけど？」

リサはエイプリルをにらんだ。

「ああ、そのとおりだよ。問題があるんだ。大問題が」ミッチェルはフェルト帽を脱いでカウンターに叩きつけた。「とんでもないロッジを押しつけられたんでね。そこらじゅうドイツのがらくただらけさ。においも最悪で――キャベツというか、いや、もっとひどいにおいだ。そんでもって薄汚いときてる」

エイプリルははっと息をのみ、片手を胸に当てた。「なんですって？　リサ、これは聞き捨てならないわ！　ミッチェルは映画スターなのよ。ちゃんとそれらしく扱ってくれなくちゃ困るじゃない」エイプリルはミッチェルの腕を撫でた。「心配しないで。すぐにどうにかするから。そうよね、リサ？」

リサは天を仰いだ。「いいえ、エイプリル。そのつもりはないわ。ミッチェルは〈エーデルワイス〉にお泊まりになってるの。あそこは町でも一、二を争う貸別荘よ。それに、言っておくけど、うちで扱ってる物件はどこも悪臭なんてしませんから。そんなばかな話、聞いたことがないわ――あなたの口からでさえ」リサはそう言ったあと、わたしのほうをちらりと見て、あきれたように目をぐるりと回した。「あのロッジはプロがちゃんと掃除してます。それに去年、一度取り壊して建てかえてるの。ミッチェルの言ってることはでたらめよ」

エイプリルはどう出るだろう、とわたしは一瞬思った。彼女はおたおたして、ことばを紡《つむ》ぎ出そうとしていた。やがて、ぷりぷりしながらリサを無視して言った。「大丈夫よ、ミッチェル、心配しないで。こう見えてわたし、この町じゃ顔が広いの。レブンワースの大使だから」

リサはもう少しでビールを噴き出しそうになった。

エイプリルはリサをにらみつけた。「リサはきっと何か見落としてるのよ。この人、厳密に言うとそっち方面の専門じゃないから。あいにく、この町における不動産業界の実力者はこのわたしなの。だから、今日のところはなんとかそこで我慢してくれないかしら？　明日の朝までに必ず豪華な宿泊施設を用意しますから」

ミッチェルは体をふらつかせながら、ギャレットを指差して言った。「おい、もう一杯くれ」

ギャレットは躊躇《ちゅうちょ》した。

エイプリルがすぐさま反応した。頭を振り、三つ編みを左右に揺らしている。そのせいで、ただでさえおしりが見えそうなスカートがさらにせり上がった。「もう一杯入れてさしあげて。今夜はもうほかに行く場所はないんだから。あとは道を渡って帰るだけよ。彼が特別なゲストだってこと忘れた？」

ギャレットはミッチェルにもう一杯ビールを注いだ。わたしとしては、ミッチェルが薄汚いロッジに帰ってくれるのが待ち切れなかった。

「ビール容器《グラウラー》を渡して帰ってもらったほうがいいかも」エイプリルがミッチェルを連れてカウンターから離れるのを見ながら、わたしはギャレットに言った。エイプリルがミッチェルに狙いを定めたのは別に驚きではなかった。そして、彼女の餌食《えじき》にまったく同情を覚えないのも今回くらいだ。

ギャレットはくすりと笑った。「きみの考え方は好きだよ、スローン」

「もう。そうやって自分だけいい人のふりをして」

「ごもっとも」彼はグラスの置かれたトレイをわたしに渡した。「これ、お願いしていいかな?」

「もちろん」わたしはトレイを受け取り、そのままビールを配りにいった。カウンターに戻る途中、ウルスラに呼び止められた。

「スローン、もうそろそろ帰らなくちゃ」

「今日は来てくれてありがとう」わたしは足を止め、彼女の横に膝をついた。ハンスとマックとオットーは何やら発酵法《はっこうほう》について議論に夢中になっていた。

「あなたのためだもの。なんなりと」そう言うと、ウルスラは陶器のような肌にしわを寄せて顔をしかめた。「スローン、ひとつお願いがあるんだけど」

わたしはごくりとつばを飲み込んだ。ウルスラの表情は真剣だった。お願いとはなんだろう? マックのこと? アレックスが心配なのだろうか?

「お母さんを探してるって聞いたの」彼女は聞き取れないほど小さな声で言った。

「えっ?」だれから聞いたのだろうとわたしは思った。確かにレブンワースは小さな町だが、生みの母を探しているという話はギャレット以外にしていない。秘密にしてほしいといったわたしの頼みを彼が無視しているはずはなかった。実はこのあいだ、不気味なほどわたしにそっくりな女性と幼い女の子が写った写真をギャレットが見つけたのだ。それを見せられてからというもの、わたしは寝ても覚めても写真のことしか考えられなくなった。実際に夢にまで出てくる始末だった。里親に育てられるまえのわたしの記憶といえば断片的で、一瞬思い出したとしても、風の強い日の雲のようにさっと頭の中を流れ去ってしまうことが多く、記憶をつなぎ合わせるのは困難だった。ピンクのろうそくが立った誕生日ケーキやジャスミンの香り、ミント味の歯磨き粉といった断片的な記憶だけ。そのイメージでさえ、ほんとうの記憶かどうか怪しかった。ただの想像の産物という可能性もある。

「あのね《ヤー》」ウルスラは膝の上で指を組んだ。「過去は過去のままにしておいたほうがいいんじゃないかと思って」

どうしてそう思うのか訊いてみたかったが、そのときエイプリルの邪魔が入った。「クラウス家のみなさん、こんにちは《グーテン・ターク》」彼女は右隣に立ってビールをごくごく飲んでいるミッチェルを身振りで示した。「レブンワースのハウプトスターにはもうお目にかかったかしら？」

「ハウプトスター？」ウルスラは眉間《みけん》にしわを寄せた。

「そう。あなたのお国のことばでは、映画スターのことそう呼ぶんじゃなかった？」とエイプリルは偉そうに言った。

「いいえ。そうは言わないわ。フィルムスターだけど」

エイプリルは鼻の穴を膨らませた。「あらあら。あなたもドイツ語が錆《さ》びついてきてるのね」

ウルスラは啞然《あぜん》としていた。

「とにかく、それはどうでもいいわ」エイプリルは手を振った。「ミッチェル・モーガンには会った？　ロサンゼルスからお越しのすばらしい俳優よ」

「ええ」ウルスラはミッチェルに会釈した。「お会いしたわ」

エイプリルはそれだけ言うと、ミッチェルを引っぱって別のテーブルへ移動した。わたしは笑いをかみ殺さなければならなかった。ドイツ語の無残なまちがいをウルスラに指摘されるとは、なんともいい気味だ。それにしても、自分の過去を探るのがどうしてよくないのだろう。そう思ってウルスラに訊こうとしたちょうどそのとき、ギャレットがカウンターから手を振っているのが見えた。

「行かなくちゃ」とわたしはウルスラに言った。「また今度話せる?」

「ええ《ヤー》、もちろん」ウルスラはいつもの温かい笑みを浮かべて言った。

わたしは席を立ち、カウンターへ戻った。「ごめんなさい。てんてこ舞いだった?」

「オクトーバーフェストのあいだはそれほど忙しくならないって言ってなかったっけ?」ギャレットは使用済みのパイントグラスをプラスティックケースに入れた。「もう少ししたら、食器洗い機を回さなくちゃいけなくなりそうだ」

「今夜の分のビールはもうなくなりそう?」わたしは使用済みのグラスの数を頭の中ですばやく計算した。ケースに少なくとも百個は入っている。「じきにお客さんも少なくなると思うけど、この忙しさは明日まで続くかも」

「ミスター・ドラマのおかげだな」ギャレットはミッチェルのほうにあごをしゃくった。彼はエイプリルと一緒にテーブルからテーブルへ練り歩いていた。

「ミスター・ドラマか。ぴったりの名前ね」わたしは笑い声をあげた。

「でも、うちのチェリー・ヴァイツェンを楽しんでくれてるようだ。それに、みんなも彼のパフォーマンスを楽しんでる」ギャレットのヒッコリー色の目がくもった。「まあ、彼にはもう少ししたら出ていってもらうけどね」

「それがいいわ」わたしはテイスティングルームのほうを見た。ほぼ全員の視線がミッチェルに注がれていた。彼が次に何をするか、様子をうかがっているらしい。彼もまだ本格的に酔っているわけではなさそうだったが、ふらついているのはまちがいないし、目もとろんとしてきていた。これ以上彼にお酒を飲ませるつもりはギャレットにもないようで安心した。「これは任せて」わたしはそう言って、グラスの入ったケースをつかんだ。

エイプリルから離れられる口実があればなんでもよかった。わたしはグラスを厨房に運び、シンクでゆすいで食器洗い機に入れて、スタートボタンを押した。この業務用の機械に入れておけば、洗いと乾燥がものの数分で終わる。唯一の問題は、熱々のグラスでビールを飲みたがる人などだれもいないことだ。そこで、食器洗い機が仕事を終えた時点ですぐにパイントグラスを冷蔵庫に入れた。グラスが冷たくなるのを待つあいだ、今日の開栓記念パーティーの盛況ぶりについて考えてみた。あとは、ミッチェルとエイプリル、それに、もうじき元夫になるはずの男をしばらく遠ざけていられれば言うことはない。オクトーバーフェストは無事終わるだろう。

6

ミッチェルはその後も騒ぎを起こしつづけ、ラスト・オーダーが近づいてようやくギャレットの働きかけもあって帰っていった（エイプリル・アブリンがすぐそのあとを追った）。それにより、店内に残っているのは常連客数人だけになった。クラウス家のみんなはずっとまえに引きあげていた。リサもだ。エイプリルに対するリサの反応を見たことで、わたしは少し心が軽くなっていた。それは否定できない。少なくともエイプリルの標的はわたしひとりではないのだ。矛先《ほこさき》がだれか別の人に向けばいいと思っているわけではないが、数が多ければ安全だろう。

ギャレットはまだカウンターでビールを注いでいた。わたしは、洗剤と水とお酢を少し混ぜたもので、空いたテーブルを拭いた。お手製の洗浄剤とビールの混じったにおいがした。足は痛く、筋肉は疲れていたが、開栓記念パーティーは無事成功した。おめでとう、ギャレット。あれだけみんなから褒められるのも当然だ。

最後の客が帰ったあと、わたしたちは店を閉め、入口に鍵をかけた。鍵をかけるという行為にはまだ慣れない。レブンワースでは戸締りをする人はめったにいなかった。カスケード山脈の山々に抱かれた、人口わずか二千人少々の町では、犯罪はそれほど起きない。シアトルから引っ越してきたとき、ギャレットは安全対策をしっかり取ると言って聞かなかった。わたしとしては、神経質になりすぎだと思ったが、店に何者かが侵入し、そのうえ殺人事件が起きたあと、その考えはすぐに変わった。

ギャレットは客に喜ばれたうちのヴァイツェンをふたり分注いだ。「じゃあ、ぼくたちに乾杯」そう言って、わたしとグラスを合わせた。

「やったわね。今回もうまくいった。今回のビールも」

「クレイジーな映画スターには振りまわされたけどね」ギャレットは無精ひげの生えた頰を掻いた。「でも、映画スターなんてほんとに呼んでいいのか？　ビールのドキュメンタリー映画の進行役がいつからスターの仕事になった？」

わたしは笑い声をあげた。ビールの泡が鼻をのぼってきた。サクランボのにおいがし、ウルスラがよくつくってくれていたサクランボのシュトルーデルを思い出した。「わたしも同じことを考えてた。だけど、ビールはのんびり楽しむものなのに、あのミッチェルじゃ全然適任じゃない気がする」

「ほんとにそうだ」ギャレットは親指を下げるしぐさをした。「あの映画は変だよな。なんかしっくりこない」

「そうね。監督のペイトンには気づいた？」足元がべたべたしていた。これもパブの日常にはつきものだ。

ギャレットは首を横に振った。「いや。ペイトンがどうしたって？」

「彼女、ミッチェルにはうんざりしてるんじゃないかな。話してるのを直接聞いたわけじゃないけど、なんとなくもう映画にはかかわってほしくないと思ってるみたいな印象だった」

「そりゃそうだろう。悪夢みたいな男なんだから」

「あなたのビールを愛してる悪夢みたいな男よ。それを忘れないで」わたしは鮮やかなヴァイツェンを一口飲んだ。

「そこが彼の唯一の美点だ」ギャレットは乾杯するようにグラスを持ちあげた。

開いた窓からポルカを演奏する音が聞こえてきた。どこかのバンドがメインステージでリハーサルをしているにちがいない。

「どうやって彼に出ていってもらったの?」わたしは窓を閉めにいった。

「それに関しては、きみのお友達のエイプリルに感謝しないといけない」ギャレットはグラスを傾けてビールをくいっと飲んだ。「チェリー・ヴァイツェンをビール容器《グラウラー》で注文して、ここから連れ出してくれたんだ。ミッチェルに幸あれ、だな。エイプリルの手から逃れようとしてるところしか想像できないけど」

わたしは思い切り笑ったせいで、ビールを噴き出しそうになった。

「あのふたりはお似合いだよ。まあ、彼もへべれけに酔ってるってわけじゃなさそうだったけどね。飲みすぎてはいたけど、体格のいい男だ。たぶん普段からああいう愉快な性格なんだろう」ギャレットはにやりと笑い、ビールをもう一口味わった。「それにしても、このビールは想像以上の出来だ。今試作中のクランベリー・ビールもこれくらいの味になってるといいね」

「そうね。今夜はどれくらい売れた？」とわたしは訊いた。これから観光客がどっと押し寄せるのに備え、ビールが足りるか少し心配だった。

「樽半分くらいかな。絶好調だよ」

「明日のスケジュールは？」アレックスから連絡がきているか、携帯電話を確認したかった。旅行の写真をメールで送ってくれる約束だった。

ギャレットは眉間《みけん》にしわを寄せた。「ちょうどそれを訊こうと思ってたんだ。何しろぼくときたら、前回オクトーバーフェストでこの町に来たのは十年以上前の話だから。その当時と比べたら、ずいぶん規模が大きくなってるんだろ？」

「ええ、まちがいないわ。倍くらいかも」わたしは、表の街灯に照らされた駐車場をちらりと見た。「明日は早めに出勤しようと思ってるの。このあたりの駐車場はどこもいっぱいになるから。午前中に道も封鎖されるし。だから、早朝に来て、一日じゅうこっちにいるつもりよ」

「長い一日になるぞ。本気かい？」ギャレットは注ぎ口の取っ手をひねって、きちんと閉まっているか確認した。

「平気よ。レブンワースのオクトーバーフェストなんてこんなものだもの」

ギャレットは笑みを浮かべた。

「ということで、今日はそろそろ帰るわ。また明日の朝にね」

「じゃあ、明日の真っ暗な時間に《ビア・ダーク・サーティ》」ギャレットはそう言ってウィンクをした。

「了解」わたしはオフィスに荷物を取りにいった。思ったとおり、アレックスからメールがきていた。スペース・ニードルのてっぺんで友達と一緒に撮った写真付きだ。「ねえ母さん、すごいでしょ！」と書いてあり、赤いハートマークが三ついている。「愛してるよ。楽しいオクトーバーフェストになるといいね。あんまり働きすぎないでよ」

わたしは携帯電話を胸に押し当てた。〝楽しんで。でも睡眠は取るように〟と息子にメールを返す。

よく言うわよ。十代の男の子にしっかり眠れだなんて。わたしはひんやりした外気に足を踏み出しながら胸の内でそうつぶやいた。かさかさと音を立てる木の葉と干し草のかすかなにおいに、季節の移り変わりを感じた。バッグを車に放り込み、運転席に乗り込もうとした。と、そのとき叫び声が聞こえた。一足先に到着してお酒を飲みはじめた旅行者のグループかと思ったが、最初の叫び声に続いて、ただならぬ悲鳴が聞こえた。わたしは車のドアを閉め、声が聞こえたほうへ駆け出した。

角を曲がってフロント・ストリートに出たところで、フェストハレと呼ばれる巨大なビールテントの入口からふたりの人間がこっちの方向へ走ってくるのが見えた。街灯がぼんやりした影を通りに落としていた。月明かりが真っ白なテントに反射している。明日から始まるお祭りに向けて、作業員がまだテントの設営作業をしており、ここから二ブロックのエリアは封鎖されていた。暗すぎてだれが言い争っているのかまではわからなかったが、口論はヒートアップしていた。わたしは薄暗い歩道を走り、くるみ割り人形の店とベーカリー、デリカテッセンのまえを通りすぎた。騒ぎの現場へ急ぐあいだ、冷たい空気が胸を刺した。

見覚えのない若い女性がリサを追いかけていた。「あんたが殺したんでしょ！　殺したのよ！　戻ってきなさい！」その女性はリサに追いつこうと懸命に走っていた。

ふたりはこっちへ向かってきた。

「なんの話だかさっぱりわからない」リサは肩越しに叫び返した。道の真ん中を全速力で走っている。

いったい何が起きているのだろう？

若い女性はヒステリックになっていた。「あんたが彼を殺したんでしょ！」また叫んだあと、彼女はリサに追いついた。地面に組み伏せようとしている。

「頭がおかしいんじゃない？　どいてよ！」リサも大声をあげ、女性の手から逃れようとしていた。

若い女性がいったん体を離して再度リサに飛びかかろうとしたそのとき、わたしはふたりに追いついた。「ちょっと、どうしたの？」わたしは若い女性からリサを守った。歩道の端に落ち葉が溜まっていた。

「この女がミッチェルを殺したの！　ああ、ミッチェル・モーガンが死んじゃった。この女が殺したのよ」女性は声をあげて泣きはじめた。「ミッチェルが死んじゃった」

「なんの話だかさっぱりわからない」リサはいぶかるような顔でこっちを見て、片手で女性を追い払おうとした。

「どういうこと？　ミッチェルが死んだって」わたしは引き続きレフェリーの役目を務めなが

らそう訊いた。リサ同様、この女性が何を言いたいのかはさっぱりわからない。けれど、血走ったその目と浅い呼吸から、何かビールより強いものを飲むか吸うかしているのではないかという気がした。

「ああ、ミッチェルが死んじゃった！」女性は両手で顔を覆って泣きじゃくった。「この女を見たの！」震える指でリサを指差している。「この女が殺《や》ったのよ」

視線を向けると、リサは肩をすくめた。わたしと同じくらい困惑している様子だ。「いいから、息を吸って落ち着いて」わたしは手本になるよう、若い女性のまえでゆっくり深く呼吸をしてみせた。

若い女性は涙に暮れながらも深呼吸しようとしたが、胸をひくひくさせるばかりだった。

わたしは混乱しきっていた。この女性の言っていることはほんとうだろうか？　だって今も作業員が最低二十人はテントとテントのあいだを行き来しているし、バンドの演奏音も聞こえてきているではないか。フェストハレのメインの入口は六メートルほど先だ。もしそこでミッチェルが死んでいるのなら、どうしてほかにだれも反応しないの？

「ミッチェルにはわたしも一時間くらいまえに会ったけど、ぴんぴんしてたわよ。どうして死んでるなんて思うの？」

「だって死んでるからよ！　死んでるの。あそこで！」若い女性はフロント・ストリートの突き当たりにある巨大なテントのほうを指差した。三つゲートがあり、今はそのまえに仮設の柵が置かれていた。ゲートの上にはそれぞれ、〝業者専用〟〝前売り券購入者用〟〝当日券売り場〟と看板が出ている。

「どうしてそう言い切れるの？」わたしはなおも食いさがった。

「見たからよ。最初は、どこかで飲んだくれてるのかと思った。彼、そういうことがときどきあるから。ロッジに様子を見にいったんだけどいなくて、だから、広場まで来ることにしたの。もしかしたらパブかテントでまだ撮影してるのかもしれないと思って」話すごとに女性の声はしっかりしてきた。「そこらじゅう捜したわ。あきらめてホテルに帰ろうとしたとき見つけたの。あそこの……」

「バーで？」リサが反対方向に目を向けながら訊いた。道の両側には、ドイツのバイエルン地方風の建物が並んでいた。しゃれたバルコニーから下がったストリングライトが、暗闇の中でちらちら光っている。

「ちがう、あそこ」女性は遠い地面を指差した。「死んでた。まちがいないわ」

声に説得力が増していた。

「もし死んでるなら警察に電話しないと」わたしはそう言ってテントに向かった。

若い女性が追いかけてきた。「そうよ、早く警察に通報しなくちゃ。だってこの女が彼を殺したのよ」そう言って、彼女はリサをまっすぐ指差した。

リサは首を横に振った。「なんの話だかさっぱりわからないけど、わたしはミッチェルを殺してないわ」

「いいからその話はあとにしましょう」とわたしは言った。「彼を見つけた場所に案内してもらえる？」

「いいわ。けど、彼にもう一度近づく自信なんてない。気を失っちゃうと思う」

「近づく必要はないわ。ただどこにいるか教えて。あとはわたしに任せてくれればいいから」

女性は腕で鼻をこすった。「わかった」

紙吹雪《かみふぶき》のように落ち葉をまき散らしながら、わたしは彼女のあとについてテントへ向かった。ゲートに近いところで足を止めた。「これ以上は無理。直視できない」若い女性は両手で目を覆った。「そこの地面に倒れてたの」〝当日券売り場〟と書かれたゲートのほうを指差している。

リサのほうを見ると、一緒に行こうと意を決したようにうなずきかけてきた。わたしたちは思い切ってまえに進んだ。「ミッチェル」とわたしは呼びかけた。「ミッチェル、大丈夫？」

返事はなかった。

ほんとうに死んでいるのだろうか？

リサの足が止まった。

無理もない。わたしも本音を言えば逃げ出したかった。この若い女性の言っていることはほんとうだったのかもしれない——そう思うと気が滅入った。足元に視線を落とした瞬間、コンクリートの上に手足を投げ出したミッチェル・モーガンが目に入った。『ここにビールがあれ《ウィッシュ・ユー・ワー・》ば《ビア》』のスターはほんとうに死んでいる。そうすぐに気がついた。

7

「警察に電話して」わたしは顔を上げてリサに指示した。

彼女は大きなハンドバッグに手を入れて携帯電話を取り出した。

若い女性はわんわん泣き、その場にくずおれた。「死んでる。ほんとに死んでる。そうでしょ?」

彼女を慰めている暇はなかった。わたしは本能に突き動かされ、リサが警察に現状を伝えているあいだ、ミッチェルの脈を確認した。「脈がないわ」とリサに言い、別の腕で脈を取れないか探そうとする。

「息はしてる?」とリサが尋ねた。

わたしはミッチェルの鼻の下に手を置いた。「してない」天涯孤独の身で育ったせいか、自分でも妙に冷静な声だった。もしかしたら典型的なストレス反応なのかもしれない。どちらにしろ、体の外でしゃべっているような感じだった。ビールのにおいが鼻を突いた。ミッチェルはどれくらい酒を飲んだのだろう?

「外傷は?」911のオペレーターからの質問をリサは繰り返した。「マイヤーズ署長と救急車が今こっちに向かってる」

わたしはミッチェルの全身を確認した。割れたガラスが王冠のごとく頭の上に落ちていたが、血は流れていなかった。凶器は見当たらないが、暗いのでよくわからない。「見たところ、そういうのはないわ」とリサに伝えた。寒々とした周囲の沈黙を打ち破るように、サイレンの音が聞こえてきた。

リサがオペレーターと話しているあいだ、わたしは通りを見渡した。どうして若い女性はリサがミッチェルを殺したとすぐに思ったのだろう？　なぜいきなり殺人と決めつけたのか？

ミッチェルがかぶっていたフェルト帽がなくなっていた。頭を殴られたようには見えないが、彼の体をひっくり返して確認するつもりはなかった。そのとき、恐ろしい考えが頭に浮かんだ。もしミッチェルがアルコール中毒で死んだのだとしたらどうしよう？　ひょっとしてうちの店でお酒を出しすぎた？　もしくはひどく酔っぱらっていたせいで転んで頭を打った？　ミッチェルの酒の許容量に関して、ギャレットは読みを誤ったのかもしれない。

わたしは自分の携帯電話を取り出してライトをつけた。地面を照らすと、散らばったガラス片がよく見えた。どうりでミッチェルから強烈なアルコール臭がしたわけだ。〈ニトロ〉のチェリー・ヴァイツェンが入ったビール容器《グラウラー》が割れていた。胃がずしりと重く沈んだ。エイプリルはどこへ行ったのだろう？

すすり泣いているさっきの女性に話をしにいこうとしたそのとき、マイヤーズ署長を乗せた車がサイレンを響かせ、回転灯を光らせながらうしろに現れた。わたしは片手で目を覆った。

「スローン？」マイヤーズ署長はがっしりした体格に似合わない機敏さでこっちに近づいてき

た。「何があったの？」ベルトから懐中電灯を取り出し、ミッチェルの体を照らしている。

「死んでる」と感情のない声でわたしは答えた。

マイヤーズ署長はそのことばを鵜呑《うの》みにすることなく、通常の捜査手順と見られる作業を始めた。ミッチェルの体を調べ、わたしたちの周囲を確認している。ほどなく救急車が到着した。わたしの疑念が正しかったことを救急隊が確認するのに時間はかからなかった。ミッチェル・モーガンは死んでいた。

「みんな、この場から離れないで」マイヤーズ署長はわたしたちに言った。「三人はあっちの歩道にいるように」彼女は通りの右側にある、レブンワースでも一、二を争う人気店〈ジンジャーブレッド・コテージ〉のほうを指差した。

静かな月明かりの夜にいきなりサイレンのけたたましい音が響き、少数の旅行客とパブにいた地元民たちがざわついていた。言われた歩道のほうに移動して初めて、わたしは野次馬が集まりはじめていたことに気がついた。

さっきの若い女性はまだ体を震わせながら泣いていた。ティッシュか何か差し出せるものがあるといいのにと思いながら、わたしは〈ジンジャーブレッド・コテージ〉のまえの白い柵のほうへ彼女を連れていった。「こっちで待っていましょう」

彼女は素直に従った。

「ところで、わたしはスローンっていうの。お会いするのは初めてよね」

彼女の息は浅く、ひくひくいっていた。「わた――わたしは――カット。カット・ケリーよ」

「あなたもあのドキュメンタリー映画の関係者?」

彼女は片手で鼻をこすったあと、もう一方の手でまたこすった。「ううん。そうだったらどれだけいいか。わたしはミッチェルの一番のファン。彼のためならどこだってついていくわ」

意外な答えだった。思わず眉を片方吊りあげてしまった。

「彼みたいにすばらしい俳優はいないんだから」わたしの反応などお構いなしにカットは続けた。「『クレイジー・ハウス』は見たことある? 子供の頃、お気に入りの番組だったの。どの回も最低五回は見てるわ。わたし、彼のファンクラブの会長で。彼が長年わたしたちのためにしてくれたことや贈ってくれたものといったら、あなたびっくりするわよ」

びっくりするのは、ミッチェルにファンクラブが存在したことのほうだけれど。そう思いながらも口には出さず、わたしはこう訊いた。「そうなのね。たとえばどんなことをしてくれたの?」

「今回のこととか」カットは震える手をフロント・ストリートに向けた。青と白の回転灯の光がおしゃれな店の正面に反射している。「週末のあいだ、こっちにくるよう招待してくれたの。ファンクラブの会長として、彼の新作を一足早く見せてもらう予定で。交通費とかいろいろ出してくれたわけ」

わたしにとっては、ミッチェル・モーガンの名前を聞いたのは今日が初めてだった。彼のファンクラブとは、いったいどれくらいの規模なのだろう?

「わたし、オレゴンのセイラムから来たんだけど、彼が列車の代金とホテル代を払ってくれた

した。小柄なその体はまだ震えていたが、喉を嗄《か》らすようなむせび泣きは止んでいた。

「そういう人なの――ていうか、人だったの」彼女はまた泣きはじめた。

肩に腕を回すと、カットはわたしに体を預けた。

少し離れたところで、何事かと見にきた野次馬たちとリサが話をしていた。白漆喰《しろしっくい》仕上げの古めかしい建物と黒い木材でできた日よけが不気味な雰囲気を醸《かも》し出しているように見えた。これはほんとうにわたしたちの町で起きていることなのだろうか？

「ミッチェルが倒れるまえに何か見た？」とわたしはカットに訊いた。

カットはぶるっと体を震わせた。「倒れるまえってどういうこと？　倒れたんじゃない。あの女が殺したのよ」

「彼女がミッチェルを殺すところを見たの？」わたしはリサのほうに目をやった。彼女は携帯電話でだれかと話していた。三十年以上前から続く靴の修理店〈シュー・ハウス〉のまえを行ったり来たりしている。靴の形に切り取られた木の看板がリサの頭上で揺れていた。

カットはまた鼻をこすって、わたしの肩から体を離した。「いいえ。というか、はっきり見たわけじゃないけど、あの女に決まってるわ。だって近くにはあの女しかいなかったもの」

「どういうことか、よくわからないんだけど」

「わたし、ミッチェルとはこのあたりで会う約束だったの。一杯飲みにいって、そのあとホテルの鍵とオクトーバーフェストのチケットを渡してもらう予定だったから」

わたしたちはふたりとも口をつぐんだ。救急隊がちょうどミッチェルの死体をシートで覆うところだった。

「ああ、なんてこと！　どうしよう。これって現実なの？　実際に起きてること？　それとも悪い夢か何か？　頬をつねってもらったほうがいいかも」彼女はうしろによろけて白い柵にもたれかかった。ジンジャーブレッドの巨大な切り抜き細工が正面の芝生のあちこちに置かれていた。奇妙な対比だ――死を背景に、かわいらしい飾りが点々としているのは。

「残念ながら夢じゃないわ」わたしは顔を背《そむ》けた。数分前にミッチェルの死体を触ったことを思い出して吐き気がした。「さっきの話に戻るけど、ミッチェルに会いに広場のほうへ来たのよね。で、そのあとは？」

「着いたけど、彼はいなかった。角のパブにいるとか言ってたから行ってみたけど、そこももう閉まってて」と彼女は言ったが、感情が高ぶって声が引きつっていた。体を前後に揺らして爪先立ちになっている。〝そのサンダルじゃ、足が凍りつきそう〟。そう思いながら、わたしは自分の腕をさすった。気温が下がりはじめているような気がした。それとも、ショックを受けたせいでそう感じるだけ？

角の店とはおそらく〈ニトロ〉のことだろう。

「レブンワースに来るのは初めてだったから、開いてる店をしらみつぶしに調べたの。そしたら、向かいの店のバーテンダーが、ミッチェルがテントのほうに向かうのを見たって教えてくれて。だから、そこに向かったわけ」

「そのとき、リサを見た?」

カットは首を横に振った。「そのときはまだ。テントの中を全部捜したけど、彼はいなかった。電話やメールも試してみたけど、反応はなし。どうすればいいかわからなくて途方に暮れてたら、彼がだれかに怒鳴るような声が聞こえたの。だから、走ってそっちに行ってみた。すべてが一瞬のできごとだった。ガラスが割れる音が聞こえて、次に気づいたときには、あの女がいたわけ」彼女は息を整え、リサを指差した。「ミッチェルの死体から走って遠ざかってた。ミッチェルは地面に倒れたまま動かなくて。倒れたんじゃない。あの女に殺されたのよ。あれは現場から逃げるところだったに決まってる」と同じ主張を繰り返した。

わたしは鼻から息を吸った。カットは取り乱しているのだろうか? それともほんとうに何か見た? リサのほうに目をやると、彼女はバッグに手を入れて何かを探していた。殺人犯のようにはまったく見えなかった。それに、どんな動機があってミッチェルを殺すというのか? 貸したロッジへの苦情を訴えられていたことを除けば、彼を殺したいと思う理由は見当たらない。とはいえ、リサはプロだ。客のクレーム対応には慣れているだろう。彼女が理性を失うところなど想像できなかった。

カットは爪を噛《か》んだ。「人生で最高の日になるはずだったのに。それが、最悪の日になるなんて」涙がとめどなくあふれ、彼女は両手で顔を覆った。

マイヤーズ署長が警察官のチームと救急隊に指示を出していた。彼らがミッチェルの死体を救急車にのせるのをわたしは見守った。カットのように特別深い愛情があったわけではないにしても、彼が死んだという事実には打ちのめされ、一瞬動けなくなった。救急車がバックすると、沈黙が訪れた。どんな事件が起きたのかと様子を見にきた人々の熱狂的なエネルギーは消え、周囲は悲しみを帯びた静けさに包まれていた。マイヤーズ署長でさえ指を二本立てて救急車に敬礼していた。

となりを見ると、カットが歩道にへたり込んでいた。柵に背中を預け、両膝を抱いている。そういうふうに感情を爆発させられてうらやましいと思う自分がどこかにいた。里親のもとで育ったわたしは、こういうときいつも感情を自分の中に封じ込めることで対処する。大泣きしたり知らない人に抱きしめて慰めてもらったりするのは、わたしのＤＮＡには組み込まれていなかった。ストレスを感じたときは、つねに内にこもるようにしてきて、だいたいそれでうまくいった。例外は、クラウス夫妻に出会ったときとアレックスを産んだときだ。彼らはわたしの殻を割り、殻を割られて以来、それまでのわたしではなくなった。

カットが横で悲しみを隠さず表現しているおかげで、その場にじっと突っ立っている自分のことが気になった。ミッチェルの早すぎる死の原因のことばかり考えている自分を意識してしまう。

マイヤーズ署長がこっちへ歩いてきた。ぴったりした制服の前ポケットに片手を入れ、もう一方の手で懐中電灯を握っている。「スローン。話を聞かせてちょうだい」彼女はカットから離れるよう懐中電灯でわたしに指示した。堂々とした体格が通りに浮かびあがる。背が高くがっしりしたマイヤーズ署長は威厳ある女性だ。もし別の職業を選んでいたとしても、行く先々でみんなから敬われていただろう。

わたしは、歩道を進む光の輪のあとをついていった。「彼女はなんなの?」とマイヤーズ署長は尋ねてきた。カットのことだというのはすぐにわかった。「奥さん? それともガールフレンド?」

「ファンクラブの会長ですって」

「冗談はよしてよ」マイヤーズ署長は、おしりのポケットから小さなリングノートを取り出し、さっとメモした。「ファンクラブの会長?」

「彼女からそう聞いたわ。あとで本人に確認してみてほしいけど、撮影を見学するための旅費をミッチェルが負担してくれたそうよ」

「ほかには?」マイヤーズ署長はボールペンをかちかち鳴らして、ペン先を出したりしまったりした。「見たことをひとつずつ順番に教えて」

わたしは叫び声を聞いて、何事かと駆けつけたことをマイヤーズ署長に話した。「リサが911に電話したの。わたしは脈を確認したけど、ミッチェルはもう息を引き取ってた」

「それは何時頃の話?」

「十一時は過ぎてたと思う。それくらいに店を閉めて掃除をしたから。たぶん十一時半頃じゃないかな」

マイヤーズ署長はまたメモを取った。胸元につけた無線機が音を立てた。署長はそれを取り外してボタンを押したあと、すばやくコードをつぶやいた。「続けて」

「近くにガラス片が落ちてたわ。ビールのにおいもした。ガラスはたぶんうちのビール容器《グラウラー》だと思う。飲みすぎたせいでミッチェルが倒れたのかどうかはわからない。ひょっとして転んで頭をぶつけたとか？　ちょうどギャレットとミッチェルの話をしてたところだったから変な気分よ。彼がどれくらい飲んだかっていう話をしてたの。店ではあの人、だれにでも絡んでたけど、あれはたぶんアルコールでハイになってたせいじゃないと思うのよね」

マイヤーズ署長はわずかに顔をしかめた。丸い頬がぴくりと動いたのでわかった。「あとはわたしに任せて、スローン。こうしてるあいだもうちのチームが証拠を集めてくれてるから。でも、ほかに見たものや聞いたことがあれば教えて。遠くで何か動きはあった？　現場から立ち去る人の姿とかは？」

わたしは首を振った。署長の質問を聞いていると、ミッチェルは殺されたという前提で捜査を進めているように思えてくる。「いいえ。すごく暗かったから。ミッチェルがエイプリル・アプリンと一緒に〈ニトロ〉を出ていったのは知ってるけど、エイプリルの姿はどこにもなかった。それから、カットはリサが彼を殺したってずっと言ってるわ」

マイヤーズ署長はこの話に興味を示し、首をぐるりと回してリサのほうを見た。「リサ・バルメスが？」

「カットの話ではね」わたしはうなずいた。

「ミッチェルの近くにはいなかった。たぶんテントのそばにはいたと思うけど」わたしは頭を働かせてそのシーンを思い出そうとした。自分が見たことは正確に覚えていると思ったが、いざマイヤーズ署長に細かいことを訊かれると、頭が真っ白になったように感じられた。

「死体の近くにリサがいたの？」マイヤーズ署長はノートにメモしようとペンを構えた。

「スローン？」黙り込んだわたしに、マイヤーズ署長が先を促した。

「近くにはいたけど、ミッチェルの死体のそばではなかったわ」わたしは自分の車からの足取りを振り返って言った。「持ちあげたミッチェルの腕は冷たかった。けど、わたしもショック状態だったから、自分の手の感覚がなくなってただけかもしれない」

「なるほど」マイヤーズ署長はうなずいた。

考えれば考えるほど、そんな気がしてきた。「死因はわかってるの？　だれかに殴られた可能性は？　だから近くにガラスが落ちてたとか？」

マイヤーズ署長はペンをまえに突き出した。「落ち着いて、スローン」

それ以上何も言わないのかと思ったが、マイヤーズ署長は、歩道で今も泣いているカットを見て、そのあと地元の人たちと立ち話をしているリサへ視線を移した。

「ここだけの話よ。まだはっきりしたことはわかってないけど、ミッチェルの後頭部にガラス片がついてるのが見えたの。今のところ、わたしたちは殺人事件として扱ってる。ほかに何か思いついたことがあったら連絡して。つねに気に留めておいてね」

「わかった」

マイヤーズ署長はカットのほうへ移動し、彼女の横にしゃがみ込んだ。署長は殺人を疑っている。どういうわけか、そう聞いてもわたしは驚かなかった。ミッチェルはみんなから愛されていたわけではなかったから。とはいえ、もしほんとうにそうなった場合、わたしの知っている人、もしくは気にかけている人が、彼を殺した犯人かもしれないのだ。

しばらくその場で待っていると、全員帰ってもいいと警察に言われた。ただし、必要があればまた話を聞かせてもらうとのことだった。わたしは身震いしながら車に戻った。冷たいコンクリートの上に立っていたせいで足が痛かった。それに、頭が混乱していた。こののどかな町でだれかがミッチェル・モーガンの命を無残にも奪った？　だとしたらなぜだろう？

8

翌朝起きたとき、ゆうべは飲みすぎただろうかと一瞬思った。二日酔いのような気分だった。首はこちこちに固まっていて、頭は脈打つように痛く、口は乾いていた。転がり出るようにベッドから出て、よろよろとバスルームへ行き、水一杯と一緒に鎮痛剤を二錠飲んだ。ミッチェルの死体を見つけたときの記憶がよみがえった。こんなにひどい気分なのはそのせいか？

冷たい水を顔にかけた。目は血走っていた。ゆうべはどれくらい眠れたのだろう？　目の下に大きな隈《くま》ができ、口の中がからからに乾いていることからすれば、あまり眠れなかったのかもしれない。家にひとりでいるときはよく眠れたためしがない。アレックスは普段はここで過ごすが、ときどきマックのいるホテルに泊まったりしている。目が覚めて家にだれもいないのは苦手だった。たとえシアトルにいるアレックスが無事で、楽しい時間を過ごしているとわかっていても。

ミッチェルが死んだというニュースはもう町じゅうに広まっているだろうか。レブンワースのような小さな町に住むデメリットは、あっという間に全員が——文字通り全員が——うわさを知ってしまうことだ。今日は、オクトーバーフェストの正式な開幕日だ。通常であれば、ありありとした興奮が肌で感じられる一日になるはずだが、昨夜起きたことを考えれば、今年の雰囲気はもう少しどんよりしたものになるかもしれない。

そろそろ動き出す時間よ、スローン。自分にそう言い聞かせ、ジーンズと〈ニトロ〉のTシャツを着て、履き古したお気に入りのコンバース——黒のローカット——を履いた。今日はビールをつくる日ではないので、長靴を履く必要はない。髪をとかし、ポニーテールにまとめた。顔に保湿液をつけ、ほんのり光るリップグロスを薄く塗った。だんだん目が覚めてきたうえに薬も効いてきたおかげで、頭痛がすでに和らいでいた。あとコーヒーを一、二杯飲めば、すっかり元気になるだろう。

アレックスからのメールを読んで、さらに元気が出た。〝そろそろ起きて、母さん！　びっくりしないでね。これが最前列からの景色だよ。マシューーソン先生が主催者の人と知り合いで、一番前に座れるよう頼んでくれたんだ。シーホークスとサウンダーズの写真はこのあとのお楽しみに。じゃあね〟。

つい頰が緩んだ。アレックスのリーダーシップ研修は、州内の高校生がコミュニティの構築のしかたを学べるよう、ワシントン州のふたつのプロスポーツチーム——フットボールチームのシアトル・シーホークスとサッカーチームのシアトル・サウンダーズに協力してもらっているものだ。メールから興奮が伝わってきた。写真には、コンベンションセンターのフロアに立ったアレックスとクラスメイトが写っていた。アレックスは先生と比べても五センチくらい背が高い。ひょろ長いところはわたし譲りだ。わたしはメールを返し、また写真を送ってくれるよう頼んだ。有名選手からサインをもらえるよう頑張ってとも伝えた。彼が元気で、楽しい時間を過ごしているとわかって、頭の中をぐるぐる回っていた余計な考えは少し消えた。

キッチンでクラシックをかけながら濃いコーヒーを淹《い》れ、オートミールの食事を用意した。うちのキッチンはずっと家族が集まる場所だった。天井は高く、梁《はり》がむき出しになっていて、大きな窓は、マックが庭を耕《たがや》してつくったホップ畑に面している。その畑が今朝は、貧相で寒寒しく感じられた。昨夜起きたことをすべて思い出して、物悲しい気持ちを拭い去ろうとする。ゆうべは悪夢のようだった。ミッチェルはほんとうに死んだのだろうか?

コーヒーメーカーが鳴った。マグカップにクリームを入れて、その上から濃いコーヒーを注ぎ、クリームとコーヒーが溶け合うのをじっと見た。香りのおかげで、ひどかった頭痛も鈍いうずきにまで落ち着いてきた。スツールを引き、スチールカット・オートミールとコーヒーを味わう。何か見落としてはいないだろうか? あんなに夜遅く、リサは町で何をしていたのだろう？　ヒステリックになったカットを落ち着かせるのに必死になっていたせいで、リサと話をする時間がなかった。ミッチェルを傷つける動機があるとは今も思わないが、たまたま犯罪現場にいたというのはタイミングがよすぎる。あとで時間ができたら居場所を突き止めて、彼女の見解を聞いてみてもいいかもしれない。

わたしはなぜか妙に責任を感じていた。それに、答えも知りたかった。縁《ふち》からあふれんばかりのコーヒーを二杯飲んだところでようやく完全に調子が戻り、一日をスタートさせる準備ができた。けれども今は、朝食を終えて〈ニトロ〉に向かわなくては。バッグをつかんで玄関に鍵をかけ、車へ向かった。草とフロントガラスに露が降りていた。秋が深まっている証拠だ。

自宅から職場までは、有機栽培の広いブドウ園や果樹園のまえを通る。朝日が丘に当たり、紅葉した落葉樹のみずみずしい色を照らし出していた。レブンワースには季節ごとの美しさがあるが、秋が一番、色が映える。金色に緑、赤、オレンジ、黄色、茶色の葉が山の斜面を彩っていた。アカオノスリが二羽、穏やかな風に乗って上空を旋回している。絵のように美しい山山が、どしんと立った巨人のようにそびえ立っていた。青々とした草や花を咲かせたフクシアにも朝露が光っていた。〝これからの一ヵ月、ここに人が集まるのも無理ないわね〟。幹線道路を下り、町の中心部に入りながらそう思った。母なる自然は、どんな印象派の画家よりカスケード山脈をよく描いていた。

フロント・ストリートを進んで曲がり、〈ニトロ〉の角の近くに空いた駐車スペースを見つけた。昼になってお祭りが本格的に始まれば、広場の付近に駐車スペースを見つけるのはほぼ不可能になる。テントの近くで何か動きがあるか見たくなり、我慢できず、バッグを持ってブロックの端まで行ってみた。左手に、昔の馬の水飲み場に見立てた木製の水おけがあった。実際には現代人用の水飲み場なのだが、まちがいなく旅行客のあいだで話題になるだろう。

案の定、ミッチェルの死体を見つけた場所には警察の鮮やかな黄色のテープが張られ、現場が封鎖されていた。両側に警察官がふたり立っている。今夜もここが立ち入り禁止のままなら、オクトーバーフェストで飲み騒ぐ客のあいだでうわさになり、テントから出てきたあと〈ニトロ〉に立ち寄ろうと思うきっかけになるかもしれない。そうなれば、店の経営にはもってこいだ。ものの数日で樽が空《から》っぽになる可能性もある。

〝なに不謹慎なこと考えてるのよ、スローン〟。わたしは自分自身を戒《いまし》めた。悲劇に便乗して利益をあげることを考えるなど、わたしらしくもない。このところオクトーバーフェストで忙しかったのと、マックとのごたごた、ストレス、ミッチェルの死のせいで、神経が参っているようだ。わたしは肩をすくめて浅はかな考えを振り払い、大きく息を吸い込んだ。さあ、一番得意なことに取りかかろう――ビールに。

きびすを返そうとしたそのとき、マイヤーズ署長のハスキーな声が聞こえた。「あら、スローン？」テントから出てきた彼女は、カーキ色の制服に茶色のネクタイを締めていた。胸に留められた金色のバッジが朝日を受けてきらりと光った。わたしは手をかざして光を遮ろうとした。

「そうなの。ごめんなさい。これじゃあ、犯行現場を確認しに戻ってきた犯人みたいね。ミッチェルを見つけたあと、ゆうべは眠れなくて」

マイヤーズ署長は口数の少ない女性だ。わたしを慰めようとはせず、かわりにポリエステルのズボンを整え、ミッチェルの死体があった場所を示すチョークの印を指差した。「ここの捜査はほぼ終わったわ。何か新しく思いついたことはある？」

「新しく思いついたこと？」割れたガラス片の近くに小さな黄色の目印が置かれているのが見えた。

「何か思い出したかってこと。一番大きな手がかりになるのはそういうささいな情報だったりするのよ」そのことばを聞いて、わたしはギャレットが以前言っていたことを思い出した。考えごとをするには広い空間のほうがやりやすいとかなんとか。ふと思った。わたしの人生、細かいことにとらわれすぎだろうか？　ささいな悩みのせいで身動きが取れなくなっている？　それで気持ちが沈んでいるのか？

マイヤーズ署長は咳払いをした。「スローン？」

「ああ、ごめんなさい」わたしはミッチェルと『ここにビールがあれば《ウィッシュ・ユー・ワー・ビア》』の撮影チームが到着してから起きたことに意識を戻した。「腕の傷のことは？」

「腕の傷？」マイヤーズ署長はノートを取り出し、ペンを噛《か》んだ。

「昨日、食料品店でミッチェルに会ったとき、腕に絆創膏《ばんそうこう》を貼るところを見たの。痛そうな傷ができてた。これも何か関係あるかな？」

「可能性はあるわね」署長はまだペンを噛んでいた。「その傷にはわたしたちも気づいた。実際の殺人が起きるまえに犯人と口論したのかもしれない。どういう経緯でけがをしたのかは聞いてない？」

「聞いてないわ」わたしは首を振った。「本人が言わなかったの。でも、彼ってみんなに好かれてたわけじゃないから。理由を訊いたとしても、かみつかれて終わりだったと思うわよ」わたしはしばし黙った。「いや、ちがうかも。エイプリルとはゆうべ仲良くしてた。彼女に話を聞いてみたほうがいいかもしれない」

「ええ、そのつもりよ」

「ミッチェルと撮影チームのあいだで張りつめた空気が流れてたのはまちがいないわ」ミッチェルのコナーに対するひどいふるまいや無茶な要求、そして足音荒く〈ニトロ〉から出ていったすぐあと、彼が何事もなかったような顔をして戻ってきたことをマイヤーズ署長に伝えた。そんなミッチェルの態度に、ペイトンが見るからに苛立《いらだ》っていたことも。「何度も薬を飲んでたの。そのあと彼女も出ていった。どんなドキュメンタリー映画を撮るかについて、明らかに意見が食いちがってたみたい。あの制作チームはなんか変よ。わたしも別にドキュメンタリー映画の撮影に参加したことがあるわけじゃないけど、ハリウッド映画にしては全然プロらしく見えなかった」

マイヤーズ署長は指を一本立てた。わたしは署長がノートをめくるのを待った。「カット・ケリーは？　ファンクラブの会長だとかいう」

ジンジャーブレッドの香りがした。振り返ると、〈ジンジャーブレッド・コテージ〉のドアが大きく開いていた。賢い戦略だ。糖蜜とシナモンの芳醇《ほうじゅん》でスパイシーな香りを嗅いだせいで、バニラのアイシングが厚く塗られた、この店のおいしいクッキーが猛烈に食べたくなった。

「そう、それも変よね」とわたしはマイヤーズ署長に言った。「ミッチェルにファンクラブが存在したんですって。不思議でしょ？　監督のペイトンによると、彼は子役あがりらしいけど、彼の名前を聞いたことがある人なんてわたしの周りにはひとりもいなかった。ハリウッドスターの記事はいろいろと読んできてるけど、彼の態度はだれよりもひどかったわ」

見張りをしていた警察官のひとりがマイヤーズ署長に近づいてきて、耳元で何かささやいた。

「そろそろ切りあげなくちゃ、スローン。郡の検死官と会うことになってるの。薬毒物検査の結果がもうじき返ってくるわ」

この質問はしたくなかったが、訊かないわけにはいかない。「どう思う？　彼は急性アルコール中毒で亡くなったのかしら？　というのも、実際にわたしも彼がビールを三杯ほぼ一気に飲むところを見たし、明らかにろれつが怪しかったから」ミッチェルの死にわたしたちが関与しているかもしれないと思うと耐えられなかった。ギャレットはちゃんと彼を帰らせたわけだが、検死の結果、もし高濃度のアルコールが検出されたら、わたしたちは困ったことになるのだろうか？

「検死官と話すまではわからないわ」マイヤーズ署長は胸ポケットにペンをしまった。「最後にひとつだけ、スローン。何か変わったことがないか目を光らせておいてほしいの。撮影チームが〈ニトロ〉をうろついてるときはとくに」

「わかった」わたしたちはそこで別れた。マイヤーズ署長は部下たちを集めた。わたしはジンジャーブレッドのにおいに抵抗できず、〈ジンジャーブレッド・コテージ〉にふらふら入り、あとでギャレットと一緒に食べようと、クッキーを選んだ。店内にはおとぎ話から出てきたような風景が広がっていた。かわいすぎて食べられそうにない、ロイヤルアイシングで飾り立てられたジンジャーブレッドの城がガラスケースに陳列されている。ジンジャーブレッドだけを使ってつくったハロウィーンの村もあった。シーホークスのスタジアムを再現した模型に、ミニチュアの選手と審判まで。あとでアレックスに見せようと写真を撮った。

「すごい。今年のはまたいつにも増してすばらしい出来ね」わたしはカウンターの向こうに立った女の子に言った。

彼女はオクトーバーフェストのマークの形をしたジンジャーブレッドをセロファンの袋に入れていた。「そうなんです。今年のが一番かわいいでしょ？　うちにはシアトルから来てくれるシーホークス・ファンがいっぱいいるから」

「絶対気に入ってもらえると思うわ」わたしはガラスケースをざっと見た。「クッキーを一ダースお願い。アイシングとチョコレートがけのを半分ずつ」

「いいチョイスですね。わたしもチョコレートがけのは大好き」

少し雑談したあと、わたしはおやつの入った袋を手に店を出た。ギャレットはもうレブンワースの有名なジンジャーブレッドを食べてみただろうか。お気に入りのクッキーを紹介できればうれしい。

〈ニトロ〉のドアに鍵を挿し込むと、だれかがわたしの名前をささやく声が聞こえた。振り返ったが、だれもいない。幻聴まで聞こえるようになったのだろうか？　ふう、やれやれ。

「スローン？」また声がした。

わたしは、ジンジャーブレッドの袋をしっかりつかんだが、歩道に鍵を落としてしまった。腰をかがめて拾おうとしたとき、いきなり人影が現れた。心臓が一瞬止まった。普段わたしはそう簡単なことで動じるタイプではない。もっと別な日にレブンワースの魅力的な通りで声をかけられれば、冷静に応じただろう。けれども今朝は、咄嗟《とっさ》にぱっと立ちあがって武器のように鍵を構えた。

「あっ、ごめんなさい」カットが目を見開いてこっちを見ていた。「驚かせるつもりはなかったの」

わたしは肩の力を抜いた。「こんなに朝早くから何してるの？」

彼女は黄色と緑のストライプのニット帽をかぶっていて、だぼっとした鮮やかな黄色のパーカーを着ていた。片手を上着のポケットに突っ込み、もう一方の手でスーツケースを持っている。「ゆうべはどうしたらいいかわからなくて」

「どういうこと？」わたしは鍵を挿し直し、ドアの錠を開けた。どうしてスーツケースなんか持っているのだろう？

彼女の頬は血の気が失せたように真っ青だった。体も震えている。

「中に入る?」わたしは彼女が通れるようドアを開けた。

カットはスーツケースを引っぱりながら急いでパブに入った。

「コーヒーか何か持ってきましょうか?」とわたしは訊いた。「ジンジャーブレッドでも食べる?」

「いただけるならうれしい」彼女は歯をがちがちいわせながら言った。「すごく寒くて」

「座って」わたしはバースツールを指差した。「コーヒーを淹れるから食べてて。おいしいのよ」

カウンターの向こうに回ってコーヒーの準備に取りかかると、カットはテーブルの横にスーツケースを置いた。「すごく朝が早いのね」とわたしは言った。

「どこに行けばいいのかわからなくて」声がうわずっていた。彼女はジンジャーブレッドの袋を開けて中をのぞいた。

「いいのよ。ほんとにひとつ食べて」とわたしは背中を押した。

「いいの?」彼女は躊躇《ちゅうちょ》したあと、袋に手を入れてチョコレートがけのクッキーをひとつ取り出した。「どこに行けばいいのかわからなかったの。それで、ゆうべあなたがすごく親切にしてくれたから……」

「えっ?」わたしは挽いた豆をコーヒーポットに入れて彼女の顔をじっと見た。「どういうこと?」彼女の顔に表れたパニックには見覚えがあった。追いつめられた目と、次の食事をどこでとれるか、そして、どこで眠れるかわからない不安。それは嫌というほど知っていた。

カットはジンジャーブレッドを少しかじった。「なんというか大変で。警察にいろいろ訊かれたあと、ミッチェルが予約してくれてるって言ってたホテルに行ったんだけど、予約が入ってなくて。満室だって言われた。町じゅうのホテルを回ったんだけど、どこも空いてなかったの。どうしていいかわからなかったから、結局、広場の近くにある休憩所の東屋《あずまや》で寝たわけ」

「東屋で？」気の毒に。どうりで幽霊のように白い顔をして、こんなに震えているわけだ。秋が深まっている今、夜の気温は氷点下近くまで下がる。じきに、朝露も硬い霜《しも》に変わるだろう。レブンワースは標高三百メートルを超える場所にあるため、日が落ちたあとは真夏でも気温がぐっと下がるのだ。

カットは自分のパーカーをこすった。「ほかにどうすればいいかわからなかったの。この町に知り合いはいないし、ミッチェルにすべて任せっきりだったから。ホテルの人には彼の名前は聞いてないって言われた。三回くらい確認してもらったんだけど」

「つまり野宿したってこと？」

「ほかにどうしろと？　列車で来たのよ」彼女はジンジャーブレッドを半分に割り、また少しだけかじった。今日ありつける食事はこれだけかもしれないと心配しているのだろうか？　それで、ゆっくり味わっている？

わたしはコーヒーメーカーに水を入れ、一番濃い設定にセットした。コーヒーを淹れているあいだ、背の高いテーブルにいる彼女のほうへ移動した。「ミッチェルが予約したって言ってたのはどのホテル？」彼女の横に座り、自分もクッキーをひとつ食べた。今日買ったクッキーは柔らかく、砂糖をまぶしたあとにロイヤルアイシングとダークチョコでコーティングされていた。ナツメグとクローブの香りがほのかに感じられ、ぴりっとしておいしかった。柔らかいけれども、中は嚙みごたえがあり、ちょっぴり甘かった。最初の一口で、思わず小さなうめき声が出そうになった。

「通りの向こうの大きなホテル。〈ホテル・レジデンス〉だっけ」カットはパーカーの中に手を入れてしわくちゃのパンフレットを取り出した。「毎朝、豪華なドイツ風の朝食と本物のアルペンホルンの演奏でもてなしてくれるっていうからすごく楽しみにしてたのに」彼女はそう言って、四階のバルコニーからドイツの民族衣装姿で町民を目覚めさせているホテルの創始者の写真を指差した。

〈ホテル・レジデンス〉はレブンワースでも人気の高いホテルだ。凝った木の梁はオーナーと息子が手で彫ったものだった。ここはドイツ風のもてなしで知られている。朝には有名な朝食のビュッフェで自家製のシュトルーデルが食べられたり、その場でオムレツを焼いてもらえたり、夜には石でできた大きな暖炉のまえでカクテルを飲んだりできる。しかし一番ユニークなのは、朝に開かれるアルペンホルンのコンサートだろう。ここのオーナーは、数十年前からバルコニーのドアを開け、危なっかしい出っ張りに立って、町全体に朝の挨拶をしている。毎朝八時ぴったりになると、アルペンホルンの聞き慣れた音が静かな通りに響きわたるのだった。

「そこに予約が入ってなかったの?」わたしはジンジャーブレッドを一枚平らげた。「ええ。だれからも予約が入ってない

カットは首を振り、パンフレットに指を押しつけた。

って言われた。ミッチェルの名前でも、わたしの名前でも、映画の関係者の名前でも」

「わたしが電話で確認してみましょうか。オーナーとは知り合いなの。きっと何か手違いがあったのよ」

「いいの」彼女は泣きそうな声で言った。「無駄よ。だって、ほんとに手は尽くしたんだから。どうしてもってお願いしたの。ロビーで寝てもいいかって訊いたんだけど、追い出されちゃった。わたしが適当な話をでっちあげてるとでも思ったんでしょうね。ほかのホテルもどこも同じだった。数ヵ月先まで予約でいっぱいだっていう話で。家に帰るお金もないし、マイヤーズ署長には町を離れるなって言われたし。これからどうしたらいいんだろう」そう言うと、彼女は両手で顔を覆った。

コーヒーメーカーが音を立てた。わたしはカットの腕を軽く叩いた。「落ち着いて。何か解決策があるはずよ」わたしは立ちあがり、彼女のコーヒーを注ぎにいった。「クリームと砂糖は？」カウンターの向こうから尋ねた。

「ええ、お願い」

「ほかにも何か食べる？　ペイストリーなら厨房にあるけど」

「とりあえずコーヒーでいいわ」彼女はパーカーで鼻を拭いた。「ジンジャーブレッド、すごくおいしかった。ありがとう」

わたしは、湯気を立てているコーヒーにたっぷりのクリームとスプーン一杯の砂糖を入れてかき混ぜ、テーブルに運んだ。カットはすぐカップを両手で包んだ。「この週末について、ミッチェルはなんて言ってたの?」

カットはマグカップをしっかり握った。「とくに何も。というか、わたしももっと詳しく訊けばよかったのよね。でも、この旅行が当たって、本物の映画の撮影を見学できるってなって、あまりにうれしかったから。よく考えてなかったの。スーツケースに荷物を詰めたら電車に飛び乗っちゃった」

話すごとに話が支離滅裂になっているように感じられた。ゆうべも若い子だとは思ったが、それが今朝はさらに幼く見えた。推測するなら、二十一、二歳といったところだろうか。

カットはコーヒーを一口飲んだ。「これからどうしよう? どこに泊まればいいの? 行く当てはないし、この町に知り合いはひとりもいない。唯一知り合いと呼べる人は死んじゃったし」

「何かいい案を思いつくまでうちに泊まればいいわ」

彼女は目を見開いた。「ほんと? うれしい。ありがとう!」

わたしは笑みを浮かべた。この気の毒な娘に路上で寝泊まりさせるわけにはいかない。それに、わたしには空っぽの広い自宅があるではないか。とはいえ、一応〈ホテル・レジデンス〉のオーナーと話をしてみても害はないだろう。彼女の言うとおり、おそらくレブンワースの宿泊施設はどこも予約でいっぱいだろうけれど。カットは見るからに取り乱している。そのせいで、自分の状況をはっきり説明できなかったのかもしれない。ロビーで眠らせてくれとほんとうにお願いしたのだとしたら、若い女の子を追い出して野宿させるような人がレブンワースにいるとは考えにくかった。リサとも話をして、マイヤーズ署長の捜査が終わったら、ミッチェルが使っていたロッジをかわりに使わせてもらえないか確認してみよう。

「大丈夫よ。うちは広いから、来客用の部屋に泊まればいいわ。そのあいだにホテルも何軒か当たって、どこかに空きがないか探してみる」

「でも、お金がなくて」彼女は下唇を噛んだ。「この旅行は何もかも無料ってことだったから。ホテル代も食費までミッチェルが払ってくれる予定だったの。空いてるホテルがもし見つかったとしても、お金を払えないと思う」

わたしはカットの腕に手を置いた。シャツの腕は氷のようだった。「心配しないで。どうにかなるわよ。それまではうちに泊まってくれればいい」

「ほんとうにありがとう。じゃあ、何か手伝う。泊まらせてもらうかわりに働かせて」

「そんなこと心配しなくていいのよ」

「ううん、だめ。わたしが働きたいの。ただで泊めてもらうわけにはいかないわ」

わたし自身、住む場所の安定しない生活を送ってきたせいか、彼女のことを放っておけなかった。部屋を借りるかわりに仕事がしたいと言い出したのも好ましかった。とはいえ、一抹《いちまつ》の不安もある。まさかないわよね？　人殺しを自宅に招いてしまったなんてことは。

9

奥の壁にかかった、現代的でスタイリッシュな時計をちらりと見た。「よかったら、今から車でうちに連れていきましょうか？　仮眠を取るなり、お風呂に入るなりしてくれていいわよ。どうぞ好きなようにして。ただ、くつろいでもらうのは全然かまわないんだけど、わたし、今日はここにいなきゃいけなくて」

「大丈夫。わたしもここにいるわ。仕事をください。しっかり働くって誓うから。邪魔はしないわ」カットはパーカーを脱いでスツールの背にかけた。

わたしは彼女をしげしげと眺めた。正直なところ、今日は人手があればありがたい。けれど、この子のことは何も知らない。迷い猫を拾ったと知ったら、ギャレットはなんと言うだろう？

わたしのためらいを感じ取ったにちがいない。カットは椅子の上で背筋を伸ばした。「ほんとに大丈夫だから。わざわざ家まで送らせて、そのあととんぼ返りさせるなんて、そんなの申し訳ないわ。なんでもするって約束する。モップ掛けでも皿洗いでも。ほんとになんでもするから」頰に血色が戻っていた。いい兆候だ。

確かに、わたしにとってもこのまま町に残っていたほうが好都合だ。夕方の開店とオクトーバーフェストの正式な開幕のまえにやらなければならないことはたくさんある。それに、目の届く範囲に彼女を置いておいたほうが賢明だろう。ひょっとすると、家にひとり残せば、盗みを働かれるかもしれない。こんなふうに考えるのは自分でも嫌だった。里親に育てられていたとき、まさにわたしが家族からそう見られていたから。声に出して言う人はだれもいなかったけれど、みんながつねに警戒しているのはその目つきからわかった。決してひとりで留守番をさせてもらえなかったことからも。わたしだってカットのことは信じたい。それでも、現実的にならなければいけないだろう。

「オーナーのギャレットに確認させて。店にいてもらっても大丈夫か訊いて、もし彼が問題ないって言えば、あなたに仕事をしてもらうことにする」

「やったー！」カットはにっこり笑った。「ほんとうにありがとう。がっかりさせないって約束するわ」ニット帽から巻き毛がのぞいていた。

「気にしないで」わたしはスツールをうしろに引いた。「ほら、コーヒーを飲んじゃって。何か食べるものを持ってくる。すぐ戻るから」

素直にコーヒーを飲んでいるカットをその場に残し、わたしは厨房へ行った。ちょうどギャレットが上階《うえ》から下りてきたところだった。寝癖のついた髪を手ぐしで整えている。「おかしいな。幻聴かな？　今、だれかと話してなかった？」彼はいつもどおり色あせたジーンズとビールのTシャツを着て、サンダルを履いていた。今日のTシャツは胸に〝本物の男はレーダーホーゼンを着る〟とある。

わたしは笑い声をあげた。「ほんとに着るつもりじゃないわよね？」

「まさか。エイプリルのご機嫌取りさ」わたしの反応に、ギャレットはうれしそうな顔をした。「実は、きみが着てた〝本物の女はビールを飲む〟のTシャツに触発されたんだ。あれを見たあとで、ネットでこの傑作を注文したってわけ」彼は悪趣味なTシャツに両手を走らせた。

「へえ、いいじゃない。刺激になったようでうれしいわ」わたしは彼のTシャツを指差してウインクした。

彼はいきなり表情を変えて言った。「きみには毎日刺激を受けてるよ、スローン」

喉が締めつけられた。彼の目に射抜かれそうだった。つばを飲み込むことができない。いったいどうしてしまったのだろう？　わたしは褒めことばを笑い飛ばそうとした。「お役に立ててるみたいで何より」

彼は少し傷ついた顔をしたものの、すぐに胸を張ってあごをかいた。

ギャレットは夜型人間だ。わたしも、彼の朝のだらしなさに慣れるのにはしばらく時間がかかった。いつも自分の外見のことで頭がいっぱいのマックとはちがい、ギャレットは髪もとかさず、着るものにも無頓着で、ふらふらと店に下りてくる。「幻聴じゃないわ。人と話してたの。お客さんがいるのよ」

「お客さん」ギャレットは目をこすり、わたしのあとに続いて厨房に入った。

わたしは新鮮なフルーツとマフィンを用意しながら、ギャレットにカットの事情を説明し、昨夜起きたことを話した。

「殺人だって？」ギャレットはブドウに手を伸ばした。「まあ、名前を聞けば驚かないけどね。

だって彼は、一晩でこの町のほとんど全員を敵に回してたから」

「結果、そうだったんでしょうね」わたしはチョコレートチップ・マフィンを半分に割って一口かじった。〝ストレスのせいで食べたくなるんだわ〟。「でも、ミッチェルは別に、体に支障をきたすほど酔っぱらってたわけじゃなかったわよね？　ほら、店から出ていってもらったのは事実で、それは正しい判断だったと思うけど、完全にわれを失ってたわけじゃなかったというか」

「ああ、そういうわけじゃなかった。言動は明らかにおかしかったけどね。ぼくとしては殴り合いの喧嘩に発展するまえにここから追い出したかったんだ」

「わたしもマイヤーズ署長にはそう説明したの」わたしは下唇を噛《か》んだ。ギャレットも同じ意見だとわかって安心した。

「で、その女の子は何者なんだ？」

「ミッチェルのファンクラブの会長ですって。ミッチェルがホテルを予約してくれて旅費も負担してくれるはずだったそうよ。懸賞か何かで当たったらしいんだけど、どうやらとんずらされちゃったみたい」

「それはまたびっくりだ」ギャレットは皮肉たっぷりに言った。

「でしょ？　でも、どこにも行く当てがないらしくて。町をほっつき歩かせるわけにもいかないし。それでね、ここで働いてもらうのはどうかなと思って」

ギャレットは肩をすくめた。「ぼくは別にかまわないよ。もちろん、店で接客をさせるわけにはいかないけどね。書類も何も見てないし。そもそも、二十一歳を過ぎているのか?」

「わからない。あとで訊いてみる。ビール容器《グラウラー》を洗ってもらったり、業者に頼んでたものを取りにいってもらったりしようかと考えてたんだけど、今思いついた。オクトーバーフェストでちらしを配ってもらうのはどうかな?」ギャレットとわたしは以前からちらしの配布について話し合っていた。多くのレストランや店がオクトーバーフェスト開催中の週末のあいだ、特別な割引料金を設定している。テイスティングセットの無料券がついたちらしをつくろうとまえに話していた。新規の客を呼び込むにはもってこいだ。

「いいんじゃないか」彼もマフィンに口をつけた。「それにしても、ミッチェルが殺されたって? 態度に問題はあったにしろ、ひどい話だ」

「そうね」わたしはミッチェルの死体の記憶を頭から追い出した。

「大丈夫かい、スローン?」ギャレットは心配そうにこっちを見た。

「ええ、大丈夫」ほんとうにそうか自信はなかったが、ゆうべのことは思い出したくなかった。

「カットに会ってみる?」

ギャレットはマフィンを食べながらうなずいた。「うん、そうしよう」

カットはわたしのときと同じく、ギャレットにも大げさに礼を言った。ギャレットはそれを手ではねのけた。「どうってことないよ。この町では普通のことさ。こちらも働き手が増えてありがたい」

彼はそう言うと立ち去り、事務仕事に取りかかりにオフィスに向かった。わたしはカットに店の中を案内し、掃除の仕事を頼んだ。「ところで歳はいくつなの？」ゴム手袋を渡しながら訊いた。

「二十二よ」若干誇らしげな声が返ってきた。

「身分証明書を見せてもらってもいい？」

カットはパーカーの内側に隠されたポケットに手を入れて身分証明書を取り出し、わたしに差し出した。わたしは免許証を確認した。本物のように見えた。とはいえやはり店頭でビールを注がせたり給仕させたりするわけにはいかないが、法定年齢を超えているとわかって一安心だ。ワシントン州酒類管理局に目をつけられる危険を冒すなど、もってのほかだから。今の時期は、オクトーバーフェストを監視しに、管理局の関係者が町を訪れているにちがいない。万が一抜き打ち検査でうちが選ばれた場合に備えて、法令は必ず順守しているようにしておきたかった。

「掃除が終わったら呼びにきて。次の仕事をお願いするから」とわたしは言った。

カットはゴム手袋をはめた。「わかった。ほんとに感謝してる。あなたの助けがなかったらわたし、どうなってたか」

「それはもういいから」とわたしは手を振って言い、ギャレットのいるオフィスに向かった。

彼は薄型モニターでスプレッドシートを見ていた。「どうだった？」列のひとつをクリックしながらギャレットは言った。

「様子を見るつもり。本人はやる気があって真面目そうに見えるけど、目は離さないようにしておくわ」

「それがいい」ギャレットはモニターを指差した。「今回のクランベリー・ビールにドライホップを加えるまで、どれくらい時間を空けたほうがいいかな？」

ギャレットのビールへの科学的なアプローチには驚かされるばかりだ。彼は何時間もかけてスプレッドシートを分析し、試作品ごとの極めて小さな変化を記録している。

「さあ。明日まで待つ？」とわたしは提案した。

彼はキーボードを叩いてメモした。「ああ。いいかもしれない。発酵《はっこう》させはじめてから二日経ったところだしね。このあとの分で時間を少しずらしてみよう。ドライホッピングしないのもひとつふたつつくってみようか？」

「いいわね」わたしは〈デア・ケラー〉の自動化された醸造《じょうぞう》工程に慣れていたので、〈ニトロ〉で新しいビールをつくる際の科学と試行錯誤が新鮮だった。「仕事の邪魔をするつもりはないんだけど、オクトーバーフェストのちらしについてはどう思う？　ちょっとまえにその話をしたわよね。ふたりでやり通せるかわからなかったから、その話はいったん棚上げになってた。でも、これでカットの手も借りられることになったし、今から何かつくって印刷所に持っていってもいいかしら。すぐ刷ってもらえるのよ。午後にはどっさりちらしを受け取れると思う」

「いいね。ぜひやろう」ギャレットは興奮気味に言った。

「テイスティングセットの無料券付き？」とわたしは訊いた。「有効期限はつける？　月末までがいいかしら？　それとも年末？」

ギャレットはあごをかいた。「スローン、ありがたいことにきみはいつもあれこれ考えさせてくれるけど、実はまだ、朝早すぎて頭が働かないんだ」その主張を裏付けるように、彼はコーヒーに手を伸ばして大きく一口飲んだ。

「ごめんなさい」わたしはそう言ってウィンクをした。「でも、うんと高いお給料を払ってもらってるから」

彼は仰《の》け反《ぞ》って笑い声をあげた。「うんと高いね。実際にそうだったらいいんだけど」

ギャレットと働くうえで一番意外だったのは、すぐにお互いにとって心地よいリズムを見つけられたことだ。正直な話、今では彼と気さくに冗談を言い合うのが楽しみになっていた。

「じきにそうなるわ。そのうち。信じて」

「きみのことは信じてるよ、スローン」ギャレットはしばらくわたしから視線を外さなかった。そのせいでこっちは鼓動が速くなり、掌《てのひら》が汗ばんできた。

わたしは咳払いをした。「信じてくれてるならここで決めちゃうけど、無料券の期限は年末までにしたほうがいいと思う。それなら、オクトーバーフェストのあいだに来られなかった人がいても、クリスマス・マーケットや冬のイルミネーションの時期にまた来てもらえるでしょ」

「じゃあ、それで頼んだ」彼は同意の印にうなずき、スプレッドシートをクリックした。わたしは自分のノートパソコンを持ってパブに行き、ちらしのデザインを考える仕事に取りかかった。アレックスがここにいればよかったのに。彼にはデザインのセンスがあり、将来の仕事もマーケティング関係で考えている。以前、〈ニトロ〉のメニューのデザインを頼んで、ギャレットが好む科学の雰囲気をよく表したメニューをつくってくれたことがあった。うちの社内デザイナーがいないとなれば、地元の印刷業者に店のロゴとメニューのコピー、ちらしの文面を送りつけるしかない。かわりに何か考えてくれるはずだ。そこでわたしは、レブンワース最新の太平洋岸北西部流のエールが無料のテイスティングセットで味わえることを謳《うた》った広告文をつくった。それが終わると、必要事項と一緒に印刷業者にメールを送った。すぐに返事があり、一時間以内にデザインを仕上げ、正午までにちらしを印刷して用意しておくと知らせてきた。これも小さな町で暮らすうえで気に入っていることのひとつだ。店同士の結びつきが強い。このようなプロジェクトの完了に数週間ないしは数ヵ月かかることもある大都市とはちがい、レブンワースではものの数分でことがすむ。

その作業が終わったところで、掃除の進行状況を確認しにカットの様子を見にいった。顔が紅潮し、すべすべの額に汗の玉が浮いていた。今朝会ったときと比べて表情も明るかった。

「ちょっと用事をすませてくる。だんだんコツをつかんできたみたいね」

醸造所に漂白剤のにおいが充満していた。カットは腕で額を拭った。「何かしてると気持ちがいいでしょ。そんなことない？」

それはよくわかる。わたし自身、追い込まれたときによくやるのが忙しくしていることだった。「ええ、そうね」わたしはうしろのオフィスのほうを指差した。「何か訊きたいことがあったら、ギャレットがそこにいるから。わたしもそんなに長くかからないと思うけど」

「大丈夫。任せといて。指から血が出るまで磨きつづけるから」カットは業務用のスポンジを漂白剤の入ったバケツの中に入れて絞った。

「そこまではしないで」わたしは顔をゆがめた。「とりあえず、拭き残しのないようしっかりお願い」

〝まあ、今のところ店はうまく回ってるか〟。ひんやりした秋の空気に足を踏み出しながら、わたしはそう思った。町の雰囲気が少し変わっているように感じられた。広場では作業員たちがおしゃべりをしながら最後の仕上げをし、メイポールに赤と白のカーネーションの目立つ飾りをつけていた。それにもかかわらず、地面に手足を投げ出したミッチェルの姿が頭から離れなかった。

店主たちが窓辺で植木鉢のゼラニウムの手入れをしたり、入口のドアに〝ようこそ《ヴィルコメン》〟と書かれた看板をかけたりしていた。今から数時間後には、広場の端に並んだオクトーバーフェストの巨大テントを目当てに革製半ズボン《レーダーホーゼン》やギャザースカートを穿《は》いた観光客が大挙してフロント・ストリートに押し寄せるのだ。明日の正午には樽の開栓式を見に、みんなが歩道に集まる。町民たちもパレードに参加し、旗を振ったりカラフルな花やドイツのチョコレートを投げたりするだろう。ここでひとりの人間が死んだことに、だれか気づくだろうか？

ミッチェルの死が心に重くのしかかっていた。わたしはそんな気分でくるみ割り人形の店に立ち寄った。店主が見事なコレクションからほこりを払っていた。ハロウィーンやイースターなど、考えうるかぎりのシチュエーションに合わせたくるみ割り人形が売られている。あらゆる職業や趣味が木の人形に表現されていた。医者の手術着を着た人形に、パークレンジャーのカーキ色の制服を着た人形。幅三メートルの壁一面にクリスマスの人形が置かれているコーナーもあった。

「おはよう、スローン」店主のスタンが開いた戸口に出てきて言った。サスペンダーをつけ、緑のフェルト帽をかぶったくるみ割り人形の頭からほこりを払っている。「いよいよだな。準備はばっちりかい？」

「ええ」とわたしは言い、思い出せないくらい昔からスタンと妻が経営している刺激的な店内を見まわした。オクトーバーフェストの特別割引を知らせる貼り紙がそこかしこに掲示されている。

「今年は職場が〈デア・ケラー〉じゃなくてよかったな。あそこはいつもすごい人出だから」そう言ったとたん、わたしの気に障ったかもしれないと心配したにちがいない。スタンはすぐにことばを切り、話題を変えた。「映画の撮影チームが町に来てるらしいな。あとで店に寄って、うちの商品を少し撮ってもいいかと訊かれたよ。くるみ割り人形に関しちゃ、ミシシッピ川のこっち側では一番の品揃えだって監督に言っといた」

「それってほんとうなの？」わたしは店内に目をやった。紙の値札がついたくるみ割り人形が壁とカウンターに隙間なくぎっしり陳列されている。小さなものもあれば、一メートル以上ありそうなものもあった。

「もちろんさ」スタンは手に持ったくるみ割り人形を正面の棚に戻して手を払った。「聞いたよ。ゆうべ殺人事件があったんだって？　〈ニトロ〉の裏で」

やはりすぐだったか。うわさはすでに広まっているらしい。

「残念ながら、そうなの」とわたしは返した。

「撮影チームのひとりが殺されたんだって？　頭を殴られたって聞いたよ。ひどい死に方だよな」

わたしは精神を統一しようとしておなかに手を当てた。「ええ、気持ちのいい光景じゃなかったわ」

「その場にいたのか？」

ミッチェルが殺されたことについて話をするのはわたしのリストの上位にあるわけではなかった。けれども、その道を避けて通ろうとすれば、事態は悪くなるだけだとわかっている。事件のニュースをみんながもう知っているなら、わたしがその場に居合わせたといううわさは瞬《また》く間に広まるだろう。そこで、昨夜のできごとを要約した話を彼に伝えた。かわりにほかの町民に話してもらうことで、わたしは蚊帳《かや》の外に置いておいてもらえるとありがたい。

「気の毒にな」わたしが話しおえると、スタンは言った。「ゆうべ遅く通りの向こうで見かけたんだよ」

「だれを？　ミッチェル？」わたしのアンテナが反応した。

「ああ。休憩所の東屋の近くで。ゆうべは遅くまで店に残って、掃除をしたり最後にもう一度在庫を点検したりしてたんだ。ほら、オクトーバーフェストのまえだから。準備万端整えておかなきゃいけないだろ」彼は入浴剤の容器と孫の手、ゴム製のアヒルを持ったくるみ割り人形のほうにあごをしゃくった。

わたしはうなずき、彼が話を続けるのを待った。

「十時過ぎ頃かな。休憩所のほうから声がしたんだ。例の男と女性が言い争うような声だった」

「ミッチェルと?」

「ああ。痴話喧嘩かなと思ったんだが、今思えば、もっと深刻なものだったのかもしれない」スタンはスコットランドの格子縞のスカートを穿いたくるみ割り人形から糸くずを取った。

「相手の女性は見た?」すぐにカットのことが頭に浮かんだ。ミッチェルがどこに行ったのかわからなかったと彼女は言っていたが、もしそれがうそだとしたら? 休憩所で喧嘩して、そのままテントまで彼を追いかけたのだとしたら?

「いや」スタンは首を振った。「見えなかったよ。ただ女性だったのはまちがいない。すごく高い声で、相当頭にきてる様子だった」

「マイヤーズ署長に話したほうがいいわ。ミッチェルの姿を十時に見たのなら、殺されたのはそんなにあとじゃないはず」

「そうするよ。今すぐ電話してみよう」彼はわたしにうなずきかけると、店内に戻っていった。安堵《あんど》もつかの間だった。やっぱりわたしは殺人犯を店に招き入れてしまったのだろうか?

ミッチェルが殺される直前に休憩所で言い争っていたなんて、カットのほかにだれが考えられる？　どう見ても彼女が怪しかった。これは店に戻って、ギャレットに警告しなければ。

10

新しい計画が必要だ――ただちに。ちらしを受け取るついでに、マイヤーズ署長の事務所に寄ろうとわたしは決めた。警察本部は郊外にあるが、署長は町の中に小さな事務所を構えている。そこは主に、観光客が酒を飲みすぎた場合に使われる場所だった。

わたしはいったい何を考えていたのだろう？　赤の他人を雇い入れるなんて。カットのことが気の毒に思えたのは確かだが、やっぱりあれは大きなまちがいだった？　哀れを誘うあの話も全部うそだったのだろうか？　もしかしたらミッチェルを殺したことを隠すために、周到なうそを用意していたのかもしれない。普段のわたしは人を見抜く目があると自負している。けれども、破綻しつつある結婚生活のせいで、最近は自信がなくなっていた。その目も鈍ってきているのかもしれない。今から店に引き返して、即刻彼女をクビにするべきだろうか？　それとも、そんなことをすれば、かえって彼女を刺激することになる？　もしほんとうに彼女がミッチェルを殺したのだとすれば、不安定になっているのは確かだ。どうすれば

「スローン、待ってくれ！」耳慣れたハンスの声がした瞬間、安堵感に包まれた。

いいか、ハンスなら答えを知っているだろう。

「調子はどう？」ハンスはひょいひょいと大股で近づいてきて、三歩でわたしに追いついた。

「あまりよくないわ」わたしは顔をしかめ、しどろもどろとしか受け取られそうにないことばを二言三言発した。

ハンスは頼りがいのある弟らしく、わたしを守るように片腕を肩に回してきた。「ほら、ちょっと座ろう」シーダー材の削りくずのにおいがした。道を渡るとき、家具用オイルのかすかな香りも彼のカバーオールからした。

わたしたちは子供広場からそう遠くないベンチに座った。この草で覆われた広場も、午後にはカボチャの風船を持って走りまわったりアコーディオンの陽気な音楽に合わせて踊ったりするうれしそうな子供たちであふれかえるだろう。ベンチの横に落ち葉が溜まっていた。これも秋が深まっている証拠だ。

「ミッチェルのことは聞いたよ」ハンスはわたしの肩を抱いたまま足を組んだ。「大丈夫かい？」

ハンスとマックが兄弟だとはときどき信じられなくなる。ハンスの冷静で落ち着いた目を見ると、すぐに心拍数がもとに戻った。「なんかぐちゃぐちゃで。知ってるかもしれないけど、普段のわたしは全然そういうふうじゃないのに」

ハンスはわたしの肩をぎゅっと握った。「そうだね。でもスローン、ほんとのことを言うと、弱さをむき出しにしてる姉さんが見られてうれしいよ。そういう顔も悪くない」

ハンスは大工でありセラピストだ。ハンスのような弟がいれば、わたしの子供時代もちがったものになっていただろうか。そう思うことがよくある。彼には人の心を読む並外れた才能があり、相手から話を引き出すのがうまかった。

「あら、どうも」

「いや、本気で言ってるんだよ。その話はまえにもしただろ。姉さんはいつも人に弱みを見せないから」彼は琥珀色《こはくいろ》の目で訴えかけるように言った。

わたしは黙っていた。ハンスの言ったことは図星だ。返すことばがなかった。

「今が大変な時期なのはわかってるけど、正直、姉さんがちょっと弱ってるのを見ると安心するんだ。いいことじゃないか」彼は自分の意見を強調するかのように指の関節を鳴らした。

「いいこと？ こんな状態なのに、どうやって仕事と普段の生活を両立すればいいの？ それにアレックスは？」

「アレックス？」

「彼はこんな状態の母親に慣れてない。強い母親でいなくちゃいけないのに」

「弱みを見せられるのは強い証拠だよ」ハンスは力説するようにわたしの目を見た。「そのふたつはイコールさ」

それはどうかわからなかったが、今はそのことについて話し合うエネルギーがなかった。どうしてわたしはこうもストレスを感じているのだろう？ 似たような経験なら過去にもしたことがあって、そのときは感情を抑えることができていたはずなのに。今回は何がちがうのか？

結婚生活が終わりかけているという現実のせい？〈ニトロ〉に留まるか〈デア・ケラー〉に戻るかであれこれ悩んでいるせい？　その全部？

ハンスは口調を和らげた。「あのね、ぼくも姉さんが悩んでる姿を見たいわけじゃないんだよ。そういうふうに感じても大丈夫だってこと。ほら、ぼくたちなんてみんな、だいたいうじうじしてるからさ」

「へえ。わたしはちがうけど」場を和ませようと、わたしは冗談を言った。

「確かに。スーパーウーマン・スローンはちがうよね。つらい目に遭ってるところは絶対人に見せないんだよな？」

「そう」わたしは足元の落ち葉を蹴った。

「まあいいや。好きなようにしたらいい。けど、話はそれだけじゃないんだ」ハンスはわたしの肩から腕を離し、組んでいた足をほどいた。「姉さんの悩みごとをこれ以上増やすのは気が引けるけど、ぼくたちは〈デア・ケラー〉について話をしなくちゃいけないと思うんだ」

黄金色の翅《はね》をしたオオカバマダラがベンチの横を飛んでいった。わたしもその蝶と一緒に逃げたかった。「ええ」

「マックが自分流にやりたがってる。ぼくも、できるかぎり店に出るようにはしてて、オクトーバーフェストの開催中は毎週末手伝いにいくって両親にも伝えたけど、長い目で見ると、やっぱり人手が要りそうなんだ」ハンスの顔にストレスが表れはじめていた。ギャレットと同じく、ハンスは物事をさらりと受け流すのが得意で、マックのように歯を食いしばって怒りを爆発させるようなことはめったにない。それでも、話している彼のこめかみに青筋が浮いているのがわかった。「スローン、ぼくたちはふたりとも〈デア・ケラー〉を自分のものにしたいとは思ってないよね。けど、姉さんの考えが今も変わってなければだけど、兄さんがこの店を倒産させてしまうのも、やっぱり見たくはないはずだ」

「ええ」わたしはため息をついた。

ハンスは下に手を伸ばして草をちぎった。それを小指に巻きつけて言う。「だから、ぼくたちの唯一の選択肢は人を雇うことだと思う。パブと醸造所《じょうぞうじょ》で働いてくれる人を。店長でもいいかもしれない。確かにお金はかかるけど、ほかに手だてを思いつかなくて」

「こんなごたごたでひとり悩ませてごめんね」わたしは彼の肩に頭をもたせかけた。

「家族っていうのはごたごたしてるもんだよ。だからといって、一緒にいる価値がないわけじゃない」ハンスは草を地面に捨てた。「この件については、オクトーバーフェストが無事終わったらまた話そう」

「わかった」

会話が途切れたとき、露店の設置に向かう曲芸師の一団が通りかかった。そのひとりがハンスに紫色のお手玉を投げた。ハンスは立ちあがってキャッチし、彼らのほうへ投げ返した。

「殺人事件の話をしたい？」

「うん」わたしは大きく息を吐き出した。それから、カットのこと、くるみ割り人形の店のスタンから聞いたことを話した。「どうしたらいいと思う？」

「マイヤーズ署長のところに行きなよ。姉さんも最初にそう思ったんじゃないの？」

「実はね」わたしはうなずいた。

「じゃあ、そこから始めたらいい」

わたしはどうしてしまったのだろう？　警察に話をしにいくというような簡単な作業にどうしてハンスのゴーサインが要る？

「スローン？」

「うん？」わたしは自己憐憫《じこれんびん》の思いを頭から振り払った。「ごめんなさい。そうね。どのみちそうしようと思ってたし」

「よかった」彼は間を置いて言った。「で、ほんとに大丈夫なの？」

「うん、大丈夫」わたしは立ちあがった。「ゆうべのことでちょっと動揺してるみたい。それだけよ」

「そうか」ハンスはかすかにほほ笑んだ。「あとで寄るよ。様子を見にいく」

「ありがとう」わたしは彼をベンチに残して立ち去った。マイヤーズ署長の事務所へ向かいながら、背中にハンスの視線を感じた。わたしのことを心配してくれているのだろう。わたしも自分のことが心配だったが、今抱えている問題についてくよくよ考えても、ミッチェルが殺された事件は解決しないし、この週末を乗り切る助けにもならない。今大切なのは、だれがミッチェルを殺したのか突き止め、泡のこんもりのったビールをどんどん注ぐことだ。自分の私生活をどうにかするのは、観光客が家に帰ってからでいい。

この町のほかのあらゆるものと同じく、警察署もドイツのコテージのようだった。入口の両側に木製のビア樽がふたつ置かれており、吊り看板には〝ポリツァイ〟の文字が刻まれていた。小さな建物の中は現代的だった。三つの机にパソコン機器とスキャナー、電話が据えられている。そのひとつに、ふたりの制服警官に囲まれて座ったマイヤーズ署長の姿があった。

わたしが咳払いすると、マイヤーズ署長は顔を上げた。「スローン、お久しぶり」

「あれからミッチェルのことで手にした情報を二、三お伝えしにきたの」

マイヤーズ署長は制服警官のひとりに何やらささやいた。その警官は彼女に敬礼したあと、自分についてくるようもうひとりの警官に身振りで伝えた。マイヤーズ署長は立ちあがってカーキ色のズボンを整えた。スキャナーが変な音を立てた。署長はボタンを操作してスキャナーを止めると、深い歯型のついたペンとノートを取った。「やれやれ。で、どんな情報?」

カットが昨夜休憩所の東屋《あずまや》で眠ったらしいこと、スタンが耳にした喧嘩のことを伝えても、彼女の表情は変わらなかった。

「で、その女を職場と自宅に招き入れたわけ?」わたしが話しおえると、マイヤーズ署長はとくに関心のなさそうな口調で言った。

「今、面と向かってそう言われると、確かに自分でも軽率だなとは思うけど、放っておけなくて」

「クラウス夫妻がやりそうなことね」マイヤーズ署長は片眉を上げた。いわゆる美人というわけではないが、彼女の顔にはどこか人を惹きつけるものがある。機転が利くせいでそう見える

ッキーだ。

高齢者の様子を見にいったり毎週食料品を届けたり。彼女がこの町にいてくれてわたしたちはラ

の、地域社会への気遣いは彼女の行動ひとつひとつに表れていた。歩道のごみを拾ったり、

わたしの義理の父母を含め、町民全員のことを知っていた。あまりおおっぴらにはしないもの

のかもしれない。生まれてこの方、レブンワースに暮らし、長年警察署長を務めてきた彼女は、

　オットーとウルスラについての彼女の評価に異論はなかった。クラウス夫妻はしょっちゅう、だれかれかまわず自宅と醸造所に招いている。唯一ちがうのは置かれている状況だ。オットーとウルスラにしても、殺人事件の容疑者を夕食に招いたことはないだろう。

「彼女のことが放っておけなかったって？」マイヤーズ署長は唇をすぼめてこっちをじっと見た。

「正直そうな子なんだけど、ほんとはうそをついてるのかもしれない。もしかしたら演技なのかも」

「かもね」マイヤーズ署長はわたしから聞いたことについてしばらく考えていた。「それなら、こういうのはどう？　ギャレットとふたりでその女の子を見張ってなさいよ。居心地よく感じてもらえれば、もしかしたらうっかり何かもらすかもしれないじゃない。犯人はいつもそうだから。こっちも、映画の撮影チーム全員の情報を引き出して、データベースで名前を突き合わせてるところなの。その女の子の名前で何かヒットすれば、必ず知らせるわ。それまでは彼女から目を離さないで」

「検死官の報告は返ってきた？」
「了解」わたしはそう言って立ち去ろうとした。

マイヤーズ署長は眉間《みけん》にしわを寄せた。そして、うしろを振り返ったあと、こっちへ来いとばかりに、ぴくぴく指を曲げた。わたしはカウンターに身を乗り出した。彼女の声はしわがれていた。たばこを吸うところは一度も見たことがないが、もともとは喫煙者だったのかもしれない。そう思うことがよくある。「一時間前に返ってきたわ。ミッチェルの体内からあるものが検出されたの。デート・レイプでよく使われる薬」

「ほんとに？　じゃあ、割れたガラスは？」

マイヤーズ署長は首を横に振った。「今のところ凶器とは考えていない。血中のアルコール濃度の高さと薬のせいで意識を失ったんだろうっていうのが検死官の考え。それで、頭を打ったと。ビール容器《グラウラー》がとどめの一撃になったのかもしれないし、あるいは、倒れたときに割れたのかもしれない」彼女は大きく咳をした。「ここだけの話だから口外しないように」

「わかった」ミッチェルの死においてこの情報は何を意味するのだろうか。だれかがこっそり彼に薬を飲ませた？　だれが？　わたしはそう考えながら警察署から出ようとした。おそらく呆然とした表情で。

「ちょっと、スローン」マイヤーズ署長に呼び止められた。

「何？」

「いい？　しっかり見張っておくのよ。わたしだったら、目の届かないところに彼女をやったりしない。それから、自宅でふたりきりになるのはあまりお勧めしないわ」スキャナーがまた音を立てた。マイヤーズ署長はさっとスイッチを切った。

「どうしたらいいと思う？」

「だれか自宅に泊まってくれる人はいない？」

彼女の表情から、マックのことをほのめかしているのだとわかった。

「だめ。それは無理。ハンスに頼んで数日泊まってもらおうかな」

「家に連れて帰るならそのほうが賢明だと思うわ。人がひとり死んでるってことは覚えておいてね。殺されてるのよ。わたしたちの町で」

つばを飲み込もうとしたが、口の中がからからだった。マイヤーズ署長の言うとおりだ。わたしは自らを危険にさらしているのだろうか？　もっと悪くすれば、アレックスも？〈ニトロ〉でなら見張るのは可能だが、ほんとうにうちまで連れてきて、寝室に泊まらせたいのか？　わたしは思った。店に戻るまえに〈ホテル・レジデンス〉に寄って、たまたま手違いがあっただけではないか確認してみなければ。もしカットの言うとおり空きがなければ、リサに訊いて、ミッチェルの空いたロッジに泊まれないか相談してみよう。カットのことは助けてあげたいし、彼女の話も信じたい。でも、息子を犠牲にしてまでそうするのはごめんだ。

11

印刷業者でちらしを受け取り、〈ホテル・レジデンス〉へ向かった。〈ホテル・レジデンス〉の建物はレブンワースで一、二を争う華やかさだ。傾斜した瓦ぶきの赤い屋根に、石でできた煙突、木製の小塔がついている。すべての客室にバルコニーがあり、宿泊客は山側の部屋か市街地を望む部屋かを選ぶことができた。ロビーに入ると、ケマンソウとアメリカノウゼンカズラが咲き乱れた吊りかごに迎えられた。館内はオクトーバーフェストに合わせた装飾が施《ほどこ》されていた。巨大な木のシャンデリアはドイツ国旗のガーランドで覆われ、フロントには鮮やかな赤、黄、黒のウェルカム・パッケージがずらりと並んでいる。リンゴを焼いているようなにおいもした。

「おお、スローンじゃないか」若いほうのオーナーのブラッドがフロントの向こうから声をかけてきた。父親と同じく、彼もドイツの伝統を大事にしていて、大工仕事に関しては職人の域に達していた。ハンスが醸造所《じょうぞうじょ》の生活は自分に合わないと決めたとき、彼を指導したのもブラッドだった。「義理の弟さんはどうしてる？　ここに立ち寄って、ひと仕事手伝ってもらうことになってるんだが」

「偶然ね。さっき公園で別れたところよ」わたしは凝った彫刻が施されたロビーのドアのほうに目をやった。「すごくいいにおいがするけど、なんのにおい？」

「ホット・アップル・サイダーだ」とブラッドは言って、セルフサービスのカートのほうにあごをしゃくった。シナモンスティックが入った温かそうなアップル・サイダーのポットと小さなドーナツのかごが置かれている。「うちといえば、オクトーバーフェスト開催中はこのおもてなしだからね」

　こういう工夫が多くの人を〈ホテル・レジデンス〉に呼び寄せる。ブラッドは五十代前半で、家族の事業に就いて以来この道一筋でやってきた。彼の父親が最近、自分が引退したときに息子が朝の演奏を引き継げるよう、アルペンホルンを教えはじめたという話も耳にしていた。ブラッドの父親が近い将来、現役を退《しりぞ》くとは思えないけれど。八十近い彼の父親はいまだにかくしゃくとしていて、この町には欠かせない存在だ。そうはいっても、数週間前にはわたしも、オットーとウルスラが命果てるその日まで〈デア・ケラー〉で働くと信じて疑わなかったのだった。

「ハンスらしいな。ほかのみんながあくせく働いてるときに公園でぶらぶらしてるとは」ブラッドはそう言ってウィンクをした。「きみのほうは、これから始まる大騒ぎの準備はできてるのか？」

「そうだといいんだけど」わたしは中指を人差し指の上に重ねて幸運を祈った。

　ブラッドはウェルカム・パッケージの列を手で示した。「もう二時間もすれば、最初のお客が到着する。この嵐のまえの静けさが好きなんだ」

「実は、その件でここに来たの」

「まさか、泊まらせろなんて言わないでくれよ」ブラッドは頬杖をついた。わたしは美しいロビーを見まわした。細かい点まで一切抜かりがないホテルだった。ブラッドと彼の父親は、愛を込めて一生懸命彫った木細工に自分たちの印をしっかり残している。頭上のらせん階段から、錬鉄製《れんてつせい》の取っ手がついた頑丈な木のドアにいたるまで、木材のひとつひとつが入念にデザインされていた。大きな窓からは深緑色の山々が見渡せ、ピアノの近くには座り心地のよい椅子が配置されている。客はそこに座って石の暖炉のまえでくつろげるようになっていた。

「いいえ、そういうわけじゃないの。ゆうべの殺人事件についてはもう聞いたわよね？」わたしは両手に持ったちらしの束を整えた。

ブラッドは真面目な顔でうなずいた。「ひどい話だよな。信じられない」

「撮影チームにくっついてきたある女性が言ってたの。ミッチェル——殺された俳優だけど——が彼女のためにこのホテルを予約してたって」わたしは、最近ワックスをかけたばかりらしいフロントのカウンターにちらしを置き、垂れてきた髪を耳にかけた。「それが、ゆうべチェックインしようとしたら、予約されてなかったって言うのよ」

ブラッドは顔をしかめた。「ほんとかい？」彼はパソコンのモニターの近くに移動した。「その女性の名前は？」

「カット・ケリー」

ブラッドは名前を打ち込んだ。「ない。その名前では何も出てこないな」

「ミッチェル・モーガンでは？」

彼はミッチェルの名前も試した。「その名前でも出てこない」

「そうなのね。本人がそう言ってたんだけど」わたしはちらしの束を持ちあげた。「聞いたところでは、ゆうべ部屋を取ろうとしたんだけど、ここが満室だったから、町の休憩所の東屋《あずまや》で寝たらしいわ」

ブラッドは目を見開いた。「なんだって？　ゆうべなら空きは充分あったよ。それなのに野宿しただって？」

わたしはうなずいた。「一晩だけ泊めてくれとお願いしたんだけど、断られたって言ってた。おたくのスタッフなら、そんなことはしそうにないと思ったの。だから、一応確認しにきたわけ」

「来てくれてよかったよ」ブラッドは心配げな表情を浮かべて言った。「ちょっと待っててくれるか。フロントの責任者が今、ランチ休憩に入ったところなんだ。一晩じゅうここにいたスタッフだ。彼女がなんて言うか、聞いてくるよ」

「わかった」ブラッドの反応は予想どおりだった。カットの話はつじつまが合わない。そんなことを考えていると、宿泊客がひとり、かぐわしいアップル・サイダーを飲みにカートのまえに来た。うっとりするような香りだった――甘くてスパイシーなわたし好みのにおい。〈ニトロ〉でもアップル・サイダーのビールをつくってみてもいいかもしれない。

数分後、ブラッドが戻ってきた。「フロントの責任者と話したよ。ゆうべ泊めてくれと訪ねてきた客はひとりもいなかったと言ってた。今年は早めに町に来る人が少なくて、昨日は三十パーセントしか埋まってなかったんだ。だから、もしだれか来れば、泊まる部屋はたっぷりあったはずだよ」

ということは、カットがうそをついていたわけだ。「確認してくれてありがとう。すごく助かったわ」

「どうってことないさ」ブラッドはカウンターに置かれたボウルからキャラメル・タフィをひとつわたしに勧めた。

わたしは断った。「店に戻らなくちゃいけないの。空き時間ができたら、ぜひうちのチェリー・ヴァイツェンを飲みに寄ってね」

「聞くだけでおいしそうな名前だな」彼はにやりとした。「飲みにいくよ。それじゃあ、頑張って！」

「そちらもね」わたしは手を振ってその場をあとにした。マイヤーズ署長の警告が思い出された。昨夜ホテルに泊まろうとしたことに関してカットはうそをついていた。問題はその理由だ。ミッチェルが殺された事件と関係しているせい？

ブラッドと話をしたことで、カットを家に泊めるのはますます悪い考えのように思えてきた。そこで、〈ニトロ〉に戻るまえにリサを探そうと決めた。リサと彼女の母親は、町の反対側にオフィスを構えている。わたしは来た道を引き返し、休憩所のまえを通りすぎて丘をのぼり、書店と〈キャリッジ・ハウス〉のほうへ向かった。〈キャリッジ・ハウス〉には昔風の馬車がある。明日のパレードに備えて、ひらひらしたつややかなリボンとカーネーションが取りつけられていた。

そのまま歩きつづけ、プレッツェル・スタンドとワイン店、〈シュピールツォイク〉――ヨーロッパのおもちゃやゲームを輸入している店――のまえを通りすぎた。左手にはブラックバード島の脇をワナッチー川が流れている。島は黄金色の木々で覆われていた。その先にはアイシクル・リッジが見える。じきにその頂《いただき》も雪化粧するだろう。

二軒の隣接した、山小屋風の三角屋根の建物のまえにわたしは到着した。売り出し中の別荘や土地のちらしが正面の窓に貼られている。建物をぐるりと囲むデッキがふたつの建物をつないでいた。一方の建物がエイプリルの不動産業者で、もう一方が〈バルメス・バケーション・プロパティーズ〉だった。

〝エイプリルに見つかりませんように〟。心の中でそう祈りながら、短い木の階段をのぼって右側の建物に直行した。〈バルメス・バケーション・プロパティーズ〉のドアは開けっ放しになっていた。

「だれかいる?」中をのぞくと、床にへたり込んで泣いているリサの姿が見えた。

「リサ、大丈夫?」わたしは戸口に足を踏み入れた。

リサは赤面し、ぱっと立ちあがった。「あらやだ、スローン、みっともないわね。ごめんなさい」すばやくまばたきをして、指先で目元を押さえている。「プロらしくないところを見せちゃった」

「謝る必要なんてないわ。わたしもこっそり近づくつもりはなかったんだけど」

リサは膝丈のスカートを叩いて身だしなみを整えた。短いポニーテールからはちみつ色の髪が一筋こぼれていた。その髪を指に巻きつけて、彼女は言った。「まったく。泣いてるところを見られたなんて信じられない。普段は絶対泣いたりしないのに」

「ゆうべのあれのせい？」

「ゆうべのあれ？」しばらく考えたあと、リサは思い出したようだ。「ああ、殺人事件ね。ちがうの。というか、もちろんあれはひどい事件だと思うけど、あの男、最低なやつだったから。自業自得よ」

彼女の返答にも、また、ミッチェルが殺されたことをそんなに簡単に忘れてしまっていたことにも、わたしは驚かされた。

リサは手首につけた三つのシルバーのブレスレットをいじった。「ちょっとこのレビューを見てよ」

「レビュー？」今度はわたしのほうがうろたえる番だった。

「ひどいレビューなの。とんでもないレビュー。会社がつぶれかねないくらいの」彼女は机に移動し、一枚の紙をわたしに差し出した。

それは有名な旅行の口コミサイトのプリントアウトだった。そのサイトによると、〈バルメス・バケーション・プロパティーズ〉は四つ星の口コミを千件以上獲得していた。しかし、一番最近のレビューが手厳しかった。〝汚い。ネズミが出る！〟と見出しにある。本文では、顧客サービスの悪さや虚偽の広告について不満が述べられたあと、〝あまりにひどい会社で、一つ星もつけたくない。できることならマイナスの評価をしたいくらいだ。〈バルメス・バケーション・プロパティーズ〉の別荘は今後二度と使わない。ホームレスのような暮らしが好きな人でなければ、ここには泊まらないほうがいいだろう〟と締めくくられていた。

「あちゃー」わたしはリサにプリントアウトを返した。

「だれが書いたか見た?」彼女はプリントアウトの一番下を指差した。

彼女が指を置いた場所に目をやった。「ミッチェル・モーガン?」わたしはその名前を読みあげた。

「信じられる? どうしてよ? なんでこんなことをするの? あの人、一時間ロッジにいただけなのに。それに、誓って言えるわ。あそこはちりひとつ落ちていなかった。それなのに、すぐにこのサイトを開いて本名で書き込むなんて。なんて嫌なやつなんだろう。一つ星の評価なんて今まで受けたことない。一度だってないわ。でも、彼が死んでてくれてよかった。でないとわたし、自分で殺してたと思う」リサのアーモンド形の目は怒りに燃えていた。

わたしは反応に困った。そのレビューは確かにひどい。どうしてミッチェルはわざわざインターネット上で不満をぶちまけることにしたのだろう。とはいえ、こうも考えずにはいられなかった。リサがこのレビューを見たのは、果たしてこれが初めてだろうか。ゆうべも見ていた可能性は? もし彼女が自分の会社の評判を誇りに思っているとしたら、仕返しとして、あるいは激高するあまり、ミッチェルを殺してしまったという可能性はないだろうか?

気に病むことはないとリサに言ってやりたかった。悪い評価を受けるのは、サービス業界の仕事の一部だ。〈デア・ケラー〉でさえ、昔から辛辣《しんらつ》な評価はある程度受けている。オットーとウルスラは否定的なコメントには反応しないようにしていた。

「これはうちの話じゃない」従業員を集めたミーティングで一度、オットーが言ったことがある。人気のウェブサイトで、絶賛しているとは言いがたいコメントを見つけたときだった。その口コミを書いた人物は、ドイツビールの蘊蓄《うんちく》を何段落にもわたって事細かく語っており、〈デア・ケラー〉は偽物だと主張していた。

「〝ここの従業員でドイツに行ったことがある人はいるのか？　まちがいなくいない〟」オットーがその口コミの一部を読みあげると、従業員たちからどっと笑いが起きた。オットーは手元のプリントアウトを折りたたんだ。「あいにく――いるんだな、これが」みんなでくすくす笑った。オットーは穏やかな声で続けた。「お客さまがうちの店を改善させたいと思って何か言ってくださるのなら、もちろんわたしたちは耳を傾ける。でも、これはただのたわごとだよ」

そう言ってオットーは、たちの悪いレビューをシュレッダーにかけにいった。

「そんなので落ち込む必要ないわ」とわたしはリサに言った。「わたし、口コミは読まない主義なの」

「なんですって？　レビューは読まなきゃ。最近の消費者は口コミを見て何を買うか決めるんだから。時代がちがうのよ、スローン。消費者は賢くなってるの。レビューを見てコメントを読む。彼らは何か買ったり予約したりするまえに、その会社について大量の情報を集めることができるのよ。このレビューひとつで何千何万ドルと損する可能性があるんだから」

「そうなの？」

「そうよ。でもほんと、ミッチェルときたら信じられない。あんなにあれこれしてやったのに。彼に紹介したのは、わたしたちが扱う中でも最高級のロッジだった。どうしてあんな嫌がらせをしてきたのか、わけがわからない」リサはそう言って、机の引き出しを開けて鍵の束を取り出した。「実は、今からあそこへ行って、警察を中に案内しないといけないの。ミッチェルがドアと窓すべてに鍵をかけちゃってて。信じられる？」

わたしは首を横に振った。「わたしもついていっていい？」

リサはドアのほうを身振りで示した。「ええ、どうぞ」

「ミッチェルにはまえにも会ったことがあるの？」わたしは、外に出たあとでリサがドアを閉めるのを待ちながら訊いた。できるだけ壁に体をくっつけようとする。となりの建物からエイプリルがひょっこり顔を出せば一巻の終わりだ。

「まさか」リサは通りのほうを指差した。「あっちよ。どうして？」

「何か恨みでもあったのかなと思って」

「いいえ。なんで彼がわたしを恨むのよ？　一度もしゃべったことがないのに。今回のこともすべて映画会社を通じての手配だった。何もかもペイトンが手配したの。あの男は町に着いたその瞬間からぶつぶつ文句を言いはじめたわ。まるで大物スターか何かみたいな態度だった。母が部屋を紹介するなり、要望リストを送りつけてきたんだから」

「要望リスト？　どんな？」リサはわたしより十センチは背が低いが、はっきりした目的を持って歩いていた。おかげで、こちらはおくれを取らないようほとんど走らなくてはならなかった。

歩くごとにリサの靴のかかとが歩道に激しくぶつかっていた。「無茶苦茶なの。肌が敏感だから、スレッドカウントが千八百もあるシーツを用意しろとかなんとか」

「実際、そんなに細かい織り目のシーツってあるものなの？」

リサは肩をすくめた。「たぶんね。彼には、うちのリネンは最高級のものを使ってるから大丈夫だって伝えたわ。柔らかくて上等な、どんな肌質の人にも合うエジプト綿を使ったシーツを買ってるのよ。それでも彼には充分じゃなかったみたい」

「ほんとに？」話を聞くごとに、彼はほんとうに大物スターだったとしか思えなくなってくる。

「あら、そんなの序の口よ。輸入物のミネラルウォーターを冷蔵庫に用意しておけとか、専属のマッサージ師をつけろとか、町を案内してくれるドライバーを用意しろとか散々だったわ」

彼女は腕を前後に激しく動かしながら丘をのぼっていた。川の上流に並ぶ、すてきなロッジのほうへ向かっている。

「どこに行くの？　山奥まで？」わたしは稜線を指差した。「リサ、レブンワースならどこまでだって歩けそうね――冗談じゃなく」

「ええ！」リサはしゃべりながらだんだん興奮していた。「あの男は第一級のクズよ。母もわたしも客の要望に応えるのには慣れてるけど、ミッチェルのは次元がちがったし、普段はこんなにぎりぎりになってからいろいろ言われたりしない。ここはニューヨークじゃないのよ。どこでマッサージ師が調達できると思ってるのよ？　ミネラルウォーターにしても、シアトルまで行って御用達《ごようたし》のブランドを探してこないといけないわけ？」

「そういう要求って、彼は本気で言ってたの？　ただの空威張《からいば》りだったっていう可能性はない？」

リサは首を横に振った。「ないわ。わたしの携帯を見てみなさいよ。五十回くらい着信が残ってるんだから。彼は大真面目《デッド・シリアス》だったわけ」

リサは〝デッド〟のことばを強調した。ミッチェルはいったいどこまで彼女を追いつめたのだろう。またしてもそれが気になった。

彼はどうしてそんな要求をしてきたのか？　ミッチェルは有名人ではなかった。少なくともこのあたりでは。せいぜいドキュメンタリー映画の進行役を務めていた程度だ。劣等感から逆に、そういう過剰な行動を取っていたのだろうか？　もしくはリサが主張しているとおり、ただの嫌なやつだったというだけ？

わたしたちはミッチェルが借りていたロッジに着いた。この通りの中で一番大きな建物だった――三階建てで、窓枠や戸口に色の濃いくるみ材が使われ、二階と三階にはバルコニーがついている。外階段が一階のデッキにつながっており、滞在者はアーチ形の入口から中に入れるようになっていた。また、デッキを通って裏側に回ることもできた。リサが鍵の束を繰っているあいだ、わたしはデッキに目をやった。長さ六メートルほどのデッキは別荘の端から端まで延びており、眼下のワナッチー川を見渡せるようになっている。なるほど、リサが言っていたことも大げさではなかったわけだ。ここは人目につかないオアシスだ。

リサはドアを開け、はっと息をのんだ。「大変。スローン、こっちに来て」

「どうしたの?」わたしは入口に急いだ。

リサは鍵を落とし、中を指差した。

トルネードが通過したかのようなありさまだった。ごみ——黒く変色した、ぬるぬるしたバナナの皮やお菓子の包み紙、使用済みのティッシュ、腐った魚のような見た目とにおいの謎の物体——が堅木張りの床と本棚、窓台に散乱していた。クッションや枕の類はすべて切り裂かれ、詰め物が外に飛び出している。家具はひっくり返されていた。

わたしは口と鼻に手をやって強烈なにおいの侵入を防いだ。

「あいつ、何したの? うちの物件をめちゃくちゃにしやがって!」リサは叫び、信じられないといった様子でわたしを見た。

12

「マイヤーズ署長に早く来てって連絡したほうがいいわ」とわたしは言った。顔のまえで手を振って、ひどいにおいをどうにか払いのけようとする。

「うちの物件がめちゃくちゃじゃない！」とリサはまた叫んだ。「数年前にシアトルの男子学生グループが来たときよりひどいわ。これと比べれば、あんなのなんてかわいいものだった。それになんなのよ、このにおいは？」彼女は拳《こぶし》で外壁を力強く叩いた。手首を痛めるのではないかと、こちらが心配になるくらい強く。

リサがぎゃあぎゃあ騒いでいるあいだに、わたしはマイヤーズ署長に電話をかけた。署長はすぐに行くと約束した。

「どうやったら一晩でここまでできるの？」とリサは言って、中に入ろうとした。

わたしは彼女の腕をつかんだ。「中に入るのはよくないと思う。マイヤーズ署長が今、こっちへ向かってるわ。窓越しに見て、被害のことはもう警察として把握してるって言ってた。どうやら昨夜ここへ来たみたい。警察はミッチェルの殺人事件につながる証拠をまだ探してる段階だって、さっきはっきり言われたわ。今は何にも触るべきじゃないと思う」

リサはうなずいたが、室内の惨状から目を離せないようだった。「今写真を撮るから待ってて。あの男、ここを手当たり次第壊したあとであの最悪なレビューを書いたのね。なんという厚かましさ」

彼女は信じられないといった様子でロッジを見た。一方のわたしは、殺人事件のことが頭から離れなかった。これはミッチェルのしわざなのだろうか？　それとも彼を殺した犯人がやったこと？　ミッチェルが枕やクッションまで切り裂くのは不自然に思えた。だれかが何かを探していたと考えるほうが自然だ。散らばったごみと腐ったようなにおいはまた別だけれど。ミッチェルがごみ溜めの中で生活しているように見せかけたかった人がいたのだろうか？　それとも、やっぱりリサの言うことが正しい？　ミッチェルが大暴れして、彼女を困らせるためにわざと室内をめちゃくちゃにしたのかもしれない。検死官が彼の体内から見つけたという薬物とは何か関係があるのだろうか？

わたしはため息をつき、警察を待つあいだ、リサを慰めようとした。今日は時間が経つにつれてどんどんわけがわからなくなってくる。

数分もしないうちにマイヤーズ署長が到着した。彼女はきびきび歩いていたが、リサにはその足が遅く感じられたらしい。

「急いで」とリサは署長に言った。「うちの物件がめちゃくちゃなの」

声が聞こえていたとしても、マイヤーズ署長はそのそぶりをまったく見せなかった。黙って一段ずつ階段をのぼったあと、ロッジへの入口を塞いだ。「中に入らせるわけにはいかないわ。ここからはわたしたちに任せて」署長は制服警官のひとりに中へ入るよう指示し、わたしたちを追い払った。

ここにとどまりたくても、わたしは店に戻る必要があった。そこで、リサと一緒に帰ることにした。もっとも彼女のほうは、保険の手続きがあるから中に入って被害の状況を調べないといけないと無茶を言っていたけれど。だが、その点に関しては、マイヤーズ署長は譲らなかった。「これは警察の捜査よ。ドアから離れて」

わたしも署長の機嫌を損ねたくなかった。「もしできたら、あとでまた来てみるといいんじゃない？」とリサに勧めた。

リサはしぶしぶといった様子で親指を立てた。

わたしは川沿いの道を通って〈ニトロ〉に帰った。川のせせらぎと山がらすの鳴き声を聞いて、現実感が戻ってきた。考えれば考えるほど、ミッチェルが薬物の影響を受けていたか何かで、逆上してやったにちがいないという気がしてきた。ロッジをめちゃくちゃにするなど、ほかにどんな動機がある？

店に戻ると、ギャレットが店内のテーブルに小さなろうそくを置いていた。「やあ。そろそろ捜索隊を出そうかと思ってたところだよ」

「ごめんなさい」わたしはちらしをテーブルに置いた。「カットは？」

ギャレットはうしろを見た。「厨房で在庫の確認をしてるよ。どうしたんだい？」

わたしはマイヤーズ署長と話したことを手短に伝えた。ギャレットは終始、冷静な顔で聞いていた。「まあ、ぼくもきみと同じ意見だよ、スローン。彼女からそんなに悪い印象は受けない。殺人犯には見えないというか。あの男のことで頭がいっぱいだという感じはするけどね」

「そうよね。でも、もしミッチェルが彼女の気持ちに応えてくれなかったのだとしたら？　ほら、〝振られた女の恨みほど恐ろしいものはない〟って昔から言うじゃない」

「確かに。でも、さっきから見てるけど、体を震わせて泣いてたよ。その感じでは、どちらかというと、ショックを受けてるという気がするけどね」ギャレットはろうそくと花瓶の入った大きな箱をカウンターの上に持ちあげた。くっきりした腕の筋肉がぴくりと動いた。

カットに関してはギャレットもわたしと同じ考えのようだ。そうわかってほっとした。「ともかく、マイヤーズ署長は彼女から目を離さないようにしてほしいって言ってたわ。あとでフエストハレにちらしを配りにいかせても大丈夫かしら？」

「問題ないんじゃないか。だって何をするっていうんだ？　テイスティングセットの無料券をどっさり持ち逃げするとか？」

それは確かに言えている。

ハンスと同じく、ギャレットも実際的な考え方をしていた。そのおかげで、こちらもまともに考えられるようになった。彼の言うとおりだ。カットはおそらく悪い人ではないだろう。それに、お金がないのもわかっている。ホテル代も払えないなら、遠くには行きそうにない。

ギャレットはふと壁に貼られた写真のほうに目をやった。「スローン、いろいろ大変なときに、すごく言いづらいんだけど」

「何？」自分の声が震えているのがわかった。

「きみが出かけてるあいだに、女の人から電話があったんだ」

それがどうしたというのだろう。ギャレットはなぜ正しいことばを探すかのようにあごをさすっている？

「きみはいないかと訊かれたんだ」

「それで？」

「実は、電話してきたのはその一回じゃなくて」ギャレットはわたしと目を合わさなかった。

「どうして言ってくれなかったの？」

「いや、その人が電話してきたときは、毎回きみにかわってくれと言われたんだ。きみも覚えてるだろ？　二回ほど実際にかわったときがあった。でも、きみが出たら、電話は切れてて」

わたしはうなずいた。

「同じ女性だ。まちがいない」

胃がずしりと沈んだ。「そう」

「今日は、今夜きみがここにいるかどうか訊かれた。先方は、電話だとなかなかつかまらないから、今夜店に寄ってみると言ってたよ」

わたしはバースツールをつかんだ。視界がぼやけてきた。その女性がだれだか、なんとなくわかる気がする。実は、ギャレットが大叔母の部屋で見つけてきた古い写真が一枚あった。それはわたしが幼い頃の写真で、ある女性と一緒に写っていた。わたしの母親だろうと、わたしとギャレットは見当をつけていた。その写真を見て以来、さまざまな考えや記憶が頭の中を渦巻き、振り払うことができなかった。

小さい頃レブンワースで暮らした記憶はわたしにはない。けれど、きっとどこかの時点で縁があったのだろう。ギャレットの大叔母がなぜその写真を持っていたのか、また、彼女がその女性を知っていたのかどうかはわからない。ウルスラには一度訊いてみたことがある。というのも、彼女は〈ニトロ〉の開店初日の夜、引き寄せられるように、壁に貼られた昔の写真を見ていたからだ。古い友人の顔や、これまで町の成長に手を貸してきたレブンワースの面々を見てうれしそうにしていたと同時に、写真のいくつかを見て、表情がくもったのにもわたしは気づいていた。そのときは、若い頃を思い出して懐古の情にでも浸っているのだろうと思ったが、ギャレットが見つけたその写真を彼女に見せると、そのときと同じ表情が浮かんだのだった。

「この女性は知らないわ、スローン」彼女は写真から顔を背《そむ》けてそう言った。

「でも、わたしに似てる気がするの」とわたしは言った。「幼いときのわたしかもしれないって思わない？」

ウルスラは目に涙を溜めていた。テーブルを離れ、紅茶を注ぎにいった。

わたしはしつこく訊いた。「わたしみたいじゃない？」

ウルスラはコンロの近くにしゃがみ込んでいた。「わからない。ひょっとしたらね。その可能性はあるかも。でも、なにせ昔のことだから」

さらに問い詰めようとしたが、ウルスラはかたくなに話そうとしなかった。そのとき、この女性を知っているのだと確信した。ということは、わたしのことも知っていたのだろうか？　わたしの過去について何か知っているのなら、どうして何も言ってくれない？　それに、どうしてその話をやめさせようとするのか？

ウルスラとその話をしてからというもの、わたしは自分の過去についてなんでもいいから探り出そうとしてきた。州の養子縁組斡旋《あっせん》機関に連絡し、当時担当だったソーシャルワーカーについても調べた。彼女はその後退職していたが、足取りはつかめた。今はヴァションＩ島に住んでいるという。わたしが里子に出されたいきさつや両親のことについて、知っていることがあ

かった。

なぜギャレットは電話のことを話してくれなかったのだろう?

「スローン」彼の声でわたしはわれに返った。

「うん」わたしは息を吐き出した。

「最初に電話がかかってきたときに話すべきだったんだと思う。けど、そのときはあまり深く考えなかったんだ。店にはいろんな人から電話がかかってくるし。でも、その女性からは何度もかかってきた。直接ここに来るとなれば、ちゃんと知らせておいたほうがいいと思ったんだ」

「ありがとう。助かるわ」わたしはスツールを握った手の力を緩めた。

「州から何か連絡はあった?」

わたしは首を横に振った。「何も」わたしが自分の過去の謎を解き明かそうとしていることはすでに話している。彼は出しゃばりすぎない程度に協力してくれていた。それには感謝しかない。

「何かぼくにできることはある?」ギャレットは〝本物の男はレーダーホーゼンを着る〟の滑《こっ》稽《けい》なTシャツからほこりか何かを払い落とした。

「いいえ。というか、もしほんとに来ても、自分でどうにかするわ。どのみち忙しいだろうし。それにしても、オクトーバーフェストが始まる最初の週末に顔を出すなんて、ベストタイミングとは言えないわよね」

ギャレットはくすりと笑った。「そうだな。もしかしたらそれが先方の狙いなのかも」

「かもね」わたしは淡々としているように見えるよう表情を繕い、午後の準備に話題を戻した。実際には、遊園地のコーヒーカップのように頭の中がぐるぐる回っていたが。謎の女性はわたしの母親なのだろうか？　もしそうなら、どうして今になって連絡を取ろうと思った？　何十年にもわたる長い沈黙のあとで。偶然とはとても思えなかった。古い写真を見つけ、いくつか問い合わせをしたところで、だれかが突然わたしに接触してこようとするとは。嫌な予感がした。

「で、次の仕事は？」わたしは笑顔でギャレットに訊いた。

ギャレットは顔をしかめた。まだ何か言いたそうだったが、結局何も言わず、テーブルにもうひとつろうそくを置いた。そのあと、エイプリルが一時間以内にここへ来ることを明かした。〈ニトロ〉の装飾について話し合いにくるらしい。

「うそでしょ」

「エイプリルのことでぼくが冗談を言うと思うかい？」ギャレットはそう言って、自分のTシャツの文字を叩いた。「すごく気に入るぞ。だろ？」

〈ニトロ〉のオープン以来、エイプリルはここの雰囲気をレブンワースの美の基準に合わせろと言ってうるさかった。いつも一週間とおかず、様子を見に〝ひょっこり〟顔を出しては、ドイツっぽい飾りの入ったかごを置いていく。

「今日はもうこれ以上悪くはならないと思ってたのに」

「エイプリルはぼくのほうでどうにかするよ」とギャレットは言った。「きみは助っ人のほうを見といてくれる?」

「了解」わたしはちらしの束を取り、厨房へ向かった。もし実の母がこの期に及んでわたしに会おうと決心したのだとしたら、どうしてよりによって今日という日を選んだのだろう?

13

厨房で古い皿の山に囲まれたカットを見つけた。「順調?」

カットは髪の毛を耳にかけた。根元が黒く、毛先にいくにつれてだんだん色が明るくなっている。グラデーションカラーが人気なのは知っているが、カットのスタイルはわざとだろうか。それとも、美容室で色をキープしてもらうお金がないだけ?「このお店、お皿がたくさんあるのね」

「ここは昔、本格的なレストランだったの」とわたしは言い、陶磁器の山を指差した。「ギャレットの大叔母がB&Bと人気のレストランを経営してたの。このお皿は彼女が遺したものよ」〈ニトロ〉で使っている食器には統一性がなかった。厨房はどこもかしこもテスのコレクションだらけだ。それなのに、新しいお皿や銀器にお金をかける必要はないというのがギャレットの考えだった。現代的ですっきりしたものを好む彼の店にテスの趣味は必ずしも合うわけではないけれど、そんなことはだれも気にしなかった。客はみんな、わたしたちのビールを飲みにきてくれるのだから。お皿が目当てではない。

「コレクター好みのめずらしいお皿がけっこうあるみたいだけど」とカットは言い、縁《ふち》が波形で、繊細な青い花柄の入ったサラダプレートを持ちあげた。

「ほんと?」

「父がアンティークショップを経営してて、昔ちょっと手伝ってたの。この柄は見たことがある。有名なドイツ人デザイナーの作品じゃないかな」

「へえ、そうなの。ぜひギャレットに教えてあげて」陶磁器の鑑識眼がカットにあるとは驚きだった。テスのコレクションがもし値打ちのあるものだとしたら、なおさら彼女を見張っておくに越したことはない。

「また言うけど、ここで働かせてくれてありがとう。でなかったらわたし、どうなってたか」

腹を割って話をするなら今しかない——わたしはそう判断した。ミッチェルが借りていたロッジがめちゃくちゃになり、〈ホテル・レジデンス〉も予約でいっぱいとなれば、今日はうちへ連れて帰るしかないだろう。ホテルのオーナーのブラッドから聞いた話に彼女がどう反応するか、見てみたかった。

「ねえ、正直に話してほしいの。いい?」

カットはごくりとつばを飲んだ。「うん」

「さっきブラッドと話してきたの。〈ホテル・レジデンス〉のオーナーなんだけど。彼の話では、ゆうべ部屋が空いてるかどうか確認しにきたお客さんはひとりもいなかったって。実際、稼働率は五割にも満たなかったらしいわ。つまり、昨日なら簡単に泊まれたってこと」

カットは顔を伏せてうなずいた。「うん。そうだと思う」

わたしはカットに近づき、話している彼女の目を見た。

「ごめんなさい。うそなんてつくべきじゃなかった」

「ミッチェルが殺された事件と何か関係してるの？　うそをついてたのはわかったけど、わたしが心配してるのは、彼を殺したことについてもあなたがうそをついてるんじゃないかってことなの」

カットはさっと胸に手を当てた。緑色の目は、わたしが言い出したことに心底驚いているように見えた。「わたしが殺したと思ってるの？　そんなはずないでしょ。まさか！　殺してないわ。わたしには彼が必要だったのよ。彼を足掛かりに業界に進出するはずだったんだから」

わたしは腕組みをした。

「ほんとだって。信じて」彼女の頰に赤い斑点が浮いていた。

「そうしてほしいなら、ちゃんと説明しないと。どうしてゆうべはこそこそ町をうろついてたの？　なぜホテルに泊まれなかったなんてうそをついたのよ？」

カットはこめかみをさすった。「そんなふうに言うと、聞こえが悪いけど」

「ええ。だから真実をすべて話してほしいの。カット、わたしだってあなたのことを信じたい。

でも、今は何を信じればいいのかわからないわ」

「お願い、信じて。わたしも最初からほんとうのことを話すべきだった。ミッチェルが死ぬとは思わなかっただけなの」彼女の声は震えていた。「ほんとは、この町へ来るよう招待なんかされてない。彼はわたしの存在すらほとんど知らなかったと思う。ファンクラブを創設してくれてありがとうっていう内容の手紙はきたけど、その署名すら本人のものだったかどうかわからない。たぶんエージェントがかわりに書いたんでしょうね」

「彼はあなたのことを知らなかったの？」

「そう。というか、わたしは毎日メールを送ってたけど。それもファンクラブの会長としての仕事の一部だから」

「会員は何人くらいいるの？」

「全部で一万人以上。カナダやニュージーランドにもファンがいて。けっこう国際的な組織なのよ」

ミッチェル・モーガンのファンクラブの会員など、一万人はおろか十人いるというのでも驚きだが、それは黙っておき、わたしは彼女に話を続けさせた。

「とにかく、ミッチェルに会いたくてたまらなかったのよ。これから数週間、レブンワースでロケをする予定だってインスタに書いてあって。これはチャンスだと思った。で、仕事を辞めて、スーツケースに荷物を詰めて、列車のチケットを買ったわけ」

「よくわからないわ。どうして旅行が当たったなんてうそをついたの？　どういう計画だったわけ?」

カットは顔を赤らめた。「うーん、わたしもはっきり考えてなかった。でも、列車のチケットが思ってたよりだいぶ高くついちゃって。ピークシーズンだからかな」カットはジーンズのポケットに手を入れて札束を取り出した。「手持ちは九十ドルしかないの」

「九十ドルでどうやって宿泊費と食費を賄《まかな》うつもりだったの?」

彼女はほんとうにそこまで世間知らずなのだろうか?

頰の赤みが首まで広がった。「ミッチェルが泊めてくれると思ったの。ほら、わたしたちって共通点が多いから。彼の出演作は全部知ってるし。じかに会えば、わたしの可能性に気づいて、仕事を紹介してくれると思ってた。頭がおかしいのかって両親には言われたけど。両親は一切お金を援助してくれなくて、もしそんなことをするなら、家には絶対に帰ってくるなって言われちゃった」

「えっ?」

カットは泣きはじめた。わたしは思わず彼女を慰めた。そんなきついことをアレックスに言うなど想像できない。

「無茶苦茶だと思ったんでしょうね。そんなばかげたことはやめて大人になりなさいって言われた。全然わかってくれないの。ミッチェルのファンクラブの運営もただの趣味だと思われてる。趣味なんて、そんな簡単なものじゃないってことは何度も言ったのに、全然聞いてくれなくて。わたしは物心がついたときからずっと芸能界で働きたいと思ってた。そう思うきっかけをくれたのがミッチェルよ。『クレイジー・ハウス』みたいな最高の番組はほかにないわ。もし撮影現場に行けるならわたし、なんでもしたと思う。コーヒーを淹《い》れたり床を掃除したり、ほんとになんでも。だって、多くの子供がそうやってチャンスをつかんでるでしょ。一生懸命働いて、そのあと活躍してるじゃない」

　わたしも彼女の両親に賛成しないわけにはいかなかった。本人に言うつもりはないけれど。子供時代のアイドルを追いかけることが芸能界の仕事につながるかどうかは大いに疑問だ。

「両親は、大学に行くかまともな仕事に就いてほしいと思ってるみたい。でも、そういうのはわたしの人生じゃないわ。わたしにはもっと大きなことが待ってるんだから。ハリウッドで働く人生が待ってるの。ミッチェルが足掛かりになるはずだったのに」

　彼女の論理はめちゃくちゃだ。もし芸能界の仕事がほしかったとしても、どうすればＢ級スター（もっといえばＣ級あるいはＤ級スター）のファンクラブ会長としての仕事がハリウッドへつながるのか、わたしにはさっぱりわからない。それにしても、だれもかれもどうしてミッチェルは俳優だったなどと言うのか？　彼は役を演じていたわけではない。単に映画の進行役を務めていただけだ。それに、名前も知られていなかった。意味がわからない。

「あなたも頭がおかしいと思ってるんでしょ。両親もそういう目つきで見てたわ。でも、昔と今はちがうのよ。ＳＮＳ上のつながりがものを言うの。さっきも言ったけど、わたしがやってるソーシャルメディアのファンクラブには一万人以上のフォロワーがついてる。わたしだってばかじゃない。計画はちゃんとあったのよ。最終的にミッチェルに会って、わたしがただの一般人じゃないってことを証明しさえすればよかった。そこからは、このSNS上のプロフィールを生かして、どこかの映画会社で仕事をもらうはずだったんだから」

フォロワーが一万人いるというのは確かにすごいような気もするが、わたしはソーシャルメディアについてあまり詳しくない。あとでアレックスに訊いてみなければ。

「ミッチェルが死んでるのを見たときはパニックになったわ。どうしたらいいかわからなかった。うそが勝手に口から飛び出してる感じだった」

「無料の招待旅行なんて話をどうしてでっちあげたのよ？　実際にはホテルに泊まるお金もなかったのに」

カットは指でこめかみを強く押さえた。「家に帰りたくなかったの。というか、帰れなかった。このままミッチェルに死なれたままでは。それで思ったの。わたしがミッチェルと友達で、彼に招待されてたと、監督と撮影チームに思ってもらえれば、チャンスをくれるかもしれないって。めちゃくちゃな話だと思うかもしれないけど、こっちは必死だったんだから。ハリウッドで仕事を見つけないといけないの。どうしても」

こんな突飛な話もないと思うが、気づくとわたしは彼女を信じていて、同情さえしていた。

「どうしてあんなことを言っちゃったのかわからない。あんなふうに道端で死んでるミッチェルを見たショックのせいかも」カットはそこでことばを切り、身震いした。「ほんと、勝手に口から飛び出してたの。でも、ひとつうそをついたらもうあとに引けなくなった。この町の滞在費がどれほど高いかわかってなくて。ユースホステルかどこかに泊まればいいと思ってたんだけど」

レブンワースの宿泊費がばか高いというのはほんとうだ。オクトーバーフェストの開催中にこの近辺でホテルを探すとなれば、三倍はないにしても通常の二倍は払わなくてはならない。観光客が一泊五百ドル以上出したという話もめずらしくなかった。

「ほんとうのことを話したかったんだけど、言ったらすぐ、駅に行って家に帰れと言われるのがオチだと思って。家には帰れないわ。今はまだ。ロサンゼルスで確実な足掛かりか本格的な仕事を見つけるまではね。両親に証明しないといけないから」

わたしはカットの腕を叩いた。「わかったわ」

「ほんと?」彼女は涙目でわたしを見た。

「ええ。ほんとうのことを話してくれてありがとう。今の話はすべてマイヤーズ署長に伝えなくちゃだめよ。いい?」

カットはうなずいた。「うん、わかった」頬と首から赤みが引きはじめていた。

「それから、ここにいてもらううえでひとつ条件があるの」

「なんでもする。なんでも言って」

「これ以上うそはなしだからね」わたしはそう言って、精いっぱい母親らしい表情を浮かべた。

カットは小指を立てた。「約束する。命に懸けて誓うわ。もううそはつかない」

「よし。それじゃあ、ここを片づける作業に戻りましょう」

カットはお皿を数える仕事に意識を戻し、ギャレットが印刷した棚卸表に数を書き込んだ。

あとで後悔するはめになるかもしれないが、それでもわたしは彼女のことを信じたかった。真面目な女の子に見える。それに、そんなぶっ飛んだ話をでっちあげる理由がないではないか？おそらくなんの計画もなしに、勢いで荷造りをしてレブンワースに来てしまったのだろう。だが、殺人犯という印象は受けなかった。それとは程遠く見える。もし彼女がほんとうのことを話してくれたのだとすれば、ミッチェルには一番死んでほしくなかったはずだ。彼には、自分の社会的な顔を周りに証明してもらわなければならなかったのだから。そのうえ、彼女の今後の生活は、彼を説得して一緒に泊めてもらえるかどうかにかかっていた。だから、おそらく大丈夫だろう。カットのことはそばに置いておいても安全だ。それどころか不憫《ふびん》にさえ思えてきた。ミッチェルに接近したらどうなるか、果たして彼女はわかっていたのだろうか？　彼は少なくとも十五歳は年上だった。ひょっとして、キャリアを切り開けると期待して、歳の離れた影響力のある男と寝るためにレブンワースにやってきた？　そう考えると、ぞっとした。

しかし、彼女が殺人犯でないとなると、またふりだしに戻ったわけだ。だれがミッチェル・モーガンを殺したのだろう？

14

午後は順調に進んだ。働き手が増えたおかげでまちがいなく助かった。観光客の小グループが外にいるのにギャレットが気づき、わたしたちは早めに店を開けることにした。彼らはみんなドイツの民族衣装を着ていた。男性は、紅白のチェックのシャツに革製半ズボン《レーダーホーゼン》、膝丈のウールのソックスと羽根付きの緑のフェルト帽というスタイルだった。女性は、白のフリル付きミニスカートに、胸元が大きく開いたボディスを着て、縞々のソックスを履いている。どう見てもフェストハレに向かう予定らしいが、ビールテントは二時間先まで開かない。

「入ってもらう?」とギャレットはわたしに訊いた。

「そうしない手がある? 先に一杯引っかけてお金を落としてもらいましょうよ。ね?」

ギャレットはカウンターの端に置かれたビール容器《グラウラー》を指差した。そこには、手持ちサイズのドイツ国旗がいっぱい入っていた。「あれも少し減っていいかもしれない」

「わかった、エイプリルが持ってきたんでしょ?」

「ほかに持ってくる人がいるかい? ありがたいことに、旗を配ると約束したら帰ってくれたよ」

「ずいぶん楽だったのね」

「まあ、あれを残していったけどね」ギャレットはこげ茶色の革製半ズボン《レーダーホーゼン》と緑のサスペンダー、ピクニックの敷物を彷彿《ほうふつ》とさせる紅白のチェックのシャツを指差した。「これを着てくれってさ」

わたしは笑い声をあげた。「あなたにぴったり。ぜひ着てみて」

ギャレットは挑むような目つきでこっちを見た。「ほんとに着てほしいんだね?」

「すごく面白いことになりそう」

「じゃあ、こうしよう。きみのもあるから、きみがそれを着たら、ぼくも着るよ」ギャレットは反対側へ移動し、カウンターの下に手を入れた。体を起こすと、酪農場で働いている娘が着ていそうな衣装が出てきた。レースのスカートはおしりがかろうじて隠れそうな丈だ。フリルもついており、大人の女性向けというよりは人形のほうがぴったり合いそうだった。

「まさか」わたしは降参の印に両手を上げた。「絶対着ないからね」

ギャレットはむせるほど激しく笑った。「その顔、鏡で見せたかったよ、スローン」

きらきらしたパイントグラスのトレイを持って、カットが厨房から出てきた。「かわいい!」彼女はパイントグラスをカウンターに置いて、よく見ようと衣装に近づいた。「こういうの、ずっと着てみたかったの」その声は興奮気味だ。

ギャレットはわたしと目を合わせ、ウィンクをした。

わたしはうなずいた。

彼はカットに衣装を渡した。「きみのだよ」

「ほんと?　いいの?　わあ、早く着たい。すごい。ソーシャルメディアにアップしたらみんな喜んでくれるわ。もし大丈夫だったら、この格好でちらしを配りにいこうかな。ほら、ドイツ人になりきるの」

「ドイツ人になりきる、か。そりゃいいね」ギャレットは声に皮肉の色をにじませて言った。

カットはその皮肉には気づかず、スキップして着替えにいった。ギャレットとわたしは顔を見合わせて笑った。これで、うちの店にも最低ひとりはバイエルン地方の伝統を尊重する人がいることになる。エイプリルはさぞかし喜ぶだろう。わたしはそう思いながらドアを開け、観光客の第一陣を迎えた。ギャレットはビールを注ぎはじめた。一時間もしないうちにすべてのテーブルが埋まった。音楽がビートを打ち、ビールが注ぎ口からどんどん流れ出ている。幸先のよいスタートだ。

「厨房から何か取ってきてほしいものはある？」店内のざわめきに負けないよう、わたしは声を張った。

「ドリトスを頼む」ギャレットも大声で返した。

わたしたちはその手軽なおやつが大好きだった。〈ニトロ〉ではカウンターにプレッツェルとナッツを用意しているが、ギャレットはそれに加えてドリトスも置いておくと言って聞かなかった。わたしのほうもとくにそれで問題はなかったけれど。

厨房に行くと、ドリトスの大袋と一緒に、着替えをすませたカットも見つけた。エイプリルがわたしに持ってきた衣装で、典型的なドイツのウェイトレスに変身していた。

「すごく似合ってる」わたしはドリトスに手を伸ばした。袋を開け、プラスティックのボウルに出しつつ少しつつまみ食いをする。

カットはその場でくるりと回った。「かわいくない？　このままミュンヘンかどこかの町に行って踊りたい気分」

その生き生きした表情を見て、衣装を着てもらってよかったと思った。

「今から配りにいきましょうか?」カットはペティコートを膨らませながら言った。

わたしはドリトスを嚙《か》み砕いた。「ええ。ここも混んできてるから、きっと町に観光客が集まりはじめてるんだと思う」そう言ったあと、ちらしの厚かましくない配り方について事細かく指示した。

カットはいきなり抱きついてきた。「ありがとう。ほんとにありがとう。精いっぱい働くわ。ソーシャルメディアに何枚も写真をアップする」

「いい仕事をしてくれればそれでいいのよ」

「約束する。絶対にがっかりさせないから」カットはそう言ってちらしの束を取った。「一時間したら帰ってくるけど、それでオーケー?」

「ううん、わたしのほうが迎えにいくわ」〝母さん口調〟とアレックスによく言われる口調にならないよう、わたしは注意した。

カットはうなずいて手を振った。足取りも軽く出口へ向かっていく。一歩歩くごとにフリルが上下していた。わたしが出向けば、オクトーバーフェストの様子を見にいくいい言い訳になる。それに、映画の撮影チームの人たちとも話をするチャンスがあるかもしれない。そういえば、とふと思い出し、わたしはアレックスにすばやくメールを送った。フォロワーが一万人いるというのは多いのかどうか、また、時間があるときにミッチェルのプロフィールをインターネットで確認できそうか、訊いてみた。すぐに返事がこないことからすると、どうやらまだ会議が終わっていないらしい。

ドリトスのボウルを持ってカウンターに戻った。一時間ほどギャレットと一緒にビールを注いでいると、だんだん店が静かになってきた。どうやらオクトーバーフェスト目当ての観光客が町に勢ぞろいしたらしい。レブンワースで一番人気のポルカ・バンドの演奏がフロント・ストリートから聞こえてくると、うちの客たちもお祭りに参加しに、会計をすませて出ていった。

ギャレットはドリトスを口に入れ、空《から》っぽの店内に目を向けた。「すごい。まさに大移動だな」

「悪く受け取らないでね」わたしは洗剤の入った水にスポンジを浸し、カウンターを拭きはじめた。

「きみから話を聞いててよかったよ。でないと、うちのビールがまずいせいでみんな出ていったんじゃないかと心配するところだった」

「悪いのはわたしたちのビールじゃない。もっとビールが飲めて何時間も踊れそうだっていう期待感のせいよ」

「これからどうしようか?」ギャレットはドリトスを口いっぱいに頬張って言った。「店を閉める? きみもお祭りに参加したい?」彼は注ぎ口の横にかかった二枚のオクトーバーフェストの通行証を身振りで示した。「エイプリルがぼくたちふたりのために置いていったんだ。事業主はみんな、町の商工会に会費を払ってるからフリーパスをもらえるみたいだね」

「じゃあ、交替で行かない?」とわたしは提案した。「あなたもほかの醸造所《じょうぞうじょ》の人たちと交流するいい機会になるわ。でも、ここに迷い込むお客さんがひとりふたりいるかもしれないでしよ。カットがちらしを配ってることだし、『チキン・ダンス』を五百回聞くのに疲れた人がいたら、ここへ流れてくるかも」

「そうしよう」ギャレットはまたドリトスに手を伸ばした。「きみから先に行く？　ぼくはもう少し休んで、これをたらふく食べたいから」

わたしは笑い声をあげ、オレンジ色になった彼の指を見た。「もう、そんなに食べすぎないでよ。ビールの分を空けておかなくちゃ」

「大丈夫だよ。ビールはいつも別腹だから」ギャレットは小指を舐めた。「ところで、さっき思いついたことがあるんだ。カットにここの二階に泊まってもらったらどうかな？　彼女も悪い子ではないと思うけど、きみのうちに泊まらせるよりはここのほうがぼくも安心だから」

「ほんと？」わたしはパイントグラスをかごに入れた。

「ああ。上階《うえ》には空っぽのゲストルームがいっぱいあるからね。たぶん使えるだろう」ギャレットは指の関節を鳴らした。「町から遠く離れた場所にきみをひとり帰すのは心配なんだ」

わたしは心拍数が上がるのを感じた。わたしのことが心配？　「ありがとう。わたしは平気よ。でも、ここに泊まらせてもかまわないって言ってくれるなら、助かるわ」

「じゃあ、決まりだ」

パイントグラスをセットして食器洗い機を回し、そのあとスウェットをつかんで外に出た。町はカラフルなドイツの民族衣装でいっぱいだった。人々は腕を組み、ポルカの音楽に合わせて体を揺らしている。オクトーバーフェストの入口から五ブロックにわたって行列が延びていた。でも、だれも気にしていない様子だ。町は興奮した人々の熱気であふれ、通り沿いのすべての店がドアと窓を開けっ放しにしている。店員たちはミルクチョコレートやジンジャーブレッド、アップル・シュトルーデルのクーポンや試供品を配っていた。町全体が巨大なお祭り会場へと姿を変えていた。この雰囲気に夢中にならずにいるほうがむずかしい。

おそろいの格子縞のシャツに膝丈の靴下とフェルト帽を身につけた大学生のグループが列の最後尾に並んでいた。わたしは彼らのうしろについた。

列がじりじりとまえに進む中、大学生たちは、どうやったら女の子と出会えるか、そして明日の朝、どうやったら二日酔いを避けられるかについて、作戦を練っていた。わたしはカットの姿はないかと、混み合った通りを見渡した。目の届く範囲に彼女の姿はなかった。おそらくもっとテントに近い場所にいるのだろう。

ゆっくりまえへ進むにつれて、うしろの列もどんどん長くなってきた。わたしはこの時間を使い、ミッチェルが殺された事件でわかっていることについてじっくり考えてみることにした。カットが容疑者だとは思えなくなってきたので、ミッチェルを殺す動機がありそうな人物がほかにいないか、思い浮かべようとした。ペイトンは自分の計画を狂わされて彼にすごく怒っているように見えた。一方、ミッチェルがコナーを虫けらのように扱っていたのも事実だ。ふたりのうちどちらかが我慢の限界に達したという可能性はないだろうか？　リサはどうだろう？　ミッチェルは彼女のロッジをめちゃくちゃにし、彼女の輝かしい評判に傷をつけた。友人であり同じ町で働く仲間として、彼女が殺人犯だなどとは考えたくないが、動機があるのはまちがいない。それに、プロデューサーのデイヴィッドもいる。彼とはあまり話をしなかったけれど、ミッチェルがカウンターに飛び乗って台本にないことを話しはじめたとき、何度もいらいらした様子でペイトンと顔を見合わせていたのは知っている。デイヴィッドも映画の進行役には業《ごう》を煮やしていたのか？　それにしても、この映画における彼の役割はなんなのだろう？　このプロジェクトに携わる人間はだれもかれもがミッチェルの好きにさせているように見えたが、それはなぜなのか？　どうも腑《ふ》に落ちない。

　頭を渦巻く多くの疑問に集中していたため、だれかがそばに来ていたことにもわたしは気づいていなかった。

「ちょっと、ビールの人ですよね」となりで低い声がした。

　顔を向けると、近くにコナーが立っていた。「あ、こんにちは。ごめんなさい、気づいてなくて」

　彼はまえに並んでいる大学生のグループに溶け込んでいた。〝ここにビールがあれば《ウィッシュ・ユー・ワー・ビア》〟のTシャツは脱ぎ、かわりに赤と緑の革製半ズボン《レーダーホーゼン》を着ている。昨日ミッチェルがつけていたのとそっくりの長い黒の羽根がついたフェルト帽もかぶっていた。

「こっそり近づこうとか、そんなつもりはなかったんですけど、列に並んでるところを撮らせてもらえたらなと思って」彼の顔には汗の玉が浮いていた。

「撮らせてもらう？」

　コナーは肩にカメラをのせた。「そう。なんでも撮れってペイトンに言われてるんで。ゆうべあなたの店で撮った映像に、みんなと一緒に並んでるところをカットインできるかと思ったんです。なんていうかほら、目立ってるから」彼は衣装を着た周りの人々にカメラを向けた。

「そうみたいね」わたしは肩をすくめた。「ねえ、それってミッチェルの帽子？」わたしはこらえ切れず訊いた。

コナーの手がさっと帽子に動いた。「えっ、これ？　いや。というか、ちがうんじゃないですかね。道で拾ったんですけど。こういうの、いろんなところに落ちてるでしょ。お祭りが終わったあとの町も撮ったほうがいいってペイトンには言うつもりなんです。ほら、道に落ちたフェルト帽とかプラスティックカップとか」彼は自分の革製半ズボン《レーダーホーゼン》を指差して続けた。「これもつい着ちゃいました。露店で安く手に入れて。ここまできたらとことん盛りあがろうと思って」

オクトーバーフェストの開催中に帽子はどれくらいの数売れるのだろう。フロント・ストリート沿いの露店は安価なドイツグッズで大儲けしている。もしかしたらコナーはほんとうのことを言っているのかもしれないが、三十センチ近いその羽根は、ミッチェルの帽子についていたものとまったく同じに見えた。それに、ゆうべ彼の死体を見つけたとき、近くに帽子は見当たらなかった。単なる偶然の一致だろうか？　それとも、コナーは殺しの褒美としてそれを持ち帰った？　ついそんなことを考えてしまい、身の毛がよだった。周りに大勢人がいることが、急にありがたく感じられた。

コナーはわたしの反応には気づいていない様子で、カメラをこっちへ向けた。「いいですよ。

その調子。今やってることをしてください。そこに立って列に並んでるふりをして」彼はカメラをわたしに向けたまま一歩うしろに下がった。

「まさにそうしてるんだけど」わたしはまえのほうを見たあと、うしろに目をやった。今や数百人が入場ゲートに向かって突き進んでいた。

「わかってます。それらしくってこと」コナーはカメラを近づけてきた。

わたしは列のまえに視線を戻した。コナーのレンズが自分にズームインしていることを過度に意識しながら。自然な表情をつくろうとしながら数分立っていると、コナーがようやくレンズから手を離した。「オーケー。撮れたと思います」額から汗が吹き出していた。額を拭けるようハンカチでも渡してあげたくなった。

コナーはまたわたしの横に立った。「撮らせてくれてありがとうございました」きつい体臭がした。気の毒に、ものすごく緊張しているのかもしれない。特別体調が悪そうには見えなかった。汗腺の問題だろうか。

「どういたしまして。列に並んでるわたしの映像が使えるとはとても思えないけど」

「わかりませんよ？　ドキュメンタリー映画の撮影で大事なのは毎日二十四時間ずっと撮りつづけることだってミッチェルが言ってました。撮られてる側が気を緩めるから、そういうときにいいのが撮れるんですって」

ちょうどミッチェルの名前が出たので、わたしはこの機会を利用することにした。亡くなったスターのことをコナーがどう思っていたのか、また、ミッチェルがどんな人間だったのか、探ってみよう。「ミッチェルとはどれくらいのつきあいだったの？ 別の仕事でも一緒だった？」

コナーは首を横に振った。「いや。この映画が初めてなんです。彼のほうは、ほかにも仕事を山ほどやってたけど。彼の番組を見たことはありますか？ 『クレイジー・ハウス』とか」

「いいえ。正直に言うと、彼の名前を聞くのも初めてだったの」

「そんな。彼は過小評価されすぎてる。確かに、一緒に働いて楽しい人じゃなかったですけど、彼はやるべきことをちゃんとわかってた。彼と仕事をするのをすごく楽しみにしてたんです。彼からなんでも盗むつもりだった。あの人は天才だ。威張り屋だけど、天才だった。子供の頃、『クレイジー・ハウス』は大好きな番組だったんです。いい思い出がたくさんあって。それなのに、実物の彼に会って、こんな形になってしまうなんて変な感じですよ」

ミッチェルに恨みを抱いているようには聞こえなかった。どちらかといえば、〝天才〟ともう仕事ができないことに落胆しているといった様子だ。コナーの話を聞いて、わたしは余計に混乱した。ミッチェルが大スターだった？ ほんとうに天才子役だったというのか？ 『ここ《ウィッ》にビールがあれば《シュ・ユー・ワー・ビア》』というタイトルのドキュメンタリー映画の進行役を務めるのが大物の仕事だとはとても思えなかった。となれば、わたしが何か見落としているのか。カットとコナーの話は完全に一致する。ジェネレーションギャップのせいだろうか。

「みんながあの人のことを最低なやつだと思ってたのは知ってます」そう言って、コナーは話を続けた。「というか、実際そうだったし。でも、なんというか彼は、傲慢《ごうまん》になってもいい人だったでしょ?」

「どうかしら」わたしは首を振った。いくら仕事がよくできて、いい作品をつくれるからといって、周りの人を見下してもいいということにはならない。「あなたにはとくにきつく当たっていたように見えたけど」

コナーはレンズをひねった。「そういう業界ですからね。映画学校の先生には、タフにならないといけないって言われました。ミッチェルはタフだったから、彼の姿勢を少しでも吸収できたらと思ってたんです。ぼくはもっと強くならなきゃいけない。あなたもこの業界に入るといいのに。デイヴィッドとペイトンもそう言ってましたよ」彼のシャツに汗染みができてきた。暑いわけではなかったが。気温は二十度台前半といったところか。気持ちのいいそよ風も吹いていた。コナーが担いでいるカメラは十キロ近くあるかもしれないが、もしそうだとしても、滝のような汗をかく理由にはならないだろう。何か別のわけがあるのか? ひょっとしてストレス反応?

「普通なの?」とわたしは訊いた。汗のせいで胸に貼りついているシャツを無視しようとしながら。「俳優っていうのは普通、スタッフにつらく当たるものなの?」

コナーは顔を赤らめた。「いや、ええと、ちがうと思いますけど」どうして恥ずかしそうにしているのか、わけがわからなかった。「ぼくがちょっと、自分に自信がないだけなんです。だけど、ミッチェルにはあった。彼は自分に才能があることがわかってて、だから、人から敬意を払われないと気がすまなかったんです」

「人から敬意を払われたがるのと、あなたにひどい態度を取るのとは別だと思うけど」

「いや、彼はぼくを強くしようとしてくれてたんです」コナーはまた帽子に手をやった。

コナーの態度には驚かされた。わたしが目にしたふたりのやりとりは、指導というよりむしろいじめに近い感じだった。とはいえ、きっとわたしが何か見落としているにちがいない。

「あっ、ペイトンだ」とコナーは言って、片手を大きく振った。「行かないと。ほんと撮らせてくれて助かりました。ありがとうございます」

「気にしないで」わたしはまえに進みながら言った。

今の話はどういうことだろう？　コナーはミッチェルに心酔していたせいで、自分に対する彼のふるまいも肯定的にとらえられていたのだろうか？　それとも、彼はうそをついている？　ミッチェルを尊敬していたように見せかけて、ただ真実から目を背《そむ》けさせたいだけでは？　ミッチェルを殺したのは、彼のしごきで追いつめられたコナーだったのだろうか？

15

つい昨日も屈辱を与えてきた男のことを、コナーが熱烈に褒めるのには納得がいかなかった。コナーもカットもミッチェルにはすごく才能があったと言っていた。ミッチェルという人間について、ふたりはわたしとまったくちがう評価をしている。わけがわからなかった。

「スローン！」年配の女性四人組をかき分けながら、カットが踊るようにこっちへ近づいてきた。その四人組も、カットと比べれば控えめだが、ドイツの民族衣装――伝統的なショールに農民風のスカート、木靴――を身につけていた。わたしのまえにたどりつくと、カットは両手を開いてにっこり笑った。「見て、全部配ってきたの」

　まえに並んだ大学生のグループがいっせいにカットに注目した。カットのほうはまったく気づいていない。

「もう全部なくなったの？」とわたしは言った。大学生のひとりと目が合った。彼は顔を赤らめ、くるりとまたちがうほうを向いた。

「信じられる？」カットは胸元に手を入れて携帯電話を取り出した。「ほら、わたしのプロフィールページよ。アクセス数がすごいでしょ。みんな、とっても気に入ってくれてるみたい。大丈夫、心配しないで。〈ニトロ〉のすばらしさについては観光客にちゃんと伝えておいたから――町一番のビールを出してる店だって。安いビールはテントでどんどん飲んできてくださいね、でも、本物のビールを飲みたくなったらぜひうちのパブへって言っておいた」

　いつからうちのパブになったのだろう？　それより、ほかの醸造所《じょうぞうじょ》を侮辱したことを指摘するべきだろうか？　確かに、オクトーバーフェストには大手（ビール業界ではマクロブルワーとして知られる）も参加しているかもしれないが、出店しているマイクロブルワリーはどこも〝安い〟ビールなど出していない。

「それは助かるわ。でも、ちょっと宣伝のしかたを変えたほうがいいかも」わたしはそう言ったあと、ビール職人同士の仲間意識についてカットに簡単に説明した。「了解」カットは親指を立てた。「ギャレットのところに戻って、もっとちらしをもらってきたほうがいい？」

わたしは行列に目をやった。ここに来てからまだ一ブロック半しか進んでいない。「できたらお願いしていい？　ギャレットもちょうどあなたに話があるみたいだから。会ったらたぶん、今夜店の上階《うえ》に泊まってもいいって言われるんじゃないかしら」

「えっ、そうなの、うれしい。うん、もちろん！　ちらしなら、喜んでもっと配るわ。すごく楽しいの。思ってたよりいい週末になりそう」彼女はそう言うと、軽快な足取りで去っていった。

まったく、ずいぶんな変わりようだ。今のカットはゆうべ会ったときとは別人だった。涙やおどおどした雰囲気はまったく感じられない。ミッチェルが殺されたこともすっかり忘れてしまったかのようだ。昨日あれだけ取り乱していた人にしては妙に思えた。カットとコナーには何かあるのだろうか？　どうしてふたりとも態度がころりと変わった？　そのうち確かめなくては。

列はじりじりまえへ進んでいた。わたしは〈エーデルワイス〉のオーナーに手を振った。〈エーデルワイス〉はドイツから輸入したじゅうたんやブランケット、セーター、時計、チョコレートを扱っている店だ。今日はオクトーバーフェスト用にブラックフォレストのクマのグミを陳列していた。店のスタッフが、試食品の入った小さなプラスティックカップを手当たり次第に配っていた。

「あら、スローンじゃない！」群衆のざわめきとテントで反響している音楽を断ち切るように、エイプリルの声が響いた。

　わたしはまえに立った大学生のグループにできるだけ近づこうとした。彼らも嫌がっている様子はなかった。そのうちのひとりががっしりした腕を肩に回してきた。「今夜はおれたちと一緒に思い切り盛りあがる？」

「ううん、遠慮しとく」わたしは彼の腕から身をかわした。「ちょっと今、人から隠れてるの」

「スローン、ほらいた」エイプリルは大学生のグループのあいだを突っ切ってきた。「お兄さんたち、こんにちは《グーテン・ターク》。ちょっと、わたしのお友達をお借りするわね」エイプリルはそう言って、わたしを列から引き離した。

「何するのよ、エイプリル？　三十分も並んでたのに」

「一緒に来てもらわないといけないの。見せたくてたまらない大事なものがあるのよ」エイプリルは声を潜めて言った。わたしの服装に手を向けてつけ加える。「それと、これをどうにかしなくちゃね」

　わたしは抗議したが、エイプリルにがっちり手をつかまれていた。マニキュアを塗った爪が手首に食い込む。エイプリルはわたしを引っぱって道を渡り、子供広場のまえを通って、休憩所の横の階段をのぼった。

「どこに行くの？」

「わたしのオフィス」エイプリルは顔に笑みを貼りつけ、すれちがう人全員にでたらめなドイツ語で挨拶していた。「グーテン・ターク。ハロー。ヴェルカム。オクトーバーフェストへヴェルカム」

〝ようこそ《ウェルカム》〟をドイツ語風に発音しようとする妙な試みに、おかしな顔をする人が何人かいた。エイプリルのオフィスは〈バルメス・バケーション・プロパティーズ〉のとなりだ。見せたいものがあるというが、ミッチェルが殺された事件と何か関係があるのだろうか？　わたしに何を見せたがっている？　そういえば、昨夜どこへ姿を消していたのか、エイプリルに訊こうと思っていたのを忘れていた。

「ゆうべはどこへ行ってたの？」

「うん？」エイプリルは呑気な口調で答えた。「ゆうべは開栓記念パーティーでおたくにお邪魔したのよ。覚えてない？」

「それは知ってるわ。そのあとよ。あなたとミッチェルにはビール容器《グラウラー》を渡して帰ってもらったってギャレットは言ってたけど」

エイプリルはばかにしたように笑った。「ねえ、スローン、頑固なおたくのボスについてわたしに話をさせないでよ。今日彼が着てたTシャツを見た？　まったく彼ったら、レブンワース一大事なイベントを冷やかそうって魂胆なのね」

返事をするまでもなかった。

エイプリルはわたしの腕にさらに爪を食い込ませ、緩やかな坂をのぼって彼女のオフィスに向かった。「ミッチェルの身に何があったのかしら。彼には、新しいロッジを見つけるって約束したのよ。もう、あの役立たずのリサが掘っ立て小屋なんかを紹介するから。ぜひわたしの会社へ来てちょうだいって彼には言ったの。あれくらいの人にはせめてそれくらいしなくちゃね。それで、〈ニトロ〉のまえで落ち合う約束をしてたわけ。でも、荷物を取りにいったきり、あの人は戻ってこなかった」

「そのあと捜しにいった?」エイプリルがミッチェルを殺したとはわたしも思わない。もしそうなら願ってもない展開だけれど。〝夢を見るのは自由でしょ?〟とわたしは思った。とはいえ、それはありえない話だった。彼女は町にスターが来てくれて大喜びだったのだから。

「あたりまえでしょ」エイプリルはこれ見よがしにため息をついた。「スローン、この町におけるわたしの務めには際限がないってこと、わざわざ思い出させてあげなくちゃいけない? 真夜中に行方不明の映画スターを町の隅から隅まで捜すことだって、その務めの一部なのよ。彼を捜したか、なんて、よくもそんな図々しいことが訊けるわね。もちろん捜しました。残念ながらあなたと同じく、広場の真ん中で死んでる彼を見つけることになったけど」

「確かあのとき、あなたの姿は見なかったような」

「そっちがあの泣きじゃくってる女の子を慰めてマイヤーズ署長のご機嫌を取ろうとしてたからでしょうが。とにかく、あの映画にはありとあらゆるうわさが渦巻いてるわ——内部抗争とか金銭的な問題とか、ほかにもいろいろとね。もしかしてわたしたち、うまく担がれてただけなんじゃないかって、ここにきてわたしも思いはじめたところよ」エイプリルはわたしの腕を引っぱって会社のまえの階段をのぼり、ドアを押し開けた。「こっちよ」乱暴にわたしの背中を押しながら受付のまえを通る。建物の中にはだれもいなかった。エイプリルの受付係もオクトーバーフェストに出向いているにちがいない。

エイプリルは自分のオフィスに着くと、ドアを開けて脇によけた。そして、女王のまえでお辞儀をするかのように、腕をひと振りした。「ほら、ごらんあれ」

奥の壁に目が留まった。額入りの写真が五十枚はあるだろうか。一枚一枚、凝った渦巻き模様のついた、黒い木の額縁《がくぶち》に入れられている。そして、そのどれにもエイプリルが写っていた。壁に飾られた写真のひとつひとつに。彼女は一風変わった自分の記念館をつくりあげていた。

エイプリル・アブリンの写真が五十枚。さまざまなドイツの衣装を着て、あらゆるポーズを取っている。この記念館を見ていると、子供が生まれたばかりの両親がやりがちな写真撮影を思い出した。巨大なカボチャの上でポーズを取った、オレンジと茶色のギャザースカート姿のエイプリル。サンタクロースの膝に座った、赤と緑のチェックというクリスマスのウェイトレス姿のエイプリル。春用のワンピースを着て、傘の下からひょっこり顔を出したエイプリル。

「これは何？」奇妙な記念館をもう少し近くで見ながら、わたしは訊いた。

「ヴァンダフルでしょ？」エイプリルの似非《えせ》ドイツ語に、思わずおえっとなりそうになった。「超有名なシアトルのカメラマンに撮影を依頼したのよ」

撮影を依頼？ わたしは壁一面の写真を見た。わざわざプロに頼んで自分の写真を何十枚も撮ってもらう人がどこにいるだろう？

エイプリルは美術館の館長さながらに壁の写真に手を向けた。「お気に入りの一枚を決められなくて。語りかけてくることばが一枚一枚全然ちがうの。でも、もし選ばなきゃならないとしたら、これが一番わたしの本質をとらえてるわね。そう思わない？」彼女の手が白い毛皮のコートを着た写真で止まった。てっぺんに大きな玉房のついた、おそろいらしきウサギの毛皮の帽子もかぶっている。帽子には、目もくらむばかりのラインストーンがドイツ国旗の形にちりばめられていた。写真の中のエイプリルは、雪をかぶったレブンワースの山の頂上に立ち、片手で玉房の毛を整えていた。

「ねえ、すばらしいでしょ？」エイプリルはそのポーズを真似した。「カメラマンいわく、〝冬のバイエルン地方〟ですって」

「斬新」

エイプリルは派手なオレンジの巻き毛をこれ見よがしにかきあげた。「でしょ。彼もそう言ってたわ。このコレクションは他に類を見ないものよ。とってもめずらしくて貴重なんだから。レブンワースの歴史協会にお貸ししようかと考えてるくらい。もちろん、しばらくひとりで堪能したあとにね」

嫌み以外に返すことばが見つからなかった。「エイプリル、わたしはなんでここにいるんだっけ？」わたしは話題を変え、机のほうに移動した。

「そうだったわね」エイプリルはブラジャーの位置を直し、ひもをきつく締めたボディスに胸を押し込んだ。「スローン、話し合うことがいっぱいあるのよ、わたしたち。でもご存知のとおり、今わたしの時間はとっても貴重なわけ」彼女は壁の自画像に別れの笑みを向けたあと、ドイツのゴシック様式のいかめしい机の反対側に立った。

「なら、時間を取らせちゃ悪いわ」

「いいの、いいの。あなたのためにどうにか十分捻出したから。まず話し合わなくちゃいけないのは、おたくの型破りなボスのこと」

「ギャレットのこと?」わたしは光沢のあるちらしを手に取った。リゾート施設〈スリーピング・レディ〉のふもとにある売り出し中の物件のちらしだ。その家は質素だったが、屋根は三角で、ひさし付きのポーチと居心地のよさそうな薪ストーブがあった。ちらしによれば、寝室がふたつに屋根裏部屋もついているという。だが、一番目を引いたのは、山に面した窓付きの最新式キッチンだった。これこそ、前進するわたしに今必要なサイズの家ではないか。

「そう、ギャレットのことよ」エイプリルはいらいらした様子で言った。「彼ときたら、オクトーバーフェストだというのに、わが町の厳しい基準に従うことを断固拒否してるじゃない」

「どういうことか、よくわからないんだけど」わたしはちらしを畳んでポケットにしまった。

エイプリルは自分の胸に手を這わせた。「スローン、しらばっくれても無駄よ。わたしがなんの話をしてるのかは、ちゃんとわかってるでしょ。あなたとおたくのボスは、ジーンズとビールのTシャツを着てる自分たちのことをすごく今風で洗練されてると考えるのがお好きなようだけど、あなたがたが住んでるのはワシントン州レブンワースだってこと忘れた?」

「いいえ」わたしは腕組みをした。「もう百万回はこの話をしたと思うけど」

「そう。じゃあ、意見が一致したってことね」

「何について?」またエイプリルの別の写真が目に留まった。今度のは、乗馬靴を履き、ポロスティックを持って馬の横でポーズを決めている写真だ。ほんと、この女には我慢ならない。いったいこの撮影にどれくらいお金をかけたのだろう。

エイプリルは眉間《みけん》にしわを寄せた。「あなたとギャレット・ストロングがわたしの届けた衣装を着て、オクトーバーフェストの雰囲気に合わせてくれることについてよ」

「悪いけど、それはないわ」

エイプリルはきつくあごを嚙《か》みしめた。見ているこっちが歯が痛くなりそうだった。「じゃあ、これは警告と考えて」

「警告?」

「そうよ。わたし、町の条例を改定しようと働きかけてるの。じきに大きな変更点が出てくると思うわ。あなたもギャレットも、今すぐ周りに合わせといたほうがいいんじゃないかしら」

そのとき、となりの建物から声が聞こえ、エイプリルのばかげた脅しから一瞬解放された。何を話しているのかまではわからなかったが、喧嘩しているような声だった。

「リサと話した?」わたしは、エイプリルの会社と〈バルメス・バケーション・プロパティーズ〉を隔《へだ》てる壁を指差した。

「いいえ。どうして?」

エイプリルがまだ知らない情報をわたしが握っているとは驚きだ。「ミッチェルに貸してたロッジがめちゃくちゃにされてたの」

エイプリルはいぶかしげに目を細めた。そのせいで額を覆う分厚いファンデーションに溝ができた。「ほんと?」

今朝リサと一緒に見たものについて、わたしはエイプリルに説明した。話しおえると、エイプリルは立ちあがり、フリルのついたスカートのしわを伸ばした。「面白いわね」そう言うなり、おもちゃの盗聴器のようなものをつかんで移動し、壁に耳を当てた。しかし、声はもう聞こえなかった。

わたしはまた口を開こうとしたが、エイプリルが唇に指を当てて、しーっと合図してきた。さらに強く壁に顔を押しつけ、必死で耳をそばだてている。永遠と思える時間が過ぎたあと、彼女はようやくあきらめてため息をついた。

「あのね、見たのよ。リサがミッチェルと一緒に町をほっつき歩いてるところ」エイプリルはささやくような声で言った。

「いつ?」エイプリルは普段からこうやって盗み聞きしているのだろうか? 彼女ならやりかねない。だが、盗聴器は、アレックスが昔スパイにはまっていたときに持っていたスパイグッズのおもちゃに驚くほどよく似ていた。

「彼がこの町に来た最初の夜よ」エイプリルはそう言って、机の端に置かれた写真立てのひとつを直した——机の写真もすべて自分の写真だった。「いつだったかしら? 火曜日か水曜日だったと思うわ。もしかしたらもうちょっとまえかもしれない」

「待って。ほんとに？」とわたしは言った。「ミッチェルはもっとあとまでこっちには来てなかったのかと思ってたけど」

「まちがいないわ。仲のよさそうなカップルって感じだった。ふたりは〈デア・ケラー〉で飲んでて、リサがレブンワースじゅうを案内してあげてるように見えた。それはわたしの役目だって彼女には伝えておいたけど」エイプリルはそう言って、あきれたように目をぐるりと回した。

「へえ」わたしはそれ以上何も言わなかった。だが、立ちあがり、さっきの話をギャレットに伝えておくとエイプリルに約束しているあいだもずっと、頭の中はぐるぐる回っていた。

エイプリルは、わざわざわたしを戸口まで送ることはしなかった。わたしのほうも、さっさと彼女のオフィスから退散した。エイプリルとの面会は十分あれば充分だ。もっとも、今日はある意味、我慢した甲斐があったけれど――リサのことを知れたという意味では。

リサは自分の物件を貸すまでミッチェルには会ったことがなかったと言っていたが、エイプリルは撮影チームが到着するまえにふたりが一緒に食事をし、わたしたちの町を散策するところを目にしている。もしそうだとすれば、事情は一変する。どうしてリサはうそをついたのだろう？　ミッチェルはチームのメンバーたちが来る数日前にレブンワースで何をしていたのか？　それはわからないが、ひとつ言えるのは、リサを見つけ次第、もう一度話をしなければならないということだ。

16

　フロント・ストリートに戻る頃には、行列は短くなりはじめていた。陽気な音楽とにぎやかな話し声が野外テントから聞こえてくる。焼いたソーセージとポップコーンのにおいがした。夕闇の中、道沿いの電飾がぼんやり光っていた。歩道に面したビストロのテーブルで観光客がシュニッツェルを食べている。〈デア・ケラー〉のテラス席も、ガスで火が灯された暖炉の周りに人だかりができていた。〝ギャレットにも、この景色を見てもらわなくちゃ〟。フェストハレへの入場はあきらめ、わたしは〈ニトロ〉に引き返した。思ったとおり、店内に客はひとりもいなかった。ドラムを打つ音と数百人が踊る足音がコンクリートの床から伝わってきた。オクトーバーフェストが本格的に盛りあがってきたようだ。ギャレットにもぜひ参加してもらわなければ。

「ただいま」ギャレットがカウンターの向こうに立ち、反響する音楽に合わせて首を振っているのが見えた。

「こんなに遠くまで音楽が聞こえてくるなんてびっくりだよ」ギャレットはリズムに合わせて指を鳴らしながら言った。

「そんなに遠くってわけじゃないけど」わたしはそう言って、東側の壁を指差した。「あっちに数十メートルいけば、〈デア・ケラー〉のテントがあるでしょ」オクトーバーフェスト開催中は毎晩、五つのステージで競合するバンドの演奏がおこなわれる。有名バンドの演奏が披露されるのはフェストハレのメインステージだ。別のテントにあと四つステージがあり、あらゆる様式とジャンルのバンドが浮かれた酒飲みたちを歌で喜ばせることになっていた。

「確かに」とギャレットは納得して言った。「でも、こんなに大きな行事になるとは思ってなかったな」

「一大イベントだもの」わたしはカウンターに移動した。カウンターはお酢と水を混ぜたものできれいに拭かれている。つんとするにおいがまだ店内に残っていた。「実は、それで戻ってきたの。あなたも自分の目でお祭りを見てきたほうがいいわ。あとはわたしに任せて」わたしはがらんとした店内に目をやり、くすりと笑った。「忙しくなりそうだけど、なんとかなるわ」

「本気かい？」ギャレットは眉をひそめた。「そもそも店を開けておく必要なんてあるかな？営業終了の看板を出して、一緒に見にいったほうがいいんじゃないか」

興奮で沸くテントに押し込まれてふたりで夜を過ごすことを考えると、心拍数が一気に上がった。「ううん、わたしは大丈夫よ」

ギャレットはいっそう顔をしかめた。「スローン、店にはひとりもお客さんがいないんだよ。盛りあがってる音楽で床も振動してる。なあ、ここから出よう。一緒に一杯飲みにいくぞ。ほら、調査ってことで」

わたしは下唇を嚙《か》んだ。「でも、もしだれか来たら？」自分で言いながら、現実味は薄いように感じられた。

「明日また来てもらえばいいさ。だって開けておく意味なんてあるか？　たかだか――ええと、ひとりかふたり？――お客さんが来るかもしれないからって。来ても五人がいいところだろう。せいぜいビール数杯だ。きみはどうだか知らないけど、ぼくはそれだったらパーティーに参加したいよ」

「確かに言えてるかも」わたしは笑みを浮かべた。

ギャレットはカウンターの横を回ってわたしの手を取った。触れられたとたん、体に電気が走った。「よし。じゃあ、ドイツを体験しにいこう」

わたしは抵抗できず、店から引っぱり出されるに任せた。ドアの鍵を閉めるとき手を放されて、ちょっぴりがっかりした。

〝どうしたのよ、スローン〟。わたしは自分をたしなめた。ギャレットといると、十代の女の子みたいになってしまう。マックとのことがあるからギャレットといると気が紛れるのだろうか。それとも、ギャレットとのあいだにはほんとうに何かあるのか。自分でもよくわからなかった。けれど、気がつくといつも、彼のひょろ長い腕に包まれるところや彼の唇がわたしの唇にさっと触れるところを想像してしまう。

「準備はいいかい？」ギャレットはにんまり笑った。

「もちろん」わたしは彼のあとについて、角を曲がってフェストハレに向かった。沈みゆく太陽が周囲の稜線に反射し、山々を鮮やかな赤、オレンジ、紫に輝かせていた。

「めちゃくちゃいいにおいがするね」ギャレットは月明かりのほうに腕を伸ばして、自分たちの顔ににおいを振りかけるようなしぐさをした。「とりあえず、全部のテントで食べ物を試すべきかな？」

「地元の人はそうしてるわ」わたしは入場ゲートにいる革製半ズボン《レーダーホーゼン》を着た男性にふたり分のチケットを渡した。

「うわあ、どこから始める？」ギャレットは規模の大きさに圧倒されて会場を眺めた。ドイツ各地の醸造所《じょうぞうじょ》が出店していた。四つのメインテントとフェストハレに加えて、通りにもずらりと露店が並んでいる。あっちでもこっちでもビールが注がれていた。食べ物のテントとメイン会場、スポンサー付きのテントを示す看板が並ぶ中、赤いTシャツを着たボランティアたちが、空いたプラスティックのグラスや皿を山ほど持ってビールの列のあいだをすばやく動いていた。

「まず何をしたい？　ビールを味見する？　それとも食べ物をつまむ？」わたしは群衆のざわめきに負けないようギャレットに大声で言った。

「食べ物だ」ギャレットは叫び返した。「ソーセージのブラートヴルストを売ってるところにぶらっと行ってみよう」

つまらない彼のギャグに、わたしは首を振った。「こっちよ」そう言って、食べ物のテントへ向かう。本物のドイツ料理のにおいに胃が魅了された。焼いたソーセージにローストターキーレッグ、ポークシュニッツェルのドイツ風ポテトサラダ添え。香りのバイキングだ。

「うそだろ！　正気の沙汰じゃない」ギャレットはアップルパイ・アラモードに並んだ四十人

ほどの列を指差した。

「ね、言ったでしょ」

「きみは何を食べたい？」ギャレットはアコーディオン奏者が通れるよう道を空けながら言った。今、レブンワースにおけるひとり当たりのアコーディオン奏者の数は世界のどの都市より多いだろう。

「どうしよう。全部おいしそう」

「ぼくは豆とコールスローの付け合わせがついてる、パンで挟んだブラートヴルストにしようかな。どう？」

「わたしもそれでいいわ」わたしたちはブラートヴルストの列に移動した。わたしはおなかの上に手を置いて、ぐうぐう鳴るのを抑えようとした。最後に食事をしたのはいつだったっけ？今日は目まぐるしい一日だったので思い出せない。

「フルサイズを二人分」ギャレットが注文した。わたしは彼に現金を差し出したが、手を振って断られた。ビール漬けの豆とソーセージがのった山盛りの皿を受け取ると、わたしたちは一番近くのビールテントに向かった。「ドイツの輸入物を試したい気分なんだけど、きみはどう？」

「いいわね。なんといっても今日はオクトーバーフェストなわけだし」わたしはメニューをじっくり見た。「ケルシュにしようかな」

「ぼくはデュンケルにする」今回もギャレットが注文と支払いをすませた。

「何もかも払ってくれなくてもいいのに」わたしは、長さ六メートルほどのテーブルが何十脚も並ぶ中から空いた席をふたつ見つけ、そこを指差した。

「調査だって言っただろ?」ギャレットは料理の皿とビールをバランスよく持ちながらわたしのあとについてテーブルに移動した。「デュンケルを醸造してみたいとずっと思ってたんだ」

わたしたちはドイツの民族衣装を着た観光客グループ二組のあいだにどうにか体をねじ込んだ。彼らのまえに置かれた空《から》のビールジョッキを見ていると、すでにビールの在庫がかなり減っているのではないかと心配になった。席についたあと、わたしはおみやげ用のプラスティックのパイントグラスから淡い色のケルシュを飲んだ。よく冷えていて、後味はかすかにフルーティーだった。ホップの主張が強いアメリカのIPAとはちがい、このビールは一日じゅう気軽に飲めるライトビールだ。小麦のバランスがよく、クリーミーな甘さの中にレモンの風味を感じた。すばらしい出来だ。

「どう?」ギャレットがブラートヴルストにかぶりつきながら訊いてきた。

「おいしい。ちょっと飲んでみる?」

「それって訊く必要ある?」ビールは必ずシェアしなければならないというのがビール職人のあいだの不文律だ。

わたしは笑みを浮かべてビールをギャレットに差し出した。かわりに彼はデュンケルをくれた。色のちがいはまさしく昼と夜だった。わたしのケルシュは麦わらの色をしている一方、ギャレットのデュンケルは濃い赤茶色で、しっかりした泡がのっている。長年〈デアア・ケラー〉

で働いてきた経験から知っているが、ドイツでは、デュンケルはハウスビールの黒、つまり店で出される定番の黒ビールという位置づけだ。

一口飲むと、強い麦芽の香りのあとからほのかにチョコレートの風味が感じられた。「これも好き」とわたしは言って、ギャレットにジョッキを返した。

「今のところふたりで二杯か。順調な滑り出しだね」

わたしは目を見開いた。「何杯飲むつもりなの?」

ギャレットは古めかしい腕時計を見た。「夜はまだ浅い。調査はこれからだ」彼はそう言ってウィンクをした。

わたしたちはディナーをがつがつ食べ、ビールを飲んだ。

マイヤーズ署長とふたりの警官が人混みを縫うようにして近づいてきた。最初は、追加の警備としてここにいるのかと思ったが、署長はまっすぐわたしたちのテーブルにやってきた。

「ギャレット、スローン」彼女はカーキ色の帽子を軽く持ちあげた。「ちょうどいてよかったわ」

「捜査に進展はあった?」わたしは紙ナプキンであごを拭きながら尋ねた。

マイヤーズ署長は部下たちにそのまま先へ進むよう促し、テーブルの端に腰かけた。「今夜はちょっと見回りをしてるの。事件で興味のある人を二、三チェックしててね。まあ、あのふたりに任せておけば大丈夫」

わたしはさっきコナーにばったり会ったことを思い出した。「コナーとは話した? カメラマンの」とわたしはマイヤーズ署長に訊いた。

彼女は何も答えず、いかめしい顔でこっちを見た。伝えておいたほうがいいことがあるなら話を続けろ、と目で訴えてくる。

「ミッチェルが持ってたのとそっくりのフェルト帽をかぶってたの」

マイヤーズ署長はとなりのテーブルとうしろのテーブルを指差した。「あの帽子とか、あれとか?」

「ええ、そうよね。こじつけもいいところだっていうのはわかってる。でも、ミッチェルの帽子についてた羽根は特徴的だったから」

「それはほんとうだよ」とギャレットは言った。「今食べてるブラートヴルストより長かった」

「なるほど」とマイヤーズ署長は言った。「その件はあとで調べておく。例の女の子については何かわかった?」

わたしは首を振った。「とくに。でも、よく働いてくれてるわ」

「やる気満々だ」とギャレットはつけ加えた。

「ええ」わたしは笑みを浮かべた。「この町に来たいきさつについてうそをついてたことを正直に話してくれたわ。懸賞で当たったわけではなかったんですって。映画の制作チームから仕事をもらうつもりでここに来たみたい。あなたを見つけたら状況を説明するって言ってたわ」

「でも」とギャレットが言った。「今思ったんだけど、そこまでハリウッドの仕事がほしいなら、どうしてあんなに熱心にうちで働いてるんだろう?」

マイヤーズ署長はビールジョッキを抱えたグループが通りすぎるのを待った。「それもあとで検証しなきゃならない疑問のひとつね。わたしたちは今、あらゆる角度から考察してるわ。財務記録を取り寄せてるところよ。うまくいけば、動機の解明に役立つかもしれない」

「ミッチェルは会う人会う人を怒らせてたけどね」とわたしは言った。

「まあね」

続いてわたしは、エイプリルから聞いたリサとミッチェルの話を署長に伝えた。それから、ペイトンとデイヴィッドが、自分たちのドキュメンタリー映画の進行役が死んでほっとしているのではないかという私見も。

マイヤーズ署長は立ちあがった。「何か新しいことを見聞きしたらまた教えて。わたしのもうひとつの目となり耳となってくれること、期待してるわよ。オクトーバーフェストで人手が全然足りてないの。頭がしっかりしてる人の協力はあればあるほど助かるわ。といっても、あなたを自警団員か何かに任命するって言ってるわけじゃないからね」マイヤーズ署長は厳しい目つきでわたしを見た。「ただ目を光らせておいてってこと。いい？　それから、もしミッチェル・モーガンや事件と関係のあることについて何か耳にすることがあれば、すぐわたしに電話して」

「わかった」とわたしは言った。

マイヤーズ署長が去ったあとは、会話しようにも会話にならなかった。というのも、ロックバンドのビア・ケグズ《ケグズ》——古いビア樽でドラムとパーカッションを代用しているバンド——の演奏が始まったからだ。となりのグループが席を立ち、まえのほうへ踊りにいった。

「最高だな！」とギャレットは大声で言った。「もう一杯飲むかい？」空になった自分のジョッキを持ちあげている。

わたしはうなずいた。

「同じもの？　ちがうのがいい？」

「お任せするわ」

ギャレットは二杯目を買いにいった。わたしはにぎやかなテントを見まわした。殺人事件の捜査がおこなわれているなんて変な感じだ。ギャレットの存在には心を落ち着かせる効果があった。数時間前はビールを飲みながらお祭りを楽しんでいるなんて想像もできなかった。ケルシュを飲んで楽しく会話をしたせいかもしれないが、さっきよりずっとリラックスし、気分が軽くなっていた。

「奥様、ヘレスをお持ちしました」戻ってきたギャレットは軽くお辞儀をして新しいビールをわたしに差し出した。

「ありがとう」わたしはジョッキを持ちあげて乾杯した。ドイツ語で〝ヘレス〟は〝明るい〟の意味だ。このライトなラガーの発祥は南ドイツ。ヘレスは甘みがあり、苦みがほとんどなく、非常に飲みやすい。〈デア・ケラー〉で客に醸造所を案内していたとき、ビールがそれほど得意でない客には、〈デア・ケラー〉の代表作とも言えるヘレスをよく勧めていた。ヘレスの色はゴージャスなブロンドで、麦芽の香りがほのかに漂う。アルコール度数が低く、ビール入門にはちょうどよいビールだ。ミュンヘンでは一番人気で、ビールと言えばヘレスだと、オットーなら説明するだろう。

どんなに居心地がいいかギャレットに伝えようとしたそのとき、うしろからだれかが近づいてくる音がした。その声はすぐにわかった。

「ほのぼのとした光景じゃないか？　妻とその上司が乾杯してるなんて」とマックが言った。少々ろれつが怪しい。

振り返ると、半分まで減ったジョッキを持った彼が立っていた。例によって、赤ら顔はいちごのように真っ赤だ。サスペンダーの片方が外れ、肩からぶら下がっていた。

「働いてるはずじゃなかったの？」とわたしは言った。〈デア・ケラー〉はオクトーバーフェストの主要スポンサーのひとつだ。あらゆる広告媒体――ビールジョッキやイベントTシャツ、ちらし――のほか、会場内の横断幕にも〈デア・ケラー〉のロゴは入っている。各会場で〈デア・ケラー〉のビールが販売されているうえに、〈デア・ケラー〉はテントのひとつも主催しているので、この週末は従業員総出で働かなくてはいけないはずだ。それもあって、オットーとウルスラはいつも、オクトーバーフェストが始まる一ヵ月前から臨時スタッフを雇い、お祭りが終わるまで働いてもらっていた。

マックは一瞬ふらついた。わたしの肩をつかんで体を支える。自分の腕にビールがかかった。

「すまん」彼はそう言って、赤いチェックのシャツについたビールを拭いた。

「〈デア・ケラー〉のテントにいなきゃいけないんじゃないの？」わたしはまた訊いた。

ギャレットと目が合った。その視線から、彼もマックがビールを飲みすぎていることを心配しているのがわかった。

マックはわたしの質問を無視し、わたしのとなりにどすんと座った。息がビールくさかった。

「調子はどうだ、新米？　聞くところによると、オクトーバーフェストは初めてらしいじゃないか」マックは体をわずかに揺らしながらギャレットに言った。

「まあね。いい感じだよ」ギャレットは愛想よくそう答えたが、唇は固く引き結ばれていた。

「マック、どうして〈デア・ケラー〉のテントにいないの？」わたしはしつこく訊いた。

彼はわたしのほうを向いた。目がとろんとしている。「え、なんだって？」「働かなくていいわけ？」

「〈デア・ケラー〉よ」わたしはマックの店のテントのほうを指差した。

マックはジョッキを持ちあげて残りのビールを飲み干した。「ああ。ハンスがいるから。ふらっとしてこいって言われたんだ」

「ぶらっとでしょ？」あきれた。けれど、ハンスが現場にいるなら安心だ。とはいえ、マックが酔っているのを見るのは好きではなかった。アレックスにはとくに父親のこんな姿は見せたくない。「水でも飲んだほうがいいんじゃない？」とわたしは彼にアドバイスした。

「真面目だな、スローン。いつだってくそ真面目だ」彼はわたしの手に触れようとした。わたしはさっと手を引っ込めた。

「マック、ほんとに酔いをさまさないと」

彼は仰《の》け反《ぞ》って笑った。ギャレットのほうをじっと見て言う。「今の聞いたか？　酔いをさましてほしいんだと。おれの人生、こんなもんさ」

どういう意味だろう。それにしても、飲みすぎるのは彼らしくなかった。こんな公共のイベントではなおさら。膨らみつづけているそのウエストラインと、つねに赤く染まった頰を見れば明らかなように彼はいつもビールを楽しんでいるが、自分の限界とペースは知っているはずだった。

ギャレットは咳払いをした。「景気はどうだい？〈デア・ケラー〉のテントには客が続々と入ってるみたいだけど」

マックはふらついてわたしの肩にぶつかったあとすぐ離れた。まるで壁に当たって跳ね返るピンボールのようだ。「どういう意味だ？　おれに言いたいことがあるなら男らしく言え」

「客の入りがよさそうだと言いたかっただけだ」ギャレットはわたしのほうをちらりと見た。

「マック、わたしが送っていくわ」わたしはそう言い、ベンチの反対側に脚を回して立ちあがった。

マックは興奮してギャレットに何か言ったが、立ちあがらせようとするわたしには抵抗しなかった。

「戻ってくる？」とギャレットはわたしに訊いた。

わたしは肩をすくめた。「できれば」

それだけ言うと、もうじき元夫となる男をテントから引きずり出しにかかった。

17

ギャレットに聞こえない場所に行くまではわたしも冷静さを保った。「マック、行くわよ」

いい加減うんざりして言った。彼を引っぱりながら、緑と白のチェックスカート姿でポルカを踊る人々の横を通りすぎた。「まったく、その辺の大学生みたいな絡み方じゃない。どれだけ飲んだの？」

マックは地面に落ちたプラスティックカップにつまずいた。「ベイビー、ゆっくり歩いてくれよ」

わたしは手に力を入れて彼の手首を引っぱった。メインゲートから外に出ると、再入場のスタンプが要るかどうか、ボランティアスタッフに訊かれた。マックは手を出そうとしたが、わたしは断り、彼を連れてフロント・ストリートを進んだ。

「らしくないわよ」わたしは小言を言った。「お酒に飲まれるなんて」

「えっ？　大丈夫だよ。みんなと二、三杯飲んだだけだって。ほんとにそれだけだ。今夜はちょっとしたお祝いでね。いいニュースがあったんだよ。きみにとっても、〈デア・ケラー〉にとってもいいニュースだ。何もかもにとって。人生が好転してきてるんだよ、スローン。ほんとに」

わたしは彼を無視し、マックが家を出てから滞在しているホテルへまっすぐ向かった。化粧漆喰《けしょうしっくい》仕上げの外壁をジャスミンの香りが立ちのぼっていた。今すぐ家に帰って、ジャスミンオイルの泡風呂に浸かり、身の周りのものをすべて洗い流したかった。

マックの話は支離滅裂だった。「眠れない。食べられないんだ。きみなしじゃ何も考えられない。完全に迷子さ」彼の息は饐《す》えたビールのにおいがした。

「お酒が入ってるからそんなこと言うんでしょ、マック」

「ちがう。きみを取り戻すためならなんでもするって言ってるんだ。あのすかした野郎と一緒にいるきみを見るのは耐えられない」

「ギャレットのこと?」

マックはうなずいた。「スローン。ベイビー、頼むよ。もう一回チャンスをくれ」

わたしたちはホテルの部屋のまえに着いた。「わたしのために何ができるか教えてあげましょうか?」わたしは彼が中に入るようドアを開けた。

「なんだい? なんでもするよ」マックはふらつき、ドア枠をつかんで体を支えた。

「寝て酔いをさましなさい。あと、お願いだから、こんな状態でアレックスには電話しないで」

まだあれこれ言い返してくるだろうと思ったが、マックはうなだれてよろめきながら部屋に入った。腹立たしい男だ。ときどき子供がふたりいるような気分になる。わたしたちの関係が終わったことにマックが動揺しているのはわかるが、ほかにも何か問題が起きているのだろうか？　二十代のときにシアトルで醸造所《じょうぞうじょ》の新規オープンに招かれて以来、マックがあれほど酔ったのは見たことがなかった。その醸造所のオーナーは自分たちがつくっているクラフトビールを全部飲めと言って聞かなかったのだ。その数十六種類。わたしはそれぞれのサンプルを少しずつ飲んだのだが、マックはテイスティンググラスをすべて飲み干し、翌朝ひどい二日酔いに見舞われていた。その夜以来、一晩で数杯を超えるビールを飲む彼は見たことがなかった。ちょっとしたお祝いとはなんのことだろう？　いつものごとくまた何か企《たくら》んでいるのかもしれない。彼なら、ビール業界のばかばかしいトレンドに投資していたとしても不思議ではない。これでまたハンスと話し合わなければならない問題がひとつ増えた。

今一番やりたくないのは、夜の残り時間をマックの心配をして過ごすことだ。彼のことはもうわたしの問題ではないしわたしの責任でもない。自分の面倒は自分でみられるだろう。アレックスに連絡を取ることだけはしてほしくないけれど。ふたりの関係は今、心許《こころもと》ない状況だ。あんな状態で息子に電話されても、ふたりの関係を安定させる助けにはならない。そんなふうにアレックスのことを考えていると、ふと携帯電話をチェックしたくなった。さっきのメールは読んでくれただろうか。

携帯電話を取り出すと、シアトル・サウンダーズのメンバー全員と一緒にアレックスが写った写真を見つけた。アレックスは思い切り歯を見せて笑っている。〝競技場だよ、母さん！〟。よかった。少なくとも彼のほうは週末を楽しんでくれているようだ。次のメールにはこう書いてあった。〝フォロワーが一万人っていうのはけっこういい数だよ。すごく多いってわけじゃないけど。まずまずかな。その人のページ、どこもかしこもミッチェルだらけだった。それしか投稿してないみたい。ミッチェルって人のほうはなんか変な感じ。このリンクを見てみて〟。

わたしはアレックスが送ってきたリンクをタップした。驚いたことに、ミッチェルはフォロワーが十万人以上いた。彼のページは『クレイジー・ハウス』に出演していた頃の古い写真や顔写真の寄せ集めだった。二週間前に〝もうすぐロケ〟との見出し付きでレブンワースの写真が一枚だけアップされている。わたしは冷たい化粧漆喰の壁にもたれて、すべての写真をスクロールした。ミッチェルの表向きの顔を見ていると、だんだん彼のことが気の毒になってきた。友達がいた形跡は一切ない。どこもかしこも自分、自分だ——友達はひとりも出てこない。家族も。だれかれかまわず会う人会う人遠ざけていたのだろうか？

携帯電話をしまおうとしたとき、一枚の写真が目に留まった。『クレイジー・ハウス』の出演者が出席するパーティーのようだった。写真の中のミッチェルはアレックスよりも若かった。なんて酷な幼少期だろう。わたしは身寄りのなかった自分の子供時代を思い出した。ミッチェルも似たようなものだったのだろうか？　学校にも行かず友達とも遊ばず、毎日視聴者のために演技をする日々。彼のふるまいがあんなふうだったのもわかるような気がした。だからといって他者への雑な扱いを正当化できるわけではないが。それでも、ミッチェルがどうして無礼者の仮面をかぶらなければならなかったのか、その理由は理解できた。

わたしたちは自分の過去から逃げられない。わたしはそのことをすでに学んでいた。すべての経験が――最高の経験も最悪の経験も――DNAに刻み込まれる。忘れようとするかわりに、つらい記憶を受け入れる――それがわたしの流儀だった。あの時代がなければ今の自分はないとわかっているから。

写真をじっくり見ているうちに、もうひとつ見覚えのある顔に気づいた――デイヴィッドだ。彼も若く、衣装のようなものを着ていた。彼も同じ番組に俳優として出演していたのだろうか？　もしそうなら、どうしてそのことを言わなかった？　この写真は、ミッチェルと彼が昔からの知り合いだったという証拠ではないのか。それが事件にとってどんな意味があるのかはわからないが、また一緒に働くことになったのはおそらく偶然ではないだろう。

わたしはため息をついて携帯電話をポケットにしまった。ギャレットのいる会場に戻ろうか、それとも今日はお開きにしようか？　ぐるぐる回る疑問から頭を休ませる必要があった。家の中にひとりで座っていたら制御不能になるかもしれない。そう思い、フェストハレに戻ることにした。

マックがこっそり出てきていないか、最後にロビーをちらりと見たあと、道を渡って休憩所の東屋《あずまや》のほうへ向かった。公園は子供と家族連れでにぎわっていた。夜道をひとり歩くことで警戒していたわけではないが、黒っぽい野球帽をかぶって顔を隠している黒服の女性を見つけたとき、急に好奇心をかき立てられた。その女性は干し草のかたまりのうしろからこそこそ出てきたあと、顔を上げ、フロント・ストリートを歩きはじめた。ぼんやりした暗がりの中で顔はははっきり見えなかったが、その体形と歩く速さから、九十九パーセント、リサだと確信した。わたしは見つからないよう充分距離を空けながら、彼女についていった。

リサはすばしこかった。歩くペースの速さに驚いた。数歩進むごとに、立ち止まってうしろを確認している。まるでだれかにつけられていることを心配しているかのように。わたしがうしろにいることに勘づいたのだろうか？ それとも、尾行されるのを心配する理由がほかに何かある？ わたしは二度建物の陰に身を潜めて姿を隠さなければならなかった。彼女が全速力で道を渡るのを見たとき、腕の産毛《うぶげ》が逆立った。アコーディオンの音や子供の笑い声がほとんど聞こえないくらい、わたしたちはもう人々のいるエリアから遠ざかっていた。

ひんやりした夜気が肺に流れ込んだ。こんなことをするのはまちがいだったかもしれない。一歩進むごとに闇が迫ってくる気がした。この通りでは十メートルか十五メートル間隔でしか街灯が設置されていない。つまり、わたしを導いてくれる明かりは上空の月のみということだ。

ミッチェルのロッジのまえに着くと、リサはいきなり足を止め、だれにも見られていないか確認した。そのあと、おしりのポケットから何かを取り出した。わたしは急ぎ、オークの大木の陰に隠れた。彼女はさっと玄関の鍵を開けるや中に入り、ドアを閉めた。

わたしはじりじり近づいた。リサにちがいない。ほかにだれがミッチェルのロッジの鍵を持っているというのか？ でも、リサはどうして暗がりの中をこそこそ動きまわっているのだろう？

ロッジのバルコニーとデッキには、つくり付けのフラワーボックスがあった。かぐわしい花の香りがした。暗いせいで花は見えなかったが。ポーチの下まで移動すると、正面の窓を光が横切るのが見えた。心臓が飛び出しそうになった。わたしは膝をつき、そのままロッジの裏側のデッキに向かった。

長いピクニックテーブルの下で身をかがめ、窓の中に目を凝らした。リサは懐中電灯を持っているようだ。リビングルーム全体をジグザグに懐中電灯で照らしていた。事態はどんどん奇妙さを増している。どうしてこそこそする必要があるのだろう？　もっと近くに行って確認しなければならない。

デッキにつながるガラス戸に向かった。ぐらついた板を膝で踏み、下からキーという甲高い音がもれた。わたしはその場に凍りついた。

警戒していたわたしの耳に、その音は悲鳴のように感じられた。頭の中を血がどくどく流れる。わたしはいったい何をしているのだろう？　注意するようマイヤーズ署長に言われたはずでは？　それなのに、真っ暗な中、殺人事件の犯人かもしれない女にのこのこついてくるとは。

わたしは正面の窓に目を据えたまま、びくびくしながらもう少しまえに進んだ。懐中電灯の光は消えていた。リサはもっと奥のほうへ移動したにちがいない。わたしは長く息を吐き出し、慎重にまえに進んだ。ようやくガラス戸のまえに着いた。冷たいガラスに顔を押しつけて中を見ようとした。が、暗すぎて何も見えない。

どうする、スローン？

とくに計画を立てていたわけではなかった。リサのあとを追いかけてきたのはその場の思いつきにすぎない。彼女がミッチェルを殺した真犯人なのだろうか？　ここまでついてきた言い訳を急いで考えようとした。今からノックして、妙な光が見えたから警察を呼んだと言おうか。そうすれば、リサもわたしを傷つけようとしはしないだろう。そうじゃない？

それか、身を翻《ひるがえ》して逃げるか。わたしの理性的な脳はそうしろと警告していた。わたしはその声を無視し、立ちあがって忍び足でロッジの横を回り、建物の正面に向かった。マイヤーズ署長もさっき自分のもうひとつの目となり耳となってほしいと言っていたではないか。わたしは市民としての義務を果たしているだけだ。あるいはそう自分に言い聞かせているだけかもしれない。

今しかないわよ、とわたしは胸の内でつぶやいた。ドアに手を伸ばしておそるおそるノックする。口が乾いてきた。

ノックに応えるように、懐中電灯の光が正面の窓を横切った。胸の中で心臓がばくばくいっているのがわかった。

こんなことをするなんて、わたしってばか？

いや、立派な大人だ。強くてしっかりしている。それに、ここはワシントン州レブンワースだ。わたしが唯一故郷と呼べる場所。もしリサがミッチェルを殺したのだとすれば、責められて当然ではないか。それに、わたしのほうが背が高く、普段から醸造所で重い樽や穀物の袋を運ぶのに慣れている。もし取っ組み合いになったとしても、負けることはないだろう。

わたしはもう一度ノックした。今度はさっきより力を入れ、音を響かせて。

懐中電灯の光が消えた。

もしリサじゃなかったらどうしよう?

耳の横を蚊が飛ぶ音がし、わたしはたじろいだ。息を凝らして待っていると、すぐドアノブがかちりと鳴り、次の瞬間、戸口に人影が現れた。

口の中がからからだった。「どうしました? 大丈夫ですか?」とわたしは訊いた。努めて冷静な口調で。

「スローン?」懐中電灯で照らされた幽霊のようなリサの顔が現れた。

「散歩してたら、中で明かりがついたり消えたりするのが見えたの。もしかしたら犯人が戻ってきたのかもしれないと思って」リサがその殺人犯である可能性は充分あると思ったが、ここではその事実を省くのが一番だろう。ごみやら腐った食べ物やらのにおいは朝よりも強烈だった。あまりのひどさに胃がむかむかした。リサはどうしてそこに立っていられるのだろう?

彼女は空いた手を胸に当てた。「もう、びっくりさせないでよ」

「ここで何をしてるの?」わたしは鼻を隠してにおいの侵入を防ごうとした。

リサはすぐには答えなかった。懐中電灯を肩にのせてフロント・ストリートを照らしている。

そのあと、ため息をついた。「中に入ったほうがいいわ」

わたしは躊躇《ちゅうちょ》した。ポーチならリサも手荒な真似はしないだろう。万が一何かしようとしても逃げ出せる。

リサはわたしをじっと見た。「スローン、入って」

「オクトーバーフェストの会場に戻らなくちゃいけないの」とわたしは言った。「それに、うわっ——においがきつすぎる」

「そうでしょ。わたしも吐かないようにするので必死なの」リサの目がふたつの小さな黒い染みのように見えた。「ねえ、変に見えるのはわかってるけど、あなたが思ってるようなことじゃないのよ」

「どういう意味？」わたしはとぼけ、ポーチに足を踏ん張った。

「ほら、ロッジの中をこそこそ動きまわってること」リサはそう言って、懐中電灯をこっちに向けた。目のまえで黄色と白の点が躍った。「マイヤーズ署長には中に入ることを許可してもらえなかったけど、今夜ここに来なくちゃいけなかったのよ」

「どうして？」真面目な話、ロッジの中にもうひとつ死体があるのでは、と思った。それくらいこの悪臭には耐えられなかった。

「あなたも見たでしょ。ミッチェルがめちゃくちゃに壊してたじゃない」リサが懐中電灯をうしろに向けると、残骸があらわになった。キッチンとリビングのあいだに警察の規制線が張られているのが見えた。何か事件につながる証拠が見つかったのだろうか？　マイヤーズ署長は何も言ってなかったけれど。もちろん、必ずしも警察の機密情報をギャレットとわたしに明かしてくれるわけではないと思うが、今はあらゆる角度から捜査していると言っていた。

「ええ。でも、よくわからない。どうして中に入る必要があるの？」

リサは上着のポケットに手を入れて携帯電話を取り出した。もう一方の腕の下に懐中電灯を挟み、被害を受けたロッジの写真を何枚もわたしに見せてくる。「写真を撮らなくちゃいけなかったのよ。ミッチェルひとりのせいでうちの評判が台無しになったから」

それは少し大げさすぎるような気がしたが、わたしは彼女に話を続けさせた。

「あの男はわたしを破滅させようとした。でも、やり返すわ。そのためには、ロッジがめちゃくちゃにされたという具体的な証拠を手に入れないといけなかった。ほんと、このにおいどうやったら消せるの？」彼女は鼻の下を指で押さえた。「マイヤーズ署長には今朝、帰れって言われたでしょ。でも、わたしはどうしても入れてくれってお願いした。何にも触らないからって。それなのに、警察の決まりだからの一点張りだった。犯罪現場をけがすことになるとかで」

わたしには至極まっとうな話に思えた。

リサは引き裂かれたソファに懐中電灯を向けた。「署長は全然わかってない。わたしたちのビジネスはお客さんの口コミにかかってるのよ。ミッチェルのレビューひとつがうちの輝かしい評判を傷つけるだけじゃなく、掃除や家具の交換にも莫大な費用がかかるんだから」

その点には口を挟みたかった。オクトーバーフェストで宿泊施設が不足していることからすると、リサと彼女の母親がさしあたり自分たちの物件を貸すのに苦労するとは思えなかった。それに、客が引き起こした被害は保険で補償されるのでは？

「証拠をつかまないといけないのよ」リサの声はうわずっていた。「最近のインターネットはそういう世界でしょ。ミッチェルが死んだ今、彼のレビューが拡散されたらどうなると思う？

もっとひどい場合、うわさが変に誇張されて、ごみ溜めの中で彼は殺されたなんて言われたら？　そんなの絶対にだめ。そういう危険は冒せないわ。今夜この写真をアップして、彼がわたしたちにしたことを世間に暴露するの」

「それって違法じゃないの？」

リサはくるりとうしろを向いて、スポットライトのように懐中電灯をかざした。「もちろん、違法じゃないに決まってるでしょ。この部屋を見てよ。ここはわたしが運営してるの。わたしの責任なの。オーナーからこのロッジの管理を任されてるのはこのわたしなんだから。わざわざ説得して、オーナーに週末のあいだ町の外に出ていってもらったのよ。それが、帰宅したらこんなありさまだなんて」ノイローゼになる寸前のような話し方だった。

「ちがう。捜査の面でっていう意味よ。捜査に影響が出るから、写真を撮ってほしくないとマイヤーズ署長が思ってたとしたら？」

「どんな影響が出るっていうの？」リサは顔をしかめた。「ほんの何枚か写真を撮ることがどうして重要なわけ？　わたしは何にも触れてないわ」彼女はまた携帯電話で写真を見せてきた。暗闇の中、懐中電灯の光だけを頼りに撮影されたおかげで画質は粗かった。とはいえ、ぼやけていても豪華なロッジの被害ははっきり見えた。

「わからない。でも、もしそれがミッチェルのしわざじゃなかったとしたら？」とわたしは言った。「決定的な証拠が残ってるかもしれないでしょ」

「どういう意味？」リサはぶっきらぼうに言い返してきた。

「マイヤーズ署長と警察のチームは手順に従う必要があるじゃない。現場を保全しようとしてるんだと思うの。ミッチェルを殺した犯人が何か手がかりとか自分の置いていったものとかを探して彼の持ち物を漁《あさ》った可能性があるから」

リサはこれについてしばらく考えていたが、やがて首を振った。「じゃあ、腐った食べ物はどう説明するの？　このひどいにおいは？　どうして犯人はごみを持ち込んで捨てるなんてことをするわけ？　全然意味がわからない。まったく。彼のしわざだってことはわかってるの。このままあの男にうちの評判を落とさせるわけにはいかないわ。オフィスに戻り次第、この写真をアップするつもりよ。もしそれでマイヤーズ署長が気分を損ねたとしても、自分でどうにかする」

わたしは戸口から一歩下がった。においで吐き気がしていた。「リサ、マイヤーズ署長は怒るだけじゃすまないと思う。逮捕だってできるのよ」

「わたしの立場になって考えてみなさいよ、スローン。〈ニトロ〉や〈デア・ケラー〉について、だれかが痛烈なレビューを書いてきたら？　あなたならどうする？」

わたしは想像してみた。

「そのレビューを書いた人がもう一歩踏み込んだとする。パイントグラスに虫とかクモとかガラス片をわざと入れて、写真を撮り、インターネット上であなたの店をこき下ろしたら？　あなただって、自分たちの店の評判を守るために、なんでもしようと思うんじゃない？」

確かにリサの言うことも一理ある。だが、犯罪現場に侵入したという厄介な問題は依然として残っていた。

「気持ちはわかるわ」わたしは本心から言った。「でも、インターネット上で反論するまえに、まずマイヤーズ署長に相談したほうがいいと思うの。署長だって話のわかる人よ。今わたしにしたのと同じ話をすれば、きっと力になってくれるんじゃないかな」

リサは一歩も引かなかった。「ほんと、写真をアップすることと事件の捜査とのあいだになんの関係があるのか、さっぱりわからない」

わたしはこれ以上議論したくなかった。それにしても、リサはすべてほんとうのことを話しているのだろうか。彼女の返答を聞いてそう思った。エイプリルから聞いた話についても質問してみたかったが、今日はもういろいろ言いすぎた。正直なところ、これ以上無茶をしたくなかった。今ここにはふたりきりで、人のいるお祭り会場は一キロ近く離れている。安全なのは、明日の真っ昼間に改めてリサのオフィスに立ち寄ることだ。そのときに、ミッチェルが意地の悪いレビューを投稿しようと思った理由がほかになかったか、確かめてみればいい。

18

リサのもとを去る頃には、ギャレットもそろそろわたしに見切りをつけて帰っているのではないかと心配になっていた。フェストハレに戻ると、オクトーバーフェストの参加者らによるコンガ（一列に並び、まえの人の腰に手を置いて踊るダンス）の行列ができており、ピクニックテーブルのあいだを人々が練り歩いていた。ハイソックスは足首までずり下がり、サスペンダーは外れ、騒音レベルは大幅に上昇している。もう真夜中だった。ここまでくるともう引き返せない。酔っぱらいたちのことを思うと気の毒になった。あと数時間大いに楽しんだら、翌朝にはひどい頭痛が待っているのだから。

　ギャレットと食事をとったテントを最初に調べた。彼はいなかった。年配の夫婦がだれもいないステージのまえでテンポの遅いダンスを踊っていた。というか、少なくとも踊っているように見えた。ほんとうはお互いの体を支えようとしていただけかもしれない。

　次に〈デア・ケラー〉のテントを見にいった。〈デア・ケラー〉のテントはお祭り会場の一番端にあった。真っ白なほかのテントとは対照的に、深紅のテントだった。夜空に溶け込んでいて、ほとんど黒に見えた。〈デア・ケラー〉の紋章〈ドイツ国旗を振っている二頭のライオン〉がついた、長さ十五メートルの横断幕が両サイドに設置されていた。テントの中に入ると、民族衣装《トラハテン》——紅白のチェックのシャツに黒のサスペンダー——を身につけた従業員と臨時のアルバイトが人混みの中を歩きまわっていた。クラウス夫妻は、本物らしいバイエルン地方の雰囲気を演出するためなら出費を惜しまない。膨らんだ帆のような、黒、赤、黄色の布が天井から垂れさがっていた。緑の枝葉付きの燭台に灯された大きなろうそくが幻想的な輝きを天井に投げかけている。ハンスお手製の頑丈な木のテーブルが整然と並んでいた。ステージの奥の壁にはドイツの田園風景が描かれている。この時間になってもまだ、飾り立てたバーカウンターのまえに行列ができているのも不思議ではない。わたしの記憶にあるかぎり〈デア・ケラー〉はずっとオクトーバーフェストのデザイン賞を受賞している。今年もまちがいなくトロフィーを店に持ち帰ることになるはずだ。

人混みを押し分けてバーカウンターに進んだ。ハンスが十五個並んだ注ぎ口のひとつからビールを注いでいた。オクトーバーフェストの需要を満たせるよう、〈デア・ケラー〉のビール職人たちが何ヵ月もまえから一生懸命ビールをつくって準備してきたのは知っている。

「スローン」ハンスが大声で声をかけてきた。近くで待っている客にビールジョッキを渡している。彼はカウンターに身を乗り出してわたしにキスした。「鼻がむずむずしなかったかい？ちょうどギャレットと姉さんのうわさ話をしてたんだ」

「そうだよ」ギャレットの声が聞こえ、わたしは左を向いた。彼は片方の肘をカウンターにのせて立っていた。

頬が火照《ほて》るのを感じた。「ほんと？」

ハンスはタオルで手を拭いた。彼が〈デア・ケラー〉の制服を着ている姿は見慣れない光景だった。フランネルシャツと大工仕事用のズボンにブーツというのが彼の普段着だ。けれども今夜は、工具ベルトを外し、胸ポケットに〈デア・ケラー〉の紋章が縫いつけられた、いかにもドイツらしい紅白のチェックのシャツを着てジーンズを穿《は》いていた。マックとはちがい、革製半ズボン《レーダーホーゼン》とサスペンダーはなしですませていたけれど。そして、これもマックとはちがい、少なくとも十人の若い女の子たちがバーカウンターの近くに集まり、うっとりした目で自分を見ていることには気がついていないようだった。

「よく似合ってる。観光客みたい」わたしは彼をからかった。

「やめてくれよ。その話もギャレットとしてたんだ」ハンスはそう言うと、片手に四つずつビールジョッキを抱えているウェイトレスに身振りで合図した。テントの向こう側では、客がドイツ音楽のバンド演奏に合わせて手拍子をとっていた。そのあいだにも、うしろでビールがどんどん売れていく。「これから数週間はこんな感じだろうってね。ぼくもよくできた息子だから、会社の制服を着ろと言われて断れなかったんだ。両親がどんなふうかは知ってるだろ、姉さん。いきなりたどたどしいドイツ語交じりになったかと思うと、つぶらな瞳でこっちを見てくるんだ。そんなふうに頼まれて、どうやったら断れるっていうんだよ？」

「それは無理ね」わたしは首を振って笑い声をあげた。オットーとウルスラからの頼みはわたしも一度も断れたためしがない。

ハンスはカウンターのほうにあごをしゃくった。「一杯注ごうか？」

「遠慮しとく。あなたのお兄さんがばかなふるまいをするのを見ちゃったあとじゃ、わたしもこれ以上飲む気にはなれないわ」

「そんなので楽しみをふいにするなんてもったいない。兄さんはばかなふるまいをする天才だろ」ハンスはギャレットのパイントグラスを取り、おかわりを注いだ。わたしにもグラスに半分だけ注いでくれた。「まあ、飲んでみてくれ——うちのアップル・ヴァイツェンだ。この味は気に入ると思うよ」

わたしはおとなしく従い、ハンスに勧められたビールを飲んだ。このアップルビールはわずかに酸味があり、後口が甘かった。うちのチェリー・ヴァイツェンと風味が似ているものの、〈デア・ケラー〉の醸造《じょうぞう》チームは小麦と大麦をちがう配合にしているのだろうという気がした。

「すばらしい味ね」とわたしはハンスに言った。「冷蔵庫で発酵《はっこう》させた？」

ハンスは手でカウンターを叩いた。「ほらね？　気づくって言っただろ」と彼はギャレットに言った。

ギャレットは小さく口笛を吹いた。「ほんと、彼女には才能があるな。ぼくには到底無理だったよ」彼は自分のビールを一口飲んで、こっちを向いた。「それにしても、どうしてわかったんだい？」

わたしは肩をすくめた。「当てずっぽうよ」

ハンスはわたしのほうにタオルを投げた。「このうそつき」

「いいえ、ほんとうなの。だって一般的な製法でしょ。ベルギービールではとくに。確実に味の特徴を引き出すよう、低温で酵母の働きを抑えるじゃない」

ハンスはカウンターに肘をついた。「でもこれはベルギービールじゃないよね」

「わかってる。けど、低温で発酵させたときに出るあのバナナの風味がかすかにしたし、ヴァイツェンはベルギービールと似てるところがあるから」

「なんのことを言ってるかわかる？」とハンスはギャレットに訊いた。「ぼくはバナナの時点でちんぷんかんぷんだ」

ギャレットはビールを初めて見るような目つきで自分のグラスを眺めた。「いや、ぼくもだよ。化学の知識に関しては自信があるけど、バナナに近い味はこれっぽっちも感じなかったと断言できる」

「もう一度試してみるといいわ」とわたしは言った。「しばらく口の中でぶくぶくして舌の上で転がしてみるの」

「ちょっと待って」ハンスはカウンターから体を起こした。「やってみよう」そう言って、アップル・ヴァイツェンを自分用に少し注いだ。

わたしはふたりが口の中でビールを転がす様子を眺めた。彼らの舌が何層にも重なる複雑な味を吸収するのを待つ。

「彼女の言うとおりだ」一分経ったあとギャレットが言った。「さっきの話を聞いたせいかわからないけど、ほんのりバナナの風味がしたよ」

ハンスも同意した。「ほんとだ。今は感じる。でもこれじゃあ、リンゴの面目が丸つぶれじゃないか?」

わたしはにっこり笑った。「狙いどおりだと思うわよ。リンゴの酸味とすっきりした味わいが、あのバナナの微妙な甘みによく合ってる。すばらしいビールだわ。だれがつくったの?」

ハンスは頰を紅潮させた。まごついている彼を見て驚いた。「えっ? あなたがつくったの?」

彼は首を横に振った。「ぼくのことは知ってるだろ。ぼくの専門は設備の修理だ」彼は言いたいことを強調するかのように、ポケットからスイスアーミーナイフを取り出して刃を開いた。「そしたらだれ？　お父さん？　仕事を減らしてるって聞いたような気がしたけど」わたしはグラスに目を凝らした。しっかり濾過《ろか》されている。グラスに映った自分の顔がはっきり見えた。「そう、父さんは仕事を減らしてる」ハンスは刃で指先をつついた。

わたしは助けを求めてギャレットのほうを向いた。「何？　あなたがつくったの？」

「ぼくじゃないよ」ギャレットは両手を上げげた。「自分のビールだと言えたらうれしいけどね。これは文句のつけようのないビールだ」

「じゃあだれ？」ハンスをじっと見た。彼の顔がさらに赤くなった。シャツと同じくらい赤く。嫌な予感がした。「まさか。ありえない。マックじゃないわよね？」

ハンスは顔をしかめてうなずいた。「信じられるかい？　姉さんを失ったことでビールづくりの情熱にまた火がついたんだとさ。特別なビールだ。姉さんのためだけにつくったんだって」

残りのビールを床にぶちまけたくなった。

ギャレットがわたしの肩に腕を回してきた。そのせいで背筋がぴんと伸びた。「ちゃんと評価してあげないと。このビールは確かにうまい」彼はそう言ってわたしの肩をぎゅっと握り、またすぐに腕を下ろした。

「そうね」わたしは話題を変えることにした。マックはあと十年くらいおいしいビールをつくっていればいい。そうしたところで、わたしを裏切った事実は変わらないけれど。「ねえ、ミッチェル・モーガンが泊まってたロッジをだれがうろついてたと思う?」

「ぼくの兄さん?」ハンスは眉間《みけん》にしわを寄せた。「姉さんがホテルに連れ帰ったのかと思ってたけど」

「連れて帰ったわよ」わたしはビールを横に置き、リサが黒ずくめでフロント・ストリートをこそこそ歩いていたことをふたりに話した。

「待って。あとをつけたのかい?」ギャレットが言った。

わたしは笑ってごまかした。「厳密に言うと、そうね。でもちゃんと気をつけたわよ。中には入らなかったんだから」

ハンスは苛立《いらだ》ちの表情をギャレットに向けた。「それだったら問題ないか——って、そんなわけないだろ」

「まったく、ふたりとも。わたしも自分の面倒は自分でみられるわよ。それに大丈夫。いざとなったら、リサにならら勝てたと思うから」

「それはそうかもしれないけど」とギャレットは言った。

「リサはミッチェルに投稿された批判的なレビューのことで頭がいっぱいみたい」わたしは続けて、リサが写真を撮りに戻ったと主張していたことをふたりに話した。また、リサとミッチェルが一緒にいるところを見たというエイプリルの証言も。

ハンスは、重いビールジョッキを運んでいるウェイトレスが通りすぎるのを待ってから口を開いた。「もしかして姉さん、ひどいレビューを書かれたせいで彼女がミッチェルを殺したと思ってるの？」

「わからない。でも、もしかしたらレビューだけじゃないのかも。ふたりのあいだにはもっと何かあったのかもしれない。もしそうなら、ミッチェルがロッジをめちゃくちゃにしたのも納得がいくわ」

「それか、ミッチェルじゃなくて、犯人が自分にとって不利なものをそこに残してたか」とギャレットがつけ加えた。

「そう。それも充分考えられる話だと思う」わたしは同意した。「でも、よく考えてみると彼女、ばかにされてプライドをひどく傷つけられた女みたいに振る舞ってたの。彼を殺すところなんてまったく想像できないけど、もしかしたらリサはうそをつくのが得意なのかもしれない。彼を殺したときに何かしら残してきた証拠を取りにあそこに戻ったのかも」

そのとき、だれかがギャレットにぶつかり、話を中断させられた。肩にビールの水滴が飛んできた。

「あら、ごめんなさい。こぼしちゃった？」ペイトンだった。彼女はふらつき、半分空《から》になったビールがもっとこぼれた。うしろからデイヴィッドが来て、彼女の体を支えた。ふたりはどれくらい飲んだのだろう？　ふたりとも頬がほんのり色づいており、汗で光っていた。ドキュメンタリー映画を撮影しているのだとしたら、酔っぱらうのはプロ意識に欠けるような気がする。とはいえ、わたしは映画監督ではない。ペイトンの身振りを見ていると、昨夜飲んでいた薬のこともなんだか怪しく思えてきた。

「頭痛はどう?」とわたしは尋ねた。

ペイトンはパイントグラスを持ちあげた。「頭痛? なんのこと?」

「ゆうべ頭痛がするって言ってなかった?」

「ああ、そう。そうだったの。もうすっかりよくなったわ。今『チキン・ダンス』の踊り方を教わってきたところよ」とペイトンは言って、呼吸を整えようとした。〝ここにビールがあれ《ウィッシュ・ユー・ワー・》ば《ビア》〟のTシャツが汗かビールでぐっしょり濡れていた。もしくは両方か。

「レブンワースはパーティーの楽しみ方をよくわかってる」とデイヴィッドは言って、額を拭いた。「そんでもって、お気に入りのビール職人たちが一堂に会してるとはね。コナーはどこだ? これはカメラに収めないと」

ペイトンはうなずいた。「そうね。みんな何を話してたの? ライバルの動向を探ってたとか? それとも戦略を練ってた?」

「わたしたちは友達よ。普通に話をしてただけ」わたしはギャレットとハンスと顔を見合わせた。この話はもうペイトンとデイヴィッドにしたはずだが。ふたりはクラフトビール業界について少しでも下調べしたのだろうか? その可能性は低い。わたしたちが一緒にいるところを見るたびに驚いていることからすると。

「うそー! すごい。今の聞いた、デイヴィッド? 三人は友達で、仲良く話をしてたんですって。これは絶対に撮らないと。ミッチェルに説明しようとしてたのはまさにこれなのよ」ペイトンはデイヴィッドの肩を拳《こぶし》で叩いた。

「ビール職人同士が友達だってことを説明しようとしてたの?」とわたしは訊いた。

デイヴィッドは二十ドル札をカウンターに叩きつけた。「お勧めのビールをふたつ」とハンスに言った。「きみの言うとおりだ、ペイトン。これは願ってもないチャンスだ。このグループには毎晩同行させてもらわないといけない」

ペイトンはわたしのほうをちらりと見た。こちらの戸惑いに気づいたにちがいない。「ごめんなさいね。ただあなたの率直さとオープンなところが好きなだけなの。ほら、カメラが回りはじめると、黙りこくっちゃう人って多いから。こういう日常会話がまさにわたしたちが撮りたいと思ってるものなのよ。クラフトビールの世界で実際に何が起きてるのか、その一端を観客に味わってもらいたいと思ってる。きっと観客の心に響くはずよ——願わくは批評家の心にも。〈ローリング・ストーン〉や〈ヴァニティ・フェア〉で絶賛するレビューを書いてもらいたいのよ。人気の雑誌に取りあげられれば、瞬《また》く間に海外の会社に権利を買ってもらえる道筋が開けるわけ」ろれつが少し怪しかった。「こういう会話が撮れるように、チームで何週間もかけて大まかな脚本を書いてきたんだから。ミッチェルは従ってくれなかったけど。進行役として、自分には勝手に脚色する権利があると思い込んでるようだった」ペイトンはあきれたように目をぐるりと回した。「そんな権利なんてないのに」

「ああ。なかった」デイヴィッドは上唇をゆがめながら言った。「まったく、すごいエゴだよ。ペイトンとふたりで代役を探すことについてずっと話してたんだけど、まさかあんなことになるとはね。まあ、これで新しい進行役が必要になったわけだ。ミッチェルの後釜にすわるのがだれであれ、その人には、初日から自分の立場をしっかりわきまえてもらうつもりだ」

ギャレットがわたしの足をつついてきた。デイヴィッドは今、ミッチェルをクビにするつもりだったと認めたのだろうか？

「だれか目星はついてるの？」とわたしは訊いた。

ペイトンははにかんだ。「しばらく試し撮りしてたのよね。最終的なことはまだ何も決まってないけど、新しい進行役はみんなの知ってる人になる可能性が高いと思う。クラフトビールの文化のことをもっとよくわかってる人に」

「ついでに、もっと財布に優しい人だとありがたいな」とデイヴィッドは付け足した。

「ほんとですか？」ハンスは片方の眉を吊りあげた。「レブンワースの住民の中からだれかを雇うってこと？　前任のミッチェルはハリウッドの大スターだったのかと思ってましたけど」

ジョッキを口元に運んだばかりのデイヴィッドがビールを噴き出した。「ハリウッドの大スターだって？　ミッチェルが？」

ギャレットはうなずいた。「ええ。ぼくたちはそう聞いてました」

ペイトンはマニキュアを塗った自分の爪を見た。「勘弁してよ！　ただの本人の願望でしょ。確かに、ミッチェルにもファンはいたけど、二十年前に演じて以来何度も再放送された役のおかげでついたファンよ。いるんだかいないんだかわからない感じだった。『クレイジー・ハウス』は見たことある？」

「『クレイジー・ハウス』？」わたしは初めて聞くふりをして、おうむ返しに言った。ペイトン――もっと重要なのはデイヴィッド――がその番組とミッチェルとの関係についてどんなふうに語るか、様子を見たかった。

「ええ。二十年前にディズニー・チャンネルで放送されてた番組よ。ミッチェルは子役スターだったの。でも、思春期に入ったとたん仕事が激減して。独立局から入る番組の使用料で生計を立ててた。Ｎｅｔｆｌｉｘもシリーズを取りあげてたから、新しい視聴者もいたし、もちろん全盛期からのファンもついてたけど、それを除けば、もし彼が警察の面通しに出てきたとしても、彼を見分けられる人はハリウッドにはひとりもいなかったと思うわよ」ペイトンはそう言ってことばを切り、ビールを一気飲みした。

「じゃあ、どうしてクビにしなかったの？　よくわからないんだけど。ゆうべ〈ニトロ〉にいたときの彼は、大御所みたいにあれこれ注文をつけてたような」

デイヴィッドはもう一口ビールを飲んだ。「契約書だよ。三つのドキュメンタリー映画――『ここにビールがあれば《ウィッシュ・ユー・ワー・ビア》』と『ワインでのんびりいこう』と『ウィスキー・ビジネス』――の進行役を務めてもらう契約を交わしてたんだ。採用したときは、あんなにエゴがばかでかく膨らんでるやつだとは知らなかった。まったく、これだから子役あがりは」彼はそう言ってあざ笑った。「ロサンゼルスの法律担当と電話で話して、われわれにどんな選択肢があるか、探ろうとしてたんだ。ミッチェルは、厳密にいえば、なんの契約違反も犯してるわけじゃなかった。時間は厳守してたし、お利口さんだったよ。ただ、態度だけは手に負えなかった。結果論になるが、一件ずつ契約しておけばよかったんだ。でも、三つセットってことで出演料を格安にしてもらってたから。ミッチェルも喉から手が出るほど仕事をほしがってた。だから、ウィンウィンの契約だと思ったんだよ」

「そしたら、すべてが悪い方向に進んだわけ」とペイトンは言った。その声は苦々しさでいっぱいだった。

「ミッチェルとはどれくらいのつきあいだったの？」とわたしは訊いた。

「デイヴィッドは昔からの知り合いよね？」ペイトンは何か言いたそうな顔でデイヴィッドを見た。「彼はこの業界の古株だから。わたし、デイヴィッドが俳優の仕事をしてた頃のことをからかうのが好きなのよね」

「こっちはなかったことにしたいが」デイヴィッドは吐き捨てるように言った。薄くなりつつある白髪交じりのその頭とたるんだあごは、俳優というより引退した教授か弁護士に見えた。

「そうよね。でも、再放送料がなければあんなにお金は稼げなかったでしょ」とペイトンは言った。話しながら音楽に合わせて体を揺らしている。カットと同じく、荒々しく店から出ていった昨夜と比べて人が変わっているように見えた。「映画制作はお金がかかるの。ここでの撮影だけじゃなくてほかにもあれこれね。映画祭の出品費用とか、交通費やツアーの費用なんかもばかにならないから」

デイヴィッドは自分のパイントグラスに手を伸ばし、ビールをごくりと飲んだ。「まったくそのとおりだ」

雰囲気ががらりと変わっていた。ミッチェルの名前が出たときから、彼の生き生きした態度は消えていた。

「俳優だったんですか?」とギャレットが訊いた。アレックスが送ってくれた写真のことはまだ彼に話していなかった。

ペイトンが割り込んだ。「そうなのよ。知らなかった? デイヴィッドは当時、すごく売れてたのよ。ホームコメディには何本出たんだっけ? 三本?」

「四本だ」デイヴィッドはグラスから顔を上げずに答えた。

「四本か」ペイトンはビールをぐいっと飲んだ。デイヴィッドが昔話をするのを嫌がっていたとしても、それにはまったく気がついていないらしい。「そう、彼は一時期、時の人だったのよ。そのあと、賢い選択をして、俳優業から身を引いて監督とプロデュース業に転身した。子役スターは何かとばかばかしいことにお金を使いがちだけど、デイヴィッドはちがったの——賢く投資したのよね? 大金が動くのは映画制作のほうだってこと、そんなのみんな知ってるわ」

デイヴィッドは弱々しい笑みを浮かべた。「失礼。ちょっとトイレに行ってくる」そう言うと、まだたっぷり残っているグラスを置いて立ち去った。

どうして過去の話が出たとたんいなくなったのだろう?

「彼とミッチェルは『クレイジー・ハウス』で共演してたの?」デイヴィッドが去ったあと、わたしはペイトンに訊いた。

彼女は鋭い目つきでわたしを見た。「そうよ。どうして知ってるの?」

「当てずっぽうだろう。さっきホームコメディに出てたって言ってたから」ギャレットはわたしと視線を合わせ、両手を上げた。その目は〝どういうこと?〟と言いたげだ。

ペイトンのジョッキはほとんど空になっていた。彼女はそれを口に運び、最後の一滴まで飲み干そうとジョッキを傾けた。「彼はその話をしたがらないのよ。高校時代にチアリーディングをしてた女の子みたいなものじゃないかしら。そういう子って過去のことは過去のこととして水に流したがるでしょ」

「でも、彼がミッチェルを採用したのよね?」わたしはふたりの関係性を理解しようとして訊いた。

「そのとおり」ペイトンはおかわりをくれというふうにハンスに身振りで合図した。「だけど、デイヴィッドにその話はしないでよ。あれは失敗だったわ。デイヴィッドもミッチェルのことが気の毒だったんだと思う。ほら、子役っていろいろ苦労してるから。それに、ミッチェルとはうんと安い出演料で契約できたわけだし。予算がきつかったから、お金を節約できるうえに旧友を助けられるとデイヴィッドは思ったのよ。まあ、それが裏目に出たわけだけど。ミッチェルがあんなにひどいとは、デイヴィッドも知らなかったんじゃないかしら」

ハンスがなかなか動かないので、ペイトンはしびれを切らして自分のジョッキをつかんだ。「別のを飲みにいくわ」そう言うと、ハンスの視線の取り合いをしている若い女の子の集団をかき分けて去っていった。

「なるほど」ギャレットはペイトンのほうを見ながら言った。「話がますます込み入ってきたな」

「ほんとね」

新しい情報が入るごとに疑問がどんどん湧いてくる。デイヴィッドとペイトンがミッチェルに不満を感じて、彼に辞めてもらう道を模索していたのだとすれば、ふたりのうちどちらかが思い切って殺人に手を染めた可能性はないだろうか？　また、デイヴィッドとミッチェルは昔一緒に働いていたということだった。デイヴィッドが賞味期限切れの俳優を雇ったのには、何かほかに理由があるのか？　もしかして、ミッチェルはデイヴィッドの過去について何か秘密を握っていた？　だとすれば、殺されるほどの秘密だったのかもしれない。

19

その後、わたしはすぐに帰宅した。体が眠りを求めていたし、頭は休息を欲していた。枕に頭をつけたとたん、眠りに落ちた。アレックスの部屋で目覚まし時計が鳴っているのを聞いて初めて、自分が寝ていたことに気がついた。慌てて廊下を進み、目覚まし時計を止めにいった。息子の部屋を見ると、ふいに寂しさが襲ってきた。ネオンブルーの壁にシアトル・シーホークスとシアトル・サウンダーズのポスターが貼られている。机にはノートや本が積みあげられていた。ベッドの下には、洗濯していない服と一緒に汚れた皿がそのままになっていた。夜更かししておやつを食べたのね。わたしはそう思いながら、お皿を回収した。

ベッドの横に置かれた写真立てに目が留まった。家族六人――マックにハンス、オットー、ウルスラ、アレックス、そしてわたし――の写真だ。〈デア・ケラー〉開店四十周年を記念して撮った写真だった。あのときは盛大にお祝いした。クラウス家はパブとテイスティングルームを開放し、町のみんなを招いて乾杯した。ドイツ音楽が流れ、本物のドイツ料理が提供され、泡のこんもりのったたくさんのビールが振る舞われた。写真の中の女性を見たが、ほとんど自分だとわからなかった。腰回りはふっくらしていて、目には生き生きした輝きがある。マックが〝尻軽ウェイトレス〟と浮気しているところを見た日以来消えていた輝きだった。

写真を眺めていると、自分の笑顔の裏に何かが隠れているのにも初めて気がついた。孤独感だ。家族に囲まれているにもかかわらず、わたしの目は幸せそうではなかった。マックと一緒にいて幸せを感じられなくなったのはいつからだろう？　それより、どうしてもっと早く手を打たなかった？　この写真の中のわたしは、アレックスに見せたい母親ではなかった。彼のために、もっと成熟した母親でありたい。自信と内面の強さを具《そな》えた手本になりたかった。

ナイトテーブルに写真を戻して彼の部屋から出た。アレックスがいないと、だだっ広い家が冷たく重苦しく感じられた。何気なく自分の寝室へ戻ると、エイプリルのオフィスから持ち帰ったチラシを見つけた。山のふもとに建つ、売り出し中のロッジのちらしだ。キッチンに移動してポットでコーヒーを沸かした。コーヒーを味わいながら、ちらしに目を通した。百四十平方メートルに満たないちょうどよい広さで、天井は高く、梁《はり》がむき出しになっていて、暖炉もふたつあった。森の端という立地からすれば、広い庭の手入れをしたりホップ畑の世話をしたりする必要はないだろう。それに、アレックスのいないこういう日にも、三角屋根の居心地のいい家にいれば、自分がひとりぼっちみたいな寂しい気持ちにはならずにすむはずだ。

この家を売りに出せと、エイプリルにはうるさく言われていた。今までわたしは、大転換を図るのを控えていた。思い切ったことはしないほうがいいとみんなにも言われていたが、考えれば考えるほど、環境の変化が必要な気がしてきた。このロッジみたいな新しい家がほしい。そろそろエイプリルに具体的な数字を出してもらって、マックと将来について真剣に話し合う頃合いかもしれない。

わたしはちらしを畳み、テイクアウトのメニューとアレックスが昔使っていたクレヨラの鉛筆と一緒に引き出しにしまった。私生活を整理するという考えにはわくわくしたけれど、マックと話すこと――彼と真剣な話をすること――を考えると、それと同じくらいぞっとした。彼がどんなふうに反論してくるかはもうわかっている。〝ベイビー〟と言いながら懇願してくる彼の声が聞こえるようで、鳥肌が立った。わたしたちがよりを戻す可能性はゼロに等しい。ときに不貞がきっかけで夫婦の絆が深まることもあるが、マックとわたしの場合には当てはまらない。わたしたちの問題は、彼が道を踏みはずすずっとまえから始まっていたのだ。彼は浮気という大きな過ちを犯したが、わたしにも非がないわけではない。アレックスのナイトテーブルにあった写真がその証拠だ。息子のためを思って不幸せな結婚生活を続けてきたが、それもそろそろ終わりにしよう。マックとの関係はおしまい。うじうじ悩むのも終わり。わたしの選択はわたし自身がするものだ。自分らしさを取り戻し、また一から出直す姿をアレックスに見せる必要がある。生活を立て直すあいだ、もしかしたらまっすぐ立っていられないかもしれない。でも、もし転ぶ危険を冒さなければならないとしても、その価値はあるだろう。アレックスには自分らしく楽しく生きる母親がいていいはずだ。また一から出直して、親子ふたりにとって新しくすばらしい人生を築けるということを行動で示せばいい。

そうしてひとり自分にエールを送ると、わたしはコーヒーを飲み干し、さっとシャワーを浴びて〈ニトロ〉に向かった。

町の広場では、ボランティアスタッフがすでに作業に精を出し、昨夜のお祭り騒ぎの残骸を片づけていた。ふたりの作業員が道の両側で落ち葉をかき集めている。休憩所の東屋《あずまや》のまえでは別のグループが歩道の清掃に当たり、しぼんだ風船やソーダの空き缶を集めていた。プラスティックカップやぐしょぐしょのフェルト帽、チケットやちらしのごみくずがフロント・ストリートに散乱していた。これも、われわれ町民がオクトーバーフェストに愛憎の入り混じった感情を抱いている理由のひとつだ。昨日のパーティーはいつまで続いたのだろう。

角を曲がって〈ニトロ〉に着くと、うちの店には被害が及んでいないことがわかってほっとした。植木箱もテラス席も手つかずのままだ。入口の鍵を開けると、早速在庫の確認に取りかかった。ビールづくりとこの週末の料理の計画を練る。昨夜のペースでことが進むとすれば、夜は忙しくないだろうが、みんながお祭りに向かうまえ、午後の早めの時間に店が混む可能性は高い。

ギャレットとカットを起こしたくなくて、わたしは静かに作業するよう努めた。そういえば、カットは昨日、ここに泊まったのだろうか？　盛りあがった会場で彼女の姿は見なかった。あのあと、ここに戻ってきたのだろうか？　それとも、どこか別の場所で寝た？

その答えはすぐに出た。というのも、店に着いて二十分ほどした頃、カットが忍び足で階段を下りて厨房に入ってきたからだ。わたしは冷蔵庫の在庫を調べているところだった。

「おはようございます」彼女はおどおどした声で言った。

わたしはバターの箱を床に落としてしまった。

「ごめんなさい。こっそり近づこうとしたわけじゃないんだけど」カットの顔はむくんでいて、目も半分しか開いていなかった。

わたしはバターを冷蔵庫に戻して彼女のほうを向いた。「大丈夫よ。ここに泊まってたのね。まだふたりとも寝てるのかと思った」

「うん。ゲストルームを貸してもらって、ギャレットにはほんと感謝してるの。上階《うえ》の部屋は見たことある？　美術館みたいだった。今泊まってる部屋の壁紙は一見の価値ありよ」

わたしは首を横に振った。ギャレットの大叔母が経営していたレストランは何度か利用したことがあるが、B&Bのほうには一度も足を踏み入れたことがなかった。この古い建物に使っていない部屋がたくさんあるのは知っている。ギャレットも二階の部屋の用途についてあれこれ考えていた。今のところ、六つあるゲストルームはギャレットの寝室を除いてすべて空いている。

「だけどね」カットは目の端をこすりながら言った。「部屋にいるとなんだか気味が悪かった。だって、古い写真がいっぱいあって、写真の中の人がみんなこっちを見てる感じだったから」

昨日ギャレットとした会話が思い出された。ある女性が電話してきてわたしと話をしたがっていたとのことだった。昨日店を閉めたあと、その女性は来たのだろうか？　今頃レブンワースのどこかにいる？　そう考えると、急にそわそわしてきた。

「大丈夫？」カットは目をしばたたいたあと、目の端を揉みながら言った。

「えっ？　うん、大丈夫。ちょっと考えごとをしてただけ」

カットはカウンターに置かれた年代物のコーヒーメーカーを物欲しげに見つめた。「コーヒーが飲みたいって言ったら、さすがに厚かましすぎるかな？　ゆうべは遅くて」

「全然かまわないわよ」気を紛らわすものができたことがうれしく、わたしは食器棚のほうに移動して、コーヒー豆の瓶を取り出した。コーヒーミルに豆を入れて砕き、細かい粉末にする。

「この香りだけでもう目が覚めそう」カットは近くに寄ってきた。「手伝わせて」

「何か食べるものは要る？」とわたしは訊いた。

カットの首がだんだん赤みを帯びてきた。「ううん、いいの。ふたりにはもう充分よくしてもらってるから。そのうえ食べ物までもらうなんて」

「覚えてる？　あなたには、宿代もだけど食事代と引き換えにここで働いてもらってるのよ」

カットは控えめにうなずいた。

「よし。それじゃあ、何がつくれるか見てみましょう」わたしは浄水器の水をコーヒーメーカーに入れて冷蔵庫に戻った。お金に困っているカットを見ていると、昔を思い出す。自活しながら学校生活を送るために、どんなアルバイトでもこなしていた日々を。里親のもとで育つ中で、自立しなければならないというわたしの決意は強まった。次の食事をどこで、そしてどうやってとるかといった心配は、彼女にはさせたくなかった。

「チーズとポテトとソーセージの入ったスクランブルエッグみたいなものはどう？」わたしは冷蔵庫から香りの強いチェダーチーズと卵、ジャーマンソーセージを取り出して訊いた。

カットはにんまり笑った。「すごくおいしそう。つくり方を教えて」

ソーセージを焼くあいだに、彼女に卵を割ってかき混ぜてもらうことにした。「カット、ミッチェルのことについてもう一回訊きたいんだけど」とわたしは言って、フライパンにオリーブオイルを引いた。豚肉とフェンネル、セージ、ニンニク、タマネギの入ったスパイシーなソーセージは、クラウス家の食卓には欠かせない食材だった。ウルスラはバウアーンフルーシュトゥック（ドイツ語で農夫の朝食という意味だ）をよくつくってくれた。たっぷりのポテトとありあわせのソーセージかベーコン、それに野菜を卵とチーズでとじた料理。寒い冬の朝には、ウルスラがつくるこの農家風の料理がのった熱々のフライパンに勝るものはなかった。ビールとタマネギ、バターを混ぜたものに数時間浸けたブラートヴルストを入れることもあった。思い出しただけでよだれが出てきた。そのうち、ソーセージの焦げるにおいがしてきた。

「これでいい？」カットは溶き卵を見せながら訊いた。

「ええ。それに塩コショウをして、チェダーチーズを半カップほどすりおろして入れて」わたしはカウンターに置かれたチーズのかたまりを指差した。「ミッチェルについて何を知りたいって？」

「了解」カットはだぼっとしたスウェットの袖をまくり上げた。

わたしはトングでソーセージをひっくり返した。「彼はあなたと同じ日に町に来たって言ってたけど、別の人がその数日前に彼をこのあたりで見かけたって言うのよ。確か、ずっと彼のことを追いかけてたって言ってたわよね。彼が早めにレブンワースに来てた可能性はあると思う？」

カットは力任せにチーズをすりおろしていた。指を切らないかと、こちらが心配になる。

「うん、あると思う。ゆうべフォロワーのひとりからメールがきたの。ちょっと待ってね。今見せるから」彼女はカウンターにチーズを置き、ポケットから携帯電話を取り出した。

わたしはフライパンの火を弱火にして、ソーセージを端に寄せた。

「これを見て」とカットは言って、携帯電話に表示した写真を拡大させた。「ミッチェルでしょ。フロント・ストリートっぽくない？」

わたしはタオルで手を拭いた。彼女の言うとおりだ。写真のミッチェルは緑のフェルト帽をかぶってフロント・ストリートの真ん中に立っていた。フェストハレのほうを指差している。オクトーバーフェストの数日前に撮られた写真にちがいない。カットがさらに拡大したところ、テントはまだ設営中だったから。

「変じゃない？」とカットは言った。

「そうね」わたしはもう一度写真を見て、ほかにも何か写っていないか確認したが、目を引くものは何もなかった。

カットは携帯電話をポケットにしまった。「お友達はこの写真をどこで？」「だれかのインスタで見つけたんだって。ミッチェルがタグ付けされてたみたい」

「この写真を投稿したのはだれかわかる？」気持ちがはやるのがわかった。もしミッチェルが早めにレブンワース入りしていたのだとすれば、それはリサに会うためだろうか？　それとも別のだれかと？　もしかして彼は、だれかとひそかに関係を持っていたのだろうか？

「さあ」カットは肩をすくめた。「でも、ミッチェルがレブンワースにいることを何も投稿してなかったなんてすごくおかしい気がする。だって、彼は一日に三回はアップしてたから。〝オーバーシェアラー〟なんて呼ばれてたの。ほら、自分の生活を逐一シェアしたがる人のこと。もうすぐロケが始まるっていう宣伝の投稿は数週間前にあったけど、それだけよ。それ以降はなんにもなし」

「この町にいたことについて何も言ってなかったの？　おかしいわね」わたしはこんがりと焦げ目のついたソーセージから離れ、冷凍庫にハッシュブラウンを取りにいった。ミッチェルが下見のためにチームに先立って現場入りし、撮影に適した場所を探そうとしていた可能性はある。あるいは、撮影のまえに数日休みを取ったのかもしれない。だが、今はエイプリルの話を信じるほうに気持ちが傾いていた。ミッチェルはリサに会いにきたのだろうか？　だからこそこそしていた？　このあたりでは彼の姿を見なかった。「お友達にその写真をどこで見つけたか訊いてもらえる?」わたしはハッシュブラウンをフライパンに入れながらカットに訊いた。

「もちろん。まだ寝てると思うけど、あとでメールしてみるね」

この話はこれでおしまいになったが、カットはまたうそをついているのだろうかと、どうしても気になってしまった。彼女を信じたいのは山々だが、まだ気を緩めるわけにはいかない。

「おやおや、このいいにおいはなんだ?」ギャレットの声でわたしはわれに返った。気のせいか、ギャレットの目はカットよりさらに充血しているように見えた。「二日酔いの客に朝食でも出すつもりかい?」彼はビール瓶のシルエットが入ったパジャマのズボンと、以前働いていた会社のロゴが入った薄手のスウェットシャツを着ていた。わたしは胸に手を当てて、どきどきを抑えなければいけなかった。こんなふうにだれかに対して体が反応することには慣れていない。ギャレットはいつも魅力的だが、今朝はそれ以上だった。ありのままの姿でいて、とても居心地がよさそうに見える。心の落ち着きが自然と体からにじみ出ていた。その飾らなさがうらやましかった。

ハッシュブラウンにしっかり塩コショウをした。「それも悪くないかもね。といっても、お客さんは午過《ひる》ぎまで起きてこないでしょうけど」

ギャレットは自分のコーヒーを注いだ。「朝食をつくってくれてるの?」まるでアレックスみたいな口ぶりだ。

「そう。ドイツの伝統的な農夫の朝食よ。ハンスは〝腹持ち抜群ごはん〟って呼んでる」

ギャレットは引き締まったおなかをつまみながら笑みを浮かべた。「腹持ちがいい朝食があるなら助かるな。今日はビールづくりの日だから」

ハッシュブラウンがこんがり焼けて黄金色になった。わたしはソーセージを切って、カットが用意したチーズ入りの卵液に加えた。次にニンニクとピーマンも入れた。それをフライパンに流し込むと、ほんの数分でハッシュブラウンとソーセージの卵とじができた。仕上げにパセリをかけ、三つのボウルにたっぷりよそう。湯気を立てているコーヒーを持って、三人でカウンターの周りに集まった。

ギャレットが料理を口に運んだ。溶けたチーズがボウルから唇まで伸びている。「前世で自分がどんないいおこないをしたのかわからないけど、これだけは言える。こんな朝食を毎日つくりつづけてくれるなら、きみに〈ニトロ〉の株を半分譲るよ」

わたしはくすりと笑った。「朝食ならいつでもつくるわ。けど、株は遠慮しとく」これはうそ偽りなき本音だ。また別の醸造所《じょうぞうじょ》の株主になることだけは避けたかった。

カットもがつがつ食べた。「こんな料理ができるように教えてもらえる？」彼女は口いっぱいに頬張りながら言った。

「もちろん」わたしもソーセージとピーマンを一緒に口に入れた。今日のバウアーンフルーシュトゥックはなかなかの出来だ。伝統的な朝食を再現しようとしたわたしの試みをウルスラも喜んでくれるだろう。

食事を終えると、みんなで一日の予定を組んだ。ギャレットとわたしはパレードのあと早め――一時――に店を開けることにした。毎週土曜日にはミュンヒナー・キンドル（ミュンヘンの市章にも描かれている修道士）率いるパレードがフロント・ストリートを練り歩く。これには、町じゅうの人が参加し、旗を振ったりレブンワースのムジークカペレ（旧世界のマーチやポルカを演奏するバイエルン地方の伝統的なバンドだ）の音楽に合わせて踊ったりする。目玉は樽の開栓式だ。樽は〝ビア・ワゴン〟でフェストハレまで運ばれ、そこで開栓されて、オクトーバーフェストの正式な幕開けとなる。

パレードを見にきた観光客の大半は〝ビア・ワゴン〟についていき、テントに向かうだろう。だが、地元民はドイツらしさのかけらもない〈ニトロ〉の店内で小休止したいと思うかもしれない。それに、冒険好きのビール愛好家がいれば、人混みから離れ、レブンワースでほかにどんなビールが飲めるのか、試してみたくなる可能性もある。カットがクーポンを数百枚配ったあとならなおさら。うまくすれば、少なくとも二、三人は無料のビールを飲みにきてくれるだろう。

もし昨日のような調子で今日も進むなら、夕方には店を閉めることになるはずだ。ギャレットとふたりで準備をしているあいだ、カットには印刷業者に行って、もう少しちらしを刷ってもらうことにした。そうすれば、パレードの沿道とフェストハレで配ってもらえる。

「ごちそうさま」カットは料理をきれいに平らげて言った。「お皿はわたしが洗うわ。それが終わったら、パレード用に衣装に着替える」

ギャレットは自分のボウルを渡した。「助かるよ」そう言ったあと、オフィスのほうを身振りで示した。「スローン、ゆうべ考えた新しいレシピを見てくれないか」

わたしは彼のあとについて共用のオフィスに行った。机がふたつとファイルキャビネットがひとつある小さな部屋だ。壁はホワイトボードで埋め尽くされており、ギャレットのメモやら計算式やらがところ狭しと書き込まれていた。「まさか、マックのアップル・ヴァイツェンをコピーしようと思う、なんて言わないでしょうね」わたしは自分の席に座りながら言った。

「完璧なビールをつくることできみの心をつかめるなら、それも試してみたほうがいいかもしれないな」彼はそう言ってウィンクをした。「彼の気に障ることでもあるし」

「確かに」

ギャレットは赤いマーカーのキャップを外し、青のインクで書かれたレシピをとんとんと叩いた。「頭がおかしくなったのかと思うかもしれないけど、これはクランベリーがきっかけで思いついたビールなんだ。秋の終わり頃からクリスマスシーズンにかけてどういうビールを出そうかとこのまえふたりで話したあと、新しいビールについてあれこれ考えててね。それから、これは認めたくないけど実は……エイプリルとの会話もきっかけなんだ」

「エイプリルがあなたのビールの選択に影響を与えたってこと？」わたしは驚きを隠し切れなかった。

「まあ、最後まで聞いてくれ」ギャレットは両手をまえに出して続けた。「落ち着いて。なにも、店のTシャツを脱いで革製半ズボン《レーダーホーゼン》に着替えようって言ってるわけじゃないんだから。でも、一風変わったクリスマス用のビールをつくるのはどうかな？」

「どんな？」

ギャレットはホワイトボードの隅のメモを消したあと、クリスマスツリーの絵を書きはじめた。「クリスマスっぽいものをいろいろと思い浮かべてみてほしいんだ。ドイツ流のクリスマスだよ。でも、ここの北西部らしさは残したままで。松葉とか、クランベリーとポップコーンの飾りとか。それから、ホットワイン、シュトレン、チョコレート、ナッツなんかも」

ビールに関して彼が冒険好きなのは喜ばしいことだが、自分が飲むパイントグラスに松葉やポップコーンを入れたいかと訊かれれば自信がなかった。

「あんまり乗り気じゃない?」ギャレットの笑みがくもった。彼は緑色のマーカーを取ってビールジョッキをぼんやり書きはじめた。

「いや、そういうわけじゃないの。ただ、どういうふうに味を引き出すのかなと思って。メモを見てもいい?」わたしはそう言って、彼の手から紙を取った。マーカーのにおいが鼻を突いた。

ギャレットは髪をかきあげた。「ゆうべ、お告げみたいに突然ひらめいたんだよ。ここでは、ほかの店とちがうものをやりたいとずっと思ってきたし、現にそうしてる。ドイツ風の装飾をしようとか革製半ズボン《レーダーホーゼン》を着ようとか考えてるわけじゃない。でも、オープン以来ずっとエイプリルにプレッシャーをかけられてただろ。もちろん、ぼくだって彼女の指図を受けるつもりはないけど、ハンスと昨日、夜中の二時まで話してたんだ。レブンワースで過ごした彼の幼少期や大人になった今だから持つ印象についてね。周りでみんなが踊ったり飲んだりしてるのも見てた。みんなほんとにこのドイツの雰囲気が大好きなんだね。それを大事にする姿勢といったら。シアトルではそんなの見たことがなかった。そういうわけで、ぼくはこんなふうに考えはじめたんだ。〈ニトロ〉にもドイツっぽさを少し取り入れたらどうかってね。もちろん、自分のスタイルを変えるつもりはないよ」

「そういうことだったのね」わたしは彼が書いた几帳面なメモに意識を集中させた。彼はローストしたナッツと砕いたカカオ豆、バニラビーンズを使ったチョコレート・ヘーゼルナッツ・インペリアル・スタウトのレシピを大まかに書いていた。これはうまくいくかもしれない。クランベリーのビールには、ゴーゼはホップの使用量が少ないのだが、ギャレットの計画は塩とバター味のポップコーンとクランベリー果汁をほんの少し加えるというものだった。レシピを見ているうちにわくわくしてきた。塩を加えることでクランベリーの酸味が引き出せるうえに、ポップコーンのクリーミーなバターの風味も引き立てられるはずだ。なんだかんだいって、彼はいいところに目をつけたのかもしれない。

「どう?」ギャレットは、自分のアイディアをこき下ろされるのを心配しているかのように顔をしかめた。

「すごく気に入ったわ、これ。すばらしいアイディアね。ホップを効かせたマツのＩＰＡに、ワイン樽で熟成させたストロングエール。天才なんじゃない?」

「そう?」ギャレットは下唇を噛《か》んだ。「奇をてらいすぎてないかな?」そう言って、マーカーの先でホワイトボードを叩いた。

「全然。すてきだと思う。北西部流を貫きながらドイツっぽさを取り入れるなんてすばらしいアイディアじゃない」わたしはマツのIPAの横に書かれたクリスマスツリーの絵を指差した。「ついでにこれでエイプリルを厄介払いできるかも」

ギャレットは目を輝かせた。「そんなのできるか？」

「夢を見るのは勝手でしょ」わたしはにやりとした。

ギャレットはマーカーにキャップをつけた。「もし賛成してくれるなら、ここ二、三日のあいだに試作品をいくつかつくってみてもいいかもしれないね」

「ぜひやりましょう」続いてカットのことについて訊こうとしたちょうどそのとき、オフィスのドアを遠慮がちにノックする音が聞こえた。

カットがドアの隙間から顔を出した。印刷業者から取ってきたらしいちらしの束を抱えている。「スローン、あなたに会いたいって女性が入口にいるんだけど」

膝の力が抜けた。ギャレットが手を伸ばして体を支えてくれた。わたしはお礼のかわりに弱弱しくほほ笑んだ。「大丈夫よ」うそだ。こう思わずにはいられなかった――これから実の母親に会うの？

20

ギャレットがカットになんと言ったのかわからなかった。周囲の音がはっきりしない。口の中が苦かった。呼吸が苦しい気がする。それでも、わたしは重い足取りで入口に向かった。カットはついてこなかった。ギャレットも。これは自分ひとりで向き合わなければならない問題だ。

時間の進みが遅く感じられた。逃げ出したい自分がいる。もし母親を好きになれなかったら？　もし自分を気に入ってもらえなかったら？　それに、向こうはわたしを見捨てたことについてなんと言うだろう？　連絡も取らず、ずっと娘に里親の家を転々と渡り歩かせたことについて。わたしに思いをめぐらせることはあったのだろうか？

ぐっとつばを飲み込んで感情を抑えようとしたけれど、喉が締めつけられていて無理だった。まだ心の準備ができていないのかもしれない。

〝スローン、もう大人でしょ。あなたならできる〟。わたしは鼻から空気を吸い込んで胸を張り、気が変わるまえにバーエリアへと急いだ。

驚いたことに、わたしを待っていた女性には見覚えがあった。が、写真で見たせいではない。母親ではなく、知っている人だった。

「サリー？」わたしは声が震えるのを止められなかった。

「スローン！」サリーはバースツールから下りてわたしを抱きしめた。

しばらく会わないうちに歳を取っていたが、どこで会ったとしても彼女だとわかったと思う。

「すごく元気そうじゃない」彼女はわたしから離れたあと、手をつかんでしっかり握った。

「大人になってさらにきれいになってる。信じられない」

「現実なの？」一緒に過ごした頃の記憶がよみがえり、わたしは彼女の手を握り返した。サリーはわたしのソーシャルワーカーで、ただひとり、子供時代ずっと変わらずそばにいてくれた人だった。よく夢想したものだ。新しい里親の家に連れていかないで、わたしを自分の養子にしてくれたらいいのに、と。彼女は背が低いわりにがっしりしていた。髪は白髪交じりのごわごわしたカールヘアで、黒縁《くろぶち》の眼鏡をかけている。色白の肌にはそばかすと染みが浮いていた。だが、青い目にこもった思いやりは昔のままだった。サリーのおかげで、わたしは地に足のついた人生を歩んでこられた。彼女がいなかったらもっと荒れていたかもしれない。彼女のオフィスでかかっていた、心を落ち着かせるクラシック音楽は覚えている。それから、校長先生と教育委員会にかけあって、コミュニティ・カレッジの奨学金を受けられるようにしてくれたことも。

目から涙がこぼれた。

「スローン」サリーはもっと強くわたしの手を握った。「座らない？」

ことばを返せる自信がなかったので、わたしはただうなずいて、しょっぱい涙を指で拭った。

「ごめんなさい。普段はこんなに感情的にならないんだけど」脚の長いテーブルについたあと、わたしはそう言った。

サリーはシンプルな黒のクラッチバッグからポケットティッシュを取り出した。「この再会は涙なしじゃ始まらないわ」ポケットティッシュを開け、一枚わたしに渡してくれた。もう一枚取り出して、自分の目を拭いている。「知らないかもしれないけど、昔は、いっそ泣いてくれたらどんなにいいかって考えてたのよ。でも、あなたは絶対に泣かなかった。とっても強い子だったわ。あんな子供、あとにも先にもあなただけだった」

「あれは強いって言えるのかしら。ただストイックだっただけかも」わたしはまた目を拭った。

「いいえ、強かった」サリーはわたしの目をじっと見た。「長年、あなたのことをよく考えてた。活躍ぶりはずっと見てたわ。クラフトビール業界に旋風を巻き起こした新進気鋭の女性ビール職人についての新聞記事は何枚も切り抜いてる」彼女はそう言って、テーブルの上に置いたファイルフォルダーを叩いた。「全部取ってあるのよ。迷惑に思わないでほしいんだけど、新聞であなたの名前を見かけるたびに、なんとなく誇らしい気持ちになってたわ」

わたしは笑い声をあげた。「業界に旋風を巻き起こしたのかどうかはわからないけど、ビールをつくるのは大好きよ」

サリーはわたしの手に自分の手を重ねた。「あなたなら成功するってわかってた。残念ながら、仕事でかかわる子供の多くがそうとは言えないんだけど。でも、あなたはちがってた。その揺るぎない輝きと内なる自信があったもの」

「ありがとう」わたしはまた涙が込みあげてくるのを感じた。「あなたのおかげよ。当時、週に一度オフィスで面会させてもらえていなかったら、ここまで生き延びられなかったかもしれない」

サリーの手は温かく心地よかった。「わたしがいようといまいと、あなたは生き延びてたわよ」彼女はため息をついて続けた。「わたしが何度も後見人になろうとしたのは知ってる?」

「そうなの?」息が止まりそうになった。「週に一度の面会についてよく夢想してたわ。あなたのオフィスに入ったら、もう別の里親のもとには行かなくてよくなったと言われないかなって」

「わたしもよ」サリーの表情がくもった。「でも、当時は状況がちがってたの。四十代半ばの〝未婚女性〟が里親になるのに適してるとは州は考えていなかった。今は時代が変わって、家族の定義について自由な考え方をするようになったけどね。喜ばしいことだわ」

「そうね」わたしはうなずいた。

サリーは一瞬、悲しそうな顔をしたが、すぐに明るい表情に戻った。「家族ができたんですってね」

「ええ」わたしはためらった。マックの話をしたほうがいいだろうか?

「どんな人たちなのか教えて」彼女は肘で小突いてきた。

話し出すと止まらなかった。わたしは、オットーとウルスラと出会い、彼らがわたしを家族に迎え入れてくれたことについて話した。アレックスの写真を見せたときにはつい頬が緩んだ。

マックに浮気された話をしたときには涙がこぼれた。彼を失うだけでなく、クラウス家のみんなと離ればなれになってしまうような気がすると、サリーには正直に伝えた。

話が終わると、サリーは眼鏡を取ってファイルフォルダーの上に置いた。「スローン、今の話をもう一回自分の耳で聞いてごらんなさい」彼女は達観したような、きっぱりした目をして言った。「あなたはクラウス家の一員でしょ。マックとの関係をどうすることにしたとしても、家族は家族。ふたりが親なのは一生変わらないわ。それと、オットーとウルスラのことを話してるさっきの口ぶりからすると、あなたがその人たちと絶対に壊れない強い絆を築いてるのはまちがいないじゃない」

サリーがそばにいるとどんなに心強いか、今思い出した。

「もし無理なお願いじゃなければ、アレックスにはぜひ会ってみたいわ」とサリーは言った。「あなたの活躍を拝見したときはいつも、家族みたいにつながりを感じずにはいられなかった。まあ、わたしの勝手な思い込みだし、完全なるひとりよがりなんだけどね。世間に称賛されてるのはもちろん、あなたが頑張ったおかげよ。だけど、なんだか誇りに思わずにはいられなくて……」ことばが尻すぼみになった。「なんというか、叔母みたいな心境というか」

「もちろんよ！　息子にはぜひ会って」外を見ると、ドイツ国旗を振りながら窓のまえを横切る人々の姿が見えた。パレードの観客が集まりはじめたにちがいない。「町にはいつまでいる予定？」

サリーはファイルフォルダーをちらりと見たあと、わたしに視線を戻した。「残念だけど長くはいられないの。今夜遅くアラスカクルーズに発つのよ。シアトルにとんぼ返りしなきゃならない。でも、情報が入ってくるのをずっと待ってたの。それが昨日入ってきたからじかに伝えたくて」

喉が締めつけられた。〝じかに伝えたくて〟の言い方が、なんとなく朗報ではないような気がした。

サリーは鼻の先に眼鏡をかけてファイルフォルダーを開いた。「メールをもらったとき、連絡をもらえたことすごくうれしかったわ。わたしが退職したっていうのは聞いた？」

わたしはうなずいた。「ええ。実は、州の養子縁組斡旋《あっせん》機関にはあなたのメールアドレスを教えてもらえなかったの。だから、わたしのメッセージを伝えてほしいってお願いしなきゃいけなくて」

「これだからお役所は」彼女は目をぐるりと回した。「正直に言うと、あなたからのリクエストを受け取って驚いたわ。だって、生みの親を探すことには興味がないのかと思ってたから」

「興味はなかったの」わたしはギャレットが見つけた写真のことを話した。それを見て考えを改めたことを。

サリーは新聞の切り抜きをめくった。「メールを受け取ったあとすぐ、あなたのファイルを照会したわ。実はね、昔からあなたのケースはちょっと謎だったのよ」

「どうして？」わたしはテーブルに身を乗り出した。

「あなたはワナッチー病院の小児科病棟に置き去りにされてたの。州の養子縁組斡旋機関の世話になる子供の多くとはちがって、服も清潔で、栄養状態もよかった。明らかに愛情をたっぷり受けてる子供だったわ」

わたしは椅子から転げ落ちないよう、テニスシューズでバースツールの足載せ台に踏ん張らなければならなかった。突然めまいに襲われた。幼少期の記憶はいつもまばらであいまいだった。親に捨てられ、その後、頻繁に里親が変わっていたことによる心の傷に対処する正常な反応だと、サリーには一度言われたことがある。

「話を続けてもいい？」サリーの声は小さかった。遠くから聞こえているように感じられた。

「お願い」わたしはうなずいた。

「当時あなたは六歳、まもなく七歳になろうという頃だった。これもまったくない話というわけじゃないけど、あのときの健康状態と幸せそうな様子からすれば、身体的にも精神的にも虐待を受けた形跡はなかったし、薬物にさらされてるわけでもなさそうだった。髪はピンクのリボンで二本の三つ編みに結《ゆ》ってもらってて、靴も新品だった。だれがあなたをそこに置き去りにしたにしろ、その人はきっとあなたのことを愛してたわ」サリーはファイルフォルダーから一枚の写真を取り出してテーブルに置き、こっちへ滑らせた。「病院で見つかった日に撮られた写真よ」

今度は感情を抑えられなかった。大粒の涙があふれた。写真の中の小さな女の子を見ていると、鼻水が垂れ、肩が震えてきた。彼女は幸せそうな顔をしていた。もしかしたら少し戸惑っているのかもしれないが、こっちを見返してくる少女は、これからダンスのレッスンにでも行くところといった感じだ。病院に置き去りにされ、二度と家族に会うことのない少女ではなく。サリーはティッシュを三枚取り、わたしの手に優しく握らせた。「ゆっくり。感情を吐き出して」

落ち着きを取り戻して涙を拭くと、わたしはサリーの目を見て言った。「大丈夫。続きを聞かせて」

サリーは顔をしかめた。「続きがあったらいいんだけど」

「どういうこと？」

「わたしもわからないの」彼女はまたティッシュを五枚取り出してわたしに渡した。「あなたのケースにはほとほと困ったわ。情報を得ようと何度も上司のところへ行ったの。あなたのファイルにはこの写真しかなかった。もっと情報がないのか訊いたわ。あなたの生みの両親について行政は調べようとしてるのかって。あなたみたいなケースでは、よくメディアで取りあげられたりするものなの。だけど、あなたの場合はそうじゃなくて。もっとしつこく上司に訊いたら、この件は見込みがないからあきらめろと言われた。あなたの過去についてはわたしも十一年間、それとなく情報を引き出そうとしてたのよ。面談のときに」

「そうなの？」そのことは覚えていなかった。

彼女は首を左右に振った。「子供主体のやり方でだけどね。おかげで、あなたはだんだんわたしを信頼してくれるようになって、小さい頃のことについて細かいことを話してくれるようになった。面談で仕入れた情報を上司に伝えると、彼はいつも、そんな情報は役に立たないと言って、あなたを別の里親のもとに引き渡そうとした。当時はわからなかったんだけど、彼はわたしたちの絆を壊すためにわざと里親から里親へ転々とさせてたんだと思う。そのせいでわたしの信用は崩れたわよね。もう二度とちがう里親のもとにはやらないって、あなたには約束してたのに。でも、わたしがどうこうできる問題じゃなかったのよ」

「えっ?」

サリーの優しい顔立ちが険しくなった。「もっと早く気づくべきだった。ほんとうにごめんなさい」

「あなたのせいじゃないわ」わたしは手を伸ばして彼女を慰めた。「でも、どうしてその人はわたしたちの結びつきを断とうとしたの?」

彼女は肩をすくめた。「ただひとつ考えられるのは、あなたの生みの親と何か関係があるってことね。上司はわたしに——もしくはあなたに——生みの親を見つけてほしくないような感じだった」

頭痛がした。サリーの言っていることはまったく意味がわからない。

「あなたに入れ込みすぎてる、もっと冷静にアプローチしないといけないって注意されたわ。彼の言うとおりかもしれないと思う自分もいた。会った瞬間、あなたはわたしの心をわしづかみにしたから。あなたの境遇はひどく哀れで謎に包まれてた。わたしは一線を越えてしまったのかもしれない」サリーは先が白くなるくらい強く指と指とを押しつけていた。

「わたしのことを考えてくれてたのね、サリー」わたしは涙をこらえながら言った。

彼女は無理矢理ほほ笑んだ。「今にして思えばね」一瞬押し黙ったあと、彼女は指を離した。「でも、これではっきりしたわ。わたしはまちがってなかったのよ」

「どういうこと?」

サリーはわたしに紙を差し出した。「これ。あなたのファイルにあったものすべて。あなたがお世話になった里親ひとりひとりのメモが書かれた紙よ。わたしが表にして記録してたメモはひとつも残ってないわ。全部なくなってた。何年にもわたるセラピーセッションの成果がそっくり消えてるの。あなたのファイルを照会したら、これだけしか残されていなかった。その写真と、それから、里親のもとに引き取られた日付が書かれた簡単なメモが五枚だけ」彼女の声には怒りが感じられた。

「よくわからないんだけど」

サリーの目は短剣のように鋭かった。「スローン、もっと早く会いにくるべきだった。そうしようと考えたことはあったんだけど。これで大丈夫だと思ったの。あなたが例の奨学金を受け取ったとき、自分の人生を歩みはじめてるとわかった。だから、連絡を取る寸前までいったにもかかわらず、結局そっとしておいたほうがいいと判断したのよ。これから大人の道へ歩み出そうとしてるときに、不安や疑問で水を差す必要はないと思ったから」彼女は大きく息を吐き出した。「わたしは一生自分を赦《ゆる》せないと思う。本能を信じるべきだった。でも上司には、プロにふさわしくないふるまいをしてると信じ込まされて。頭の中で勝手なシナリオをつくりあげているとまで言われた。でも今は確信してる。あなたに過去を探ってほしくない人がいるのよ。そして、その人は今まであらゆる手を尽くして、あなたの生みの親に結びつく情報をことごとくつぶしてきた」

21

「残念だわ」とわたしは言った。頭の血が止まりそうなほど強くポニーテールを指に巻きつけながら。どうしてわたしの両親の素性を知られたくない人がいるのだろう？　わたしは物心がついたときから、自分は望まれなかった子供だと信じてきた。捨て子だと。けれど、今サリーの話を聞いて、それがゆらいできた。わたしは愛情をたっぷり受けた子供だったとサリーは確信しているようだ。子供を病院に置き去りにしなければならないとは、いったいどんな事情があったのだろう？

さしあたりその思いが心に沁《し》み込むに任せた。両親は自分たちの決めたことで悩んでいたのかもしれない。そんなふうに想像するのはつらかった。悩んでいたどころか苦悶していた可能性もある。

ふとアレックスのことを思い出し、心が痛んだ。彼がここにいてくれたらいいのに。わたしなら、何があっても——どんな苦労があり、どれほど経済的な心配があったとしても——彼と離ればなれになることなど考えない。両親が身を引こうと思ったのには、どんな理由があったのか？

「スローン？」サリーの沈んだ声がわたしを現実に引き戻した。

「大丈夫よ」わたしは軽くうなずいた。「今聞いた話の意味を理解しようとしてたの」

「理解できないのはわたしも同じよ」サリーはまたわたしの手を取った。「どうか赦《ゆる》してちょうだい」

「赦す？　あなたのせいじゃないわ」

彼女の手は冷たかった。「もっと強く働きかけるべきだったのよ。しつこく迫ってもっと質問するべきだった。当時も、あなたのケースは何かがおかしいと思ってたけど、深入りしすぎてるせいでそう感じるんだと片づけてしまってたの」

「サリー、聞いて」わたしは体を起こして彼女の手を握った。「あなたの上司が――もしかしたらわたしの親のせいかもしれないけど――素性を隠したがってた理由はさっぱりわからない。でも、これだけは言える。わたしの人生にあなたがいなかったら、わたしは絶対ここにいなかった。よくある孤児の一例になってたと思う。あなたのおかげでまともな道を歩んでこられたのよ」

サリーは手を引っ込めた。「ありがとう、スローン。ほんと、信念に従っておけばよかったんだけど」

「いいのよ。問題は、これからどうするかでしょ？」

「まずは、これを渡しておく」サリーはファイルフォルダーをこちらへ滑らせた。「もし迷惑でなければ、わたしも力になりたい。せっかく現場につてがあることだし。少し探りを入れてみてもいいんだけど、まだ手はつけてないの。まず顔を見てあなたと話したかったから。もしこれ以上調べるつもりはないって言うなら、その決断を支持するわ。だけど、もし真実を突き止めたいって言うなら、起きてる時間の一分一秒を捧げてあなたに協力する」

「一分一秒まで捧げてくれなくていいわ」わたしはほほ笑んで言った。ファイルを見ながら自分の選択肢について考えた。一番簡単なのは、ここでやめることだ。クローゼットの奥にファイルをしまって、サリーとこんな話などしなかったかのようにそのまま人生を歩みつづければいい。無関心でいる術《すべ》ならとっくの昔に身につけている。ビールづくりの仕事に戻って、麦芽を浸したり、ホップをゆでたりする作業に没頭すればいいではないか。だが、それは昔のスローンだ。破綻しつつある結婚生活に耐え忍ぶスローン。新しいわたしは自分の過去に背を向けたりしない。恐怖心が強すぎて、もっと大きな幸せをほしがることができなかったスローン。波瀾の幼少期と折り合いをつけ、ずっと安定した生活を渇望していたことを認めるのだ。そのためならどんなことでもする。是が非でもやらなければならない。

サリーは眼鏡を外し、バッグの中のケースにしまった。

「話してくれてありがとう」わたしは背筋を伸ばし、木の実のような麦芽の香りを吸い込んだ。ギャレットが試作品をつくりはじめたにちがいない。「わたしはもっと知りたい。協力してくれるならすごくうれしいわ」

サリーの表情が緩んだ。「よかった。そう言ってもらえてすごくうれしい。昔の同僚に送ろ

う と思って下書きしたメールがあるのよ。ここに来るまえに送ろうかとも思ったんだけど、やっぱりやめた。安全かどうかわからなかったから。それもあって、車に飛び乗ってここまで運転してきたわけ。あなたに何回か電話したでしょ。でも、だれかに盗聴されてたりメールを盗み見られてたりしないかとだんだん気になりはじめて」

「ほんと?」

彼女の目がくもった。「大げさな言い方はしたくないんだけど、今はまだ自分たちがどこに飛び込もうとしてるのかわからないから。州がなんらかの形でかかわってたのだとしたら――」

彼女はそこで間を置いた。「なんというか、リスクがあるかもしれない」

「きっと大丈夫よ」わたしはファイルフォルダーを手に取った。ずしりと重く感じられた。

「同僚だった人たちはまだ州の機関で働いてるの?」

「ええ」サリーはうなずいた。「児童保護サービスで働いてる人がふたりいるけど、ふたりとも信頼できる人たちよ。それを除けば、当分のあいだはここだけの話にしておいたほうがいいかもしれない」

「わかった」

サリーは向こうの壁にかかった時計をちらりと見た。「船に乗るならそろそろシアトルに向かったほうがいいかも。もっと時間に余裕があるときに来られたらよかったんだけど。実は、このクルーズ旅行のために二年間、姉と貯金してて。ただ、延期も考えたのよ。あなたのほうが大事だから」

「何言ってるの。そんなの絶対にだめ。わたしは三十年以上、両親を知らずに過ごしてきたのよ。それが数週間先に延びたからって、大したちがいはないわ」わたしは声を落として言った。「それに、調べるとなったら、戦略的に進めていかなきゃいけないような気がする」

「そうね。あなたを危険な目に遭わせたくないから」

「危険な目？」

「スローン、もしだれかがあなたのご両親の素性を三十年隠し通してきたのだとすれば、このまま秘密にしつづけるために相手はどこまでやると思う？　ひとつ問い合わせをしたら、セラピーに関するページが数百枚なくなってたのよ。ただの偶然とは思えないわ」

確かにサリーの言うとおりかもしれない。「こんなことにあなたを巻き込むわけにはいかないわ」

彼女は耳を貸さなかった。「交渉の余地はなし。わたしはすでに首を突っ込んでるし、これは個人的な問題なの。だって、どうして州にうそをつかれなきゃいけないの？　なんか利用されてたみたいな気分じゃない。彼らにとって、わたしは駒でしかなかったのよ。それにもちろん、あなたのためならわたしはなんでもするわ。なんでも」彼女は目を潤《うる》ませて言った。

「ありがとう。あなたはもう充分よくしてくれてる。ほら、そろそろ行かないと」わたしは時計を指差した。「船に乗り遅れたくはないでしょ」

サリーはため息をついた。「あなたに丸投げしてそのまま帰るなんて心苦しい」

わたしは立ちあがった。「いいえ、むしろよかったわ。じっくり考えて計画する時間ができて。クルーズ旅行から帰ってきたときに、また顔を合わせて一緒に作戦を立てましょうよ」

「ほんとに大丈夫？」彼女はためらった。

わたしは彼女を無理矢理引っぱって立たせた。「もちろん。それにそうすれば、次来たときにアレックスにも会ってもらえる」

「それは楽しみ」サリーはわたしを引き寄せて最後にハグをした。「スローン、ほんとに申し訳ないことをしたわ」

「サリー、そんなふうに言わないで。わたしは全部話してくれてほっとしてるの」ドアまで彼女を見送った。「さあ、アラスカで楽しんできて。千枚くらい写真を撮ってきてね。クマに食べられないでよ」

冗談で場を和ませようとしたが、だめだった。サリーはうなずいたあと、去り際にむずかしい顔をして言った。「約束する。ご両親の謎を解明するまで、何があってもそばにいるから」

「うん」わたしはドアを開けて、サリーが出ていくのを見守った。「喧騒に巻き込まれないよう頑張って」彼女の背中に声をかける。フロント・ストリートはパレードの沿道に並んだ人々でごったがえしていた。遠くでオルガンの音色が聞こえる。昨日と同じく、雰囲気は楽しげだったが、二日酔いの気配がわずかに感じられた。初日を終えた翌朝には毎度のことだ。歩道に繰り出したほぼ全員がサングラスをかけ、水かゲータレードのボトルを大事そうに抱えていた。

それにしても、妙な展開とはこのことだ。今日は実の母に会う日になるかもしれないと思っていたのに、それが、サリーが来て新たな謎を残していくとは。わたしの両親の素性の何がそんなに重要なのだろう？　サリーの口ぶりは、わたしが何か大きな陰謀に巻き込まれているかのようだった。わたしの両親は有名人なのだろうか？　それとも極悪の犯罪者？

サリーは信頼できる人だが、わたしへの思い入れが強すぎたという彼女の自覚は当たっているのかもしれない。すべて想像の産物なのではないか？　わたしに関するメモも、ついうっかりだれかがシュレッダーで処分していただけでは？　何しろ、わたしは二十年以上前に里親制度を脱しているのだから。

「スローン、いるかい？」だれもいない店内にギャレットの低い声が響いた。

「ええ」わたしは息を吸い込んで自然な笑みを浮かべた。こういうときは、感情が表に出ないタイプでよかったと思う。

「どうだった？　さっきの人は……」ことばが尻すぼみになった。

「実の母だったかどうかって？」わたしは彼のことばを引き取り、首を横に振った。「ちがったわ。ソーシャルワーカーだった」

「ソーシャルワーカー？」彼は片眉を吊りあげた。

「子供の頃のね。担当してもらってたケースワーカーだったの」どこまで話す準備ができているのか、自分でもよくわからなかった。少し整理する時間が必要だ。「わたしのファイルを持ってきてくれたの。調査を始めてくれたんですって」

もっと詳しい話が聞きたかったとしても、ギャレットはそんなそぶりを一切見せなかった。

「それはよかった」

「ええ。よかったわ」わたしは同意し、ファイルフォルダーを小脇に挟んだ。「会いにきてくれてうれしかった。もう何年も会ってなかったから。これをしまってくるわね」ギャレットにそれ以上質問されるまえに、わたしはオフィスへ向かった。バッグにフォルダーをしまいながら、手が震えているのがわかった。今夜家に帰ったらじっくり見てみよう。でも、今は〈ニトロ〉の仕事に集中しなくてはいけない。

ウェイトレスの衣装に着替えたカットが小躍りしながら近づいてきた。「パレードに行ってくるね。心配しないで。すれちがう人にはもれなく〈ニトロ〉のちらしを配ってくるから」

「ええ、その心配はしてないわ」わたしは手を振った。カットの呑気さがわたしにもあればいいのに。そんなことを思いつつ、少し時間を取って心を落ち着かせてから、バーエリアに戻った。

ギャレットが入口のドアを開けていた。ひんやりとした秋の風が吹き込んでくる。ポップコーンと馬のにおいが漂ってきた。「どこもかしこも人だらけだ」パティオに近づくと、ギャレットは言った。

「ええ。これから三週間は土曜日がくるたびにこんな感じになるわよ」歩道では、パレードを一目見たがっている群衆が押し合いへし合いしていた。

そのとき、アルペンホルンの音が響いた。パレードの始まりの合図だ。ギャレットはよく見ようと、錬鉄製《れんてつせい》のテーブルに飛び乗った。手を差し伸べてくる。「おいで。よく見えるよ」

ここ二十年ほど毎年パレードを見ている（実際に参加もしている）とは彼に言いたくなかった。そうするかわりにわたしは、彼の手を取ってテーブルに乗った。ほんとうに見晴らしがよかった。今や人の数が増えすぎてセカンド・ストリートにまであふれ出した群衆が見渡せた。ノリのいいポルカの音色に、群衆が大きな歓声をあげている。知り合いや友人が旗を振ったり子供にキャンディを投げたりしながら、通りをスキップしているのが見えた。女性はフリルのついたピンクや緑の服を着て、男性は深緑の革製半ズボン《レーダーホーゼン》を穿《は》いている。驚くことではないが、エイプリル・アブリンが先頭を闊歩《かっぽ》していた。レブンワースの大使と自称するだけのことはある。観客にお辞儀をし、その役目を充分果たしていた。初めて新しい視点からエイプリルを見ることができた。彼女には家族と呼べる人がいない。全世界がこの町を中心に回っているのだ。もしかしたらわたしたちには思っていたより共通点が多いのかもしれない。彼女のオフィスで見た写真が思い出され、急に悲しい気持ちになった。

いつしかわたしは昔の記憶をたどりはじめていた。それにつれ、アコーディオンの音と元気な子供たちの笑い声が小さくなった。わたしは子供の頃、愛されていたのだろうか？　里親のもとに引き取られるまえの生活について何を覚えているだろう？　心許《こころもと》ない記憶は少し残っていたが、それは青い空を跳ねながら進む雲のようで、思い出そうとすればするほどあっという間に空に霧散してしまう。

大家族で夕食のテーブルを囲んでいる場面が一瞬頭に浮かんだ。だれかの誕生日なのかもしれない。カメラのレンズがピントを合わせようとしているかのように、ろうそくとピンクのケーキのおぼろげな情景が大きくなったり小さくなったりした。わたしの誕生日だろうか？

その情景は、頭に浮かんだときと同じくらい速いスピードで消え、かわりに、わたしと手をつないだ女性と病院の風景が現れた。その女性は指の感覚がなくなるくらいわたしの手を強く握っていた。どうしても離したくなさそうだ。

わたしはテーブルの上でバランスを崩しそうになった。ギャレットがわたしの体を支えて心配そうにこっちを見た。「大丈夫かい、スローン？」

「ええ。樽をよく見ようとしてただけ」わたしはうそをついて爪先で立った。さっきの情景は消えてしまった。あれはわたしの母親だったのだろうか？　そもそもわたしの記憶は当てにできるものなのか？　自分が覚えていたいことを大人の脳でつくり出しているという可能性も充分ある。

ギャレットの視線を感じたので、マーチングバンドの音楽に合わせて手拍子を取り、邪念を頭から振り払おうとした。そのとき、フロント・ストリートとセカンド・ストリートの角に目が留まった。デイヴィッドが古めかしい街灯にもたれ、コナーがパレードを撮影していた。パレードを映画に盛り込むのは別に意外ではなかった。華やかな見せ場になるのはまちがいないし、レブンワース旅行の目玉はパレードだと言い切る観光客もよくいるから。驚いたのは、デイヴィッドがほかでもないマックと仲良く話していることだった。あの男、今度はいったい何を企《たくら》んでいるのだろう？

22

デイヴィッドがマックのほうに顔を近づけて耳元で何か言うのが見えた。それを受けてマックは、バイエルン地方の伝統的な踊りを舞いながら進むダンサーのほうを指差した。樽がフェストハレまで転がってパレードが終わり、コナーが〝ビア・ワゴン〟のうしろからマックにカメラを向けると、わたしの鼓動は速くなった。樽の周りに人だかりができていた。マックは角に立って両手でジェスチャーをしている。

ギャレットがこっちを向いた。「すごかったね」そう言ったあと、わたしの視線の先にあるものに気づいた。「おや、マックがカメラのまえで張り切ってるみたいだね。無理もないか。ここからでも充分、彼はドイツ人として通りそうに見える」

「実際ドイツ人だし」わたしはぼそっと言った。

「そうだった」ギャレットはくすりと笑った。「というか、ほんとにドイツのど真ん中にいるみたいだな。撮影チームがオクトーバーフェストの開催中に映画を撮りたいと思ったのも納得だよ」

わたしはテーブルから飛びおりた。これ以上マックに朝の時間を台無しにされるわけにはいかない。

ギャレットもテーブルから下りた。「ええと、このままドアを開けとく？」彼は、通りからだんだん人がいなくなるのを見て言った。「みんなテントのほうへ向かってるみたいだけど」

「樽の開栓式があるのよ。でも、戻ってくる人もぽつぽついると思う」わたしはテーブルから落ち葉を払った。「失うものは何もないでしょ？」

「お金以外は」ギャレットはウィンクをした。「店のほうを任せても大丈夫なら、ぼくはまた試作品づくりに取りかかろうかな」

「そうして」わたしはドアを開けたままにし、パティオのまえに看板を出した。

「手が必要なときは大声で呼んでくれ」とギャレットは言って、醸造所《じょうぞうじょ》へ向かった。

午後のラッシュがあるかどうかは大いに疑問だったが、それは彼に言わなかった。ひょっとしたらそういうこともあるかもしれない。開けっ放しのドアを通じて、樽を開栓する大きな音が聞こえてきた。盛大な拍手が沸き起こり、ビールが流れ出すのがわかった。それから一時間のうちに、カットが配ったクーポンを使おうと、数組の客が訪れた。わたしは喜んでビールを注いだりクラフトビールづくりの裏話を披露したりした。予想どおり、たいていの客は試飲が目当てで、それが終わるとメイン会場のほうへ戻っていった。とはいえ、このゆったりしたリズムも嫌いではなかった。じっくり考える時間ができたので。

二時を過ぎた頃、リサが店に現れた。「元気、スローン」彼女は控えめに言った。「ちょっと時間ある？」大量の鍵がついたキーホルダーが彼女の細い手首にずっしりと下がっていた。

わたしは顔を上げて店内を見まわした。パティオで六人連れの客がチェリー・ヴァイツェンのピッチャーをふたつシェアしていた。店内ではテーブル席についた二組の夫婦がテイスティングセットを味わっている。「大丈夫よ。どうしたの？」とわたしは言った。「ビールが飲みたくなった？」

彼女は首を横に振った。「いや、ちがうの。ビールにはまだ早すぎるわ」

わたしは笑い出しそうになった。ビール職人の世界では、ビールを飲むのに時間は関係ない。

「昨日の夜のことについて話したくて」リサはカウンターに身を乗り出して言った。

「なんのこと？」

「とぼけないでよ」彼女は低い声でそう言ったあと、うしろをちらりと見た。「ごめんなさい。きつい言い方をするつもりはなかったの。ちょっとぴりぴりしてて」

わたしはパイントグラスをすすぎ、彼女が話を続けるのを待った。

「あのね、ロッジに戻るべきじゃなかったっていうのはわかってるの。でも、昨日も言ったけど、ミッチェルのレビューに対処しなくちゃいけなかったから」リサは手首からキーホルダーを外してカウンターに置いた。

「それは昨日聞いたわ。だけど、どうしてあそこに戻らなくちゃいけなかったのかは、やっぱりよくわからない」

彼女はわたしの話を無視して言った。「マイヤーズ署長には話した？」

わたしは首を横に振った。

「えっ、そうなの。ああ、よかった。よかった」やけに興奮している。「いやほんとに。ああ、よかったわ」

「これからも話すつもりがないとは言ってないわよ。まだ機会がなかっただけ」

リサは顔をしかめた。「お願いだからやめて、スローン。一生のお願いよ。ゆうべあそこに侵入したなんて知られたら、きっと逮捕されちゃうわ」

わたしは彼女の顔をまじまじと見た。「リサ、これは殺人事件の捜査なのよ。マイヤーズ署長は知る必要があると思う。侵入って言うけど、ゆうべは鍵を持ってるって言ってなかった？」

リサはコースターを手に取り、それでカウンターを叩いた。「もちろん鍵は持ってるわ。あそこを管理してるのはわたしだもの。だけど、言いたいことはわかるでしょ。犯罪現場に侵入したっていう意味よ。そんなことが知れたら、逮捕されちゃう。そうに決まってるわ。みんな、わたしが彼を殺したと思ってるのよ」彼女の声が大きくなった。「信じられない。どうしてわたしが彼を殺さなくちゃいけないわけ？　彼のことは知りもしなかったのに」

これは絶好のチャンスだ。リサは自らその話題を振ってくれた。エイプリルから聞いた話について確認するなら今しかない。「リサ、それはほんとうなの？」

「ほんとうって何が？」彼女はいぶかしげに目を細めた。

「あなたとミッチェルを町のいたるところで見かけたっていう話を数人から聞いたんだけど」

少し大げさな言い方だが、リサがどう反応するか見てみたかった。

リサの顔から血の気が引いた。「なんですって？　どこで聞いたの？」彼女はカウンターの縁《ふち》をつかんだ。「ないないない。ばれるはずがないじゃない。めちゃくちゃ注意してたのに」

「えっ？」わたしはぽかんとして彼女を見た。

リサはコースターを叩いた。「スローン、こんな最悪なことってある？　小さな町に住んでることがときどき嫌になるわ。どうしてみんなしてわたしのやることなすこと全部知ってるのよ？」

わたしはパイントグラスを棚に戻した。「リサ、わたしももう何を信じればいいのかわからなくなった。最初はあなた、ミッチェルには会ったことがなかったって言ってたじゃない。かと思えば次は、彼のロッジにこっそり入ったり、彼のことは知りもしなかった、なんてうそをついたり。いったいどうなってるの？　だんだんあなたのことが心配になってきたわ」

「でも、わたしのことは信じてくれるでしょ？　わたしが殺したわけじゃないってことはわかってくれるわよね」

「今は何もわからない」

「スローン、信じて」

「じゃあ、何が起きてるのか説明して、リサ」

彼女は厚紙でできたコースターを半分に折った。「わかった。ミッチェルとはね、一足先に町で会ったの。彼は撮影チームより三日早くレブンワースに着いた。彼らの宿泊施設を手配したとき、ひとりひとりに貸別荘について確認メールを送ってたの。暗証番号とか地図とか周辺施設のリンクなんかを貼りつけて」

わたしはうなずいた。

「ミッチェルは直接メールを送ってきて、早めに来てもいいかって訊いてきた。不動産投資に興味があるんだけど、表沙汰にはならないようにしたいって。わたしはそれに応じたけど、いろいろと制約が多かったわ。レブンワースに来てることをだれにも知られたくなかったみたい。撮影チームのみんなが来るまで完全に〝お忍び〟だった。おかげで、ほんとうは彼が何者なのか、わたしはだれにも言えなかったわ」

「そうなのね」自分の声に戸惑いが感じられた。「でも、そもそもレブンワースで彼に気づく人なんている？」

リサは目をぐるりと回した。「いるわけない。そのことは本人にも言おうとしたのよ——それとなくね。でも、好意的には受け取ってもらえなかった」

「どうして彼に不動産を紹介してたの？　確か、あなたとお母さんは休暇用の物件を管理してるものだと思ってたけど。販売もしてたとは知らなかったわ」

リサは人差し指を口に当てて左右をきょろきょろ見まわした。「それも今のところ秘密なのよ」

「どういうこと？」

「エイプリル・アプリン」彼女はひそひそ声で言った。「わたしが不動産販売のライセンスまで取ったって知ったら、あの人かんかんに怒るでしょ」

「不動産業にも手を出すの？」

「正式にというわけじゃないけど、うちが扱ってる物件に関しては、要望があれば販売対象として扱うのが〈バルメス・バケーション・プロパティーズ〉にとっては戦略的にいいんじゃないかって、そういう話になったの」

なるほど、リサも秘密にしたかったわけだ。エイプリルはここ十年ほどレブンワースの不動産業者として販売件数トップを誇っている。ひとつには、手数料を下げ、倫理的とは言いがたいテクニックを使ってライバル業者の顧客を奪っているせいもあったが。

「休暇用物件の市場は一般的な住宅販売の市場とはちがうの。そのことはエイプリルもわかってるはずだけど。過去にも多くのお客さんから仲介を頼まれたわ。そっちのことを勉強しながら探り探りやってきたんだけど、ようやく業界のこともわかってきたし、そろそろ事業を拡大する頃合いかなと思って。母もあと数年で引退したいって言ってるしね。タイミング的にもちょうどいいかなと」

「いいアイディアね」とわたしは言った。

リサは小さく笑みを浮かべた。「ありがとう。エイプリルに知られたらどんな反応が返ってくるか、想像つくでしょ」

「そのときはわたしも同席していい？」わたしは冗談で言った。

「ぜひそうして。護衛チームを引き連れてこなきゃいけないかもね」

「でも、それとミッチェルにどんな関係があるの？」

「彼はわたしの顧客第一号になる予定だった。オーナーが、いい話があれば売ってもいいと言ってくれてる物件が七つあって。どれもまだ正式に売りに出されてるわけじゃないんだけどね。それはミッチェルにも説明した。もし見学したいなら、数日早く町に来てほしいと伝えたわ。知ってのとおり、今はどこもかしこも予約でいっぱいでしょ。お客さんがいるのに中を案内するわけにはいかないから」夫婦連れの客の一組がカウンターに近づいてきたので、リサはいったん話すのをやめた。その夫婦はテイスティングセットを飲みおえたところで、もう少し店に残って、チェリー・ヴァイツェンをパイントグラスで飲むことに決めたようだ。

わたしがルビー色のヴァイツェンをパイントグラスに二杯注いでいると、リサは折ったコースターを雑にカウンターの上に放った。客がテーブルに戻ったところでまた話しはじめた。

「途中まではすごく順調に進んでると思ってたの。ミッチェルは月曜の夜に到着したわ。彼の要望どおり、だれにも姿を見られないよう、ロッジには食料品を揃えて、料理のデリバリーも手配した。火曜日と水曜日は物件を案内したの。あなたも会ってるから、彼の性格がどんなふうかは知ってるでしょ。どの物件にも不満だらけだったわ。天井が高すぎるとか、じゅうたんを敷き詰めすぎだとか、木材を使いすぎだとか。なかなか喜ばせるのがむずかしい人だった」

「わたしが受けた印象もそんな感じだったわ」

「でしょ？　だけど、そういうのなら問題なく対処できた。お客さんの中には要求が多い人もいるし、わたしはプロだから。それが変わったのは水曜日の夜よ。ほかの撮影チームが木曜の朝に到着することになってたから、ミッチェルは商談をかねて自分のロッジへ夕食に誘ってきたの。てっきり具体的なオファーを出してくるものだと思ってたら、なんと彼の頭にあるのは別のオファーだったって判明したわけ」リサはそう言って舌を突き出した。

「言い寄ってきたの？」

「そんな軽いものじゃないわ。襲ってきたといってもいいくらい。こっちは興味がないと伝えたんだけど、向こうは全然引きさがらなかった。だけど、幸いにも手元にペンがあって。わたしったら、ばかなことに物件が売れると思い込んでたのよ。だから、彼に飛びつかれたとき、それで腕を刺して、そのままロッジを飛び出してきたわけ」リサは首に巻いたシルクの薄いスカーフをねじった。アイボリー色のスカーフで、髪のハイライトがよく映えていた。

「どうしてだれにも言わなかったの？」ミッチェルに会った最初の日に見た腕の傷が思い出された。

リサはため息をついた。「わからない。怖かったのかな。でもあれ以来、動揺しきりで。あんなひどいレビューを投稿して、わたしのロッジをめちゃくちゃにしたのもそのせいに決まってる。断られた腹いせよ」

リサがはじいたコースターがカウンターの隅に飛んでいった。「もっと早く言うべきだったのはわかってる。だから、マイヤーズ署長には、ゆうべのことについて話してほしくなかったの」

「そうだったのね。でもリサ、署長にはちゃんと言わなくちゃ。面倒なことになるのを心配してるのはわかるけど、もし言わなかったら、余計に印象が悪くなるわ。ミッチェルに襲われたことは署長に知らせたほうがいい。みんなが思ってるより早く彼がレブンワース入りしてたことも」

リサはうなずいた。キーホルダーを取り、また手首に通した。「わかった。そうする。でも、ほかのみんなには絶対に言わないでね」

「約束する」とわたしは応じた。

リサは立ちあがり、カウンターの端へ移動してコースターを拾った。「ごめんね」と言って、それをわたしに差し出す。

「もっとひどいのも見てきてるわ。カウンターのそっち側にいると、みんなしゃべりたくなるみたいで」わたしは腰をかがめて、コースターが入った箱を取り出した。「これと紙ナプキンは大量に用意してあるの」

「ありがとう、スローン。何があったか話せて気分が楽になったわ」

「とんでもない」

「でも、警戒しておいたほうがいい人はだれか、わかってるわよね？」いきなり彼女の口調が変わった。

「え、だれ？」

リサは片手でぱっと口を覆った。頬に鍵が当たっていた。「デイヴィッドよ。プロデューサーの」

わたしはわざと興味のなさそうな顔をして言った。「どうして？」

「デイヴィッドが何かよからぬことを企《たくら》んでるってミッチェルは思ってるみたいだったから」

「よからぬこと?」

リサは肩をすくめた。「彼のことばよ。わたしのじゃない。ただの被害妄想だった可能性もあるけど、ミッチェルは三回もそんなことを言ってたの。デイヴィッドが泊まる別荘はどんなのだとか、ちょっと見てもいいかってしつこく訊かれた。変でしょ」

どうして今頃そんな話をするのだろうとわたしは不思議に思った。自分から注意をそらすため?

「おれを痛い目に遭わせようとしてるとかって、彼は何度も言ってた気がする。どういう意味なのか訊いたら、話題を変えられたわ」

「それもマイヤーズ署長に話したほうがいいと思う」

リサはうなずいた。「そうね。確かに。今からつかまえられないか試してみる」

わたしは別れのプレゼントに新しいコースターを渡した。

それを受け取ると、リサは店から出ていった。わたしはさっきの話を信じていた。ロッジが散らかっていたのも、ミッチェルが殺された事件とはなんの関係もなかったのだろう。リサの言うとおり、彼は彼女への報復として、ロッジをめちゃくちゃにしてひどいレビューを書いたと考えるほうが納得がいく。だが、リサを容疑者から外すのもまだ早い気がした。ミッチェルはリサの仕事の評判を傷つけ、彼女を襲った。どちらかといえば、余計に彼を殺す動機になりそうではないか。とはいえ、新しい注目人物も現れた——デイヴィッドだ。彼が自分を痛い目に遭わせようとしているなどと、ミッチェルはなぜ主張していたのか?　もっと気になるのは、デイヴィッドがその脅迫を実行に移したかどうかだ。

23

リサが出ていってまもなく、マックがぶらりと店に入ってきた。「やあ、スローン。元気か。祝いの一杯を注いでくれ」

「今日はずいぶんご機嫌じゃない」とわたしは言った。「ゆうべのお酒の量からすれば、今日は寝て酔いをさましてるんじゃないかと思ってたけど」

「オクトーバーフェストだぞ。大目に見てくれよ」彼の目はとろんとしていて、いつものきらめきがなかった。

「わたしはあなたの保護者じゃないわ。どうぞお好きなように――あなたの肝臓だもの」わたしは泡が落ち着くのも待たず、彼にさっとビールを注いだ。

「乾杯」彼はパイントグラスを持ちあげた。

「何に?」

「今はまだ言えないけど、そのうちすごいことになるぞ」マックはチェリー・ヴァイツェンを一口飲んでわたしの反応をじっと待った。

その手には乗るものか。

「訊いてくれないのか？」マックは傷ついた子供のような声を出した。

「ええ」わたしはナッツとドリトスのボウルをカウンターに置き直した。

大きなため息が聞こえ、わたしは思わずほくそ笑んだ。マックは言った。「しかたない。じゃあ、話すか」

「マック、話す必要なんて全然ないのよ。まえにも言ったと思うけど、あなたが何をしようと、わたしにはまったく関係のないことだから。わたしの知ったことじゃないわ」言いたいことを強調するために、わたしはドリトスを嚙《か》み砕いた。「今ここでする話でもないけど、わたしたちは近いうちに腰を落ち着けて、これからどうするか話し合わなきゃいけないと思う。持ち物を分けたり家を売ったりすることについて。アレックスや〈デア・ケラー〉について――いろんなことを」

マックはビールをぐいっと飲んだ。「きみはおれの人生なんだよ、スローン。そんなこと言わないでくれ。おれを苦しめようとしてるのか？」

この男はほんとうに腹が立つ。浮気してわたしたちの結婚をだめにしたのは自分だというのに、まだ図々しくもわたしを非難しようというのか？　わたしは新しいドリトスの袋を開けて彼を無視した。

「スローン、聞いてくれ。大ニュースなんだよ。ほんとにビッグニュースなんだ。これを聞いたら、おれたちの将来についてどうするか、きみも考えが変わるかもしれない。もう一度チャンスをくれよ。ベイビー、なんでもするから」そう言って、マックはすばやく店内を見まわした。「なあ、これはまだだれにも話すつもりはなかったんだ。けど、きみは秘密を守れる人だから言う。『ここにビールがあれば《ウィッシュ・ユー・ワー・ビア》』の進行役を引き継いでくれって頼まれたんだ」彼は期待に満ちた笑みを浮かべてこっちを見た。

「なんですって？」アンティーク調の木のカウンターにドリトスがこぼれた。「なんの話をしてるの？」

マックはバースツールの上でぐっと背筋を伸ばした。「今朝、パレードでデイヴィッドに言われたんだ。彼らは新しい進行役が必要で、どうもその役を、クラフトビールとその関係者全員を知ってる人に務めてもらいたいらしい。ゆうべ一緒に何杯か酒を飲んだあとで決めたみたいだ。おれがぴったりだって」マックはそこでことばを切り、チェリー・ヴァイツェンをぐびぐび飲んだあと、胸元の〈デア・ケラー〉のロゴを叩いた。「店にとっていい宣伝になると思わないか？　だって世界で上映される映画なんだぜ。おれたちにとってもいいことだと思う。きみが信じてくれないのはわかってるけど、おれは変わったんだ。またビールをつくりはじめた。そんでもって今度は映画に出演する。一から人生をやり直すんだ。きみのために」

「どうしてデイヴィッドがあなたに声をかけてきたの？」

マックは傷ついた顔をした。「えっ？　おれじゃあその役にふさわしくないと思ってるのか？」

嫌みっぽいコメントを返さないよう、わたしは唇を嚙まなければならなかった。「そうとは言ってないわ。ただどうしてふたりがつながったのか、興味があるだけ」

「実は、ちょっとまえから話してたんだ。これはだれも知らないことだけど、デイヴィッドはミッチェルを降ろしたがってた。どうにかしてミッチェルをクビにしようとしてたらしい。契約書のインクが乾いたその瞬間といってもいいくらいの時期から」

「そうなの？」

マックはすばやくうなずいた。「あの男は負け犬だったのさ。どえらいエゴの持ち主だった。子役だったって聞いたよ。九〇年代に何かしらの番組に出てたんだって？　自分がある種のスターだって思いちがいをしてたのさ」

思いちがいをしているのはどこのだれだろう。

「デイヴィッドとペイトンは、どうやってミッチェルに辞めてもらうか、何週間も考えてた。この町に来るずっとまえからね。ミッチェルと仕事をしたら悪夢になるってことは、最初の数回ミーティングをしただけで気づいたんじゃないかな。だけどふたりは、膨大な違約金を支払わずに契約を取り消す方法を考えなきゃならなかった」

なんて都合よくミッチェルは死んでくれたのだろう、とわたしは思った。マックの話はデイヴィッドから聞いた話とも一致する。

「初日の夜、〈デア・ケラー〉を案内したとき、デイヴィッドに脇に引っぱられて言われたんだ。おれの体からみなぎるエネルギーが好きだって。カメラのまえでもうまくやれると思ったらしい。まだはっきり決まったわけじゃないけど、この仕事が手に入ると思ってくれていいと言われた。弁護士と相談して解決しなきゃいけない問題はまだ二、三あったみたいだけどね」

解決しなければいけない問題とはミッチェルを殺すことだろうか？　ミッチェルが殺されるまえに、デイヴィッドがマックに仕事のオファーを出していたとは驚きだ。もしミッチェルと交わした契約が破棄できないものだとわかったとしたら？　ミッチェルに『ここにビールがあれば《ウィッシュ・ユー・ワー・ビア》』の進行役を務めてもらわなくてすむよう、デイヴィッドは別の手段——もっと恒久的な手段——に訴えることにしたのかもしれない。

「このおれが映画に出るんだぜ。信じられるか？」マックは自分の胸を強く叩いた。

「いいえ」

「おいおい、そんなに興奮するなって。これはすごいことになるぞ。おれたちふたりにとって」

「何が？」

マックはため息をついた。「さっきも言ったけど、〈デア・ケラー〉の宣伝効果を考えてみてくれよ。それだけでも投資の価値はある」

「投資？」わたしは一瞬にして警戒モードに入った。ほらきた。何か魂胆があるのはまちがいない。マックに魂胆がないほうがおかしいではないか。

彼の頬はチェリー・ヴァイツェンと同じ色に染まっていた。「大したことじゃないよ。うちだけに特別な役割を与えてもらったんだ。今ペイトンと会ってきた。これから正式な書類を用意してくれるってさ。あとでそれにサインすればいいらしい。〈デア・ケラー〉は代表的な広告主になる。つまり、うちのロゴとブランドが映画全編にわたって流れるってことさ」

「ちょっと待って」わたしはドリトスの粉をハンドタオルで拭いた。「どんな投資に手を出したの？」マックは新しい〝ビジネスチャンス〟に飛びつくことで悪名高い。深く考え、必要な分析をするまえに、飛びつくタイプだった。

「投資なんてしてないさ。したかったけど」妙に言い訳がましかった。「でも、絶好の機会じゃないか。レブンワースを舞台にしたビール映画のスポンサーになることは、うちのマーケティング計画ともまちがいなく一致するだろ」

「でも、もうその話はしたじゃない。わたしとハンスの同意なしに大きな買い物はできないはずでしょ」

マックは腕組みをした。「別に大きな投資じゃないよ、スローン。落ち着けって。広告主になれば、うちの主な客層が映画を見てくれて、〈デア・ケラー〉の知名度が上がり、オクトーバーフェストの開催地として町にも注目が集まる。それと引き換えに数千ドル払うだけさ」

「ハンスには話したの？」

マックはまたビールをがぶ飲みした。「いや。少額の広告費を使うのに弟の許可を得る必要はない」

「それが、あるのよ。だから、ご両親も会社の経営体制を今の形に再編したんじゃない」

マックのまぶたがぴくぴくしはじめた。彼はカウンターに手をついて立ちあがった。「なあ、なんでこんなことで大騒ぎしてるんだ？　きみならおれのために――おれたちのために喜んでくれると思ってたのに」

「あなたのために喜ぶとかそういう問題じゃないでしょ。これはわたしたちがどうやって〈デア・ケラー〉を経営していくかっていう話よ。それに、正直に言うと、あのドキュメンタリー映画のことはあまり信用してないの。ペイトンとデイヴィッドはプロ意識に欠けてるわ。この業界のことを調べたって言ってるけど、クラフトビールについてあのふたりは全然知らないじゃない。カメラ担当にしたって、控えめに言っても未熟でしょ——これがたぶん彼の初仕事なんじゃないかしら。絶対そう。それから、もしわたしの勘ちがいじゃなければ、進行役として映画に出演すれば普通、報酬をもらえるはずでしょ。その逆じゃなく」

「そうか。わかったよ。きみとハンスはおれをガキみたいに扱いたいんだな。一セント使うのだって相談しにこいってことだろ。そういうふうにしたいって言うなら別にかまわない。きみを取り戻すためならなんでもすると約束したから。きみがどんなに大きな力を持ってるか、それを証明するためにどんな命令にでも従えって言うなら、それでいいよ。おれは喜んで従う」

「マック、それとこれとはまったく話が別でしょうが」不満がつい口調に表れたが、それを隠すつもりもなかった。「今してるのは〈デア・ケラー〉の将来の話よ。個人的な話じゃないわ」

「スローン、おれたちのあいだで起こることはなんだって個人的な話だ」マックはそう言って、十ドル札をカウンターに叩きつけた。「ビールをどうも。つりは取っといてくれ」

マックが憤然とドアに向かうのをわたしは眺めた。開けっ放しになっていなかったら、ドアを力任せに閉めたにちがいない。個人的な問題だから、わたしもこんなふうに反応してしまうのだろうか？　いや、ちがう。オットーとウルスラはマックの浪費を食い止めたくて意図的に

〈デア・ケラー〉の株をわたしとハンスとマックの三人に均等に譲り渡したはずだ。ハンスと話をしなければ。

マックが飲み干したグラスを洗ったあと、店内を回って、早めのビールをちびちび飲んでいる客たちの様子を確認したが、そのあいだもデイヴィッドのことが頭から離れなかった。新しい情報が入ってくればくるほど、彼に不利な証拠が集まっているように感じられる。レブンワースに来るずっとまえから彼はミッチェルをクビにするつもりだったのだろうか？　マックがどんなふうに言おうと、デイヴィッドは彼を映画に出演させるかわりに現金を受け取るという奇妙な取引をしている。お金に困っているのだろうか？　経済的な問題は確実に殺人の動機になる。ミッチェルの違約金を支払わなければならなかったのだとすればなおさら。ペイトンは何を知っているのだろう。彼女とデイヴィッドは仲がよさそうに見えた。何か知っているにちがいない。

わたしは客のおかわりを注いだ。泡がこんもりのった口当たりのいいビールになるよう、注ぎ口の下で慎重にグラスを傾けた。それをテーブルに届ける頃にはもう確信していた。ミッチェルを殺したのはデイヴィッドにちがいないと。

24

その後は何事もなく午後が過ぎた。ギャレットが何度かわたしの様子を見にきて、そのついでに目下試作中のビールを持ってきた。彼はマッドサイエンティストを思わせる風貌だった。化学の実験で使うようなゴーグルを額にのせている。ｉＰａｄは走り書きされたメモでいっぱいだ。「店を閉めて一緒にビールをつくるのが待ち切れないよ」彼はそう言って、マツの風味がついたＩＰＡの試作品を渡してきた。風味のバランスが取れるには一週間ほど発酵《はっこう》させる必要があるだろう。とはいえ、できたばかりの段階でも、クリスマスメニューのヒット作になりそうな予感がした。グラスを口に近づけた瞬間、マツの香りがした。ＩＰＡの代名詞とも言えるホップの後味はそのままに、ほのかに土っぽい香りを引き出すことに成功している。

「おいしい」わたしはサンプルを平らげて言った。

「もう少し改良できると思う。さっき散歩に出て、公園の木から松葉を集めてきたんだ」ギャレットは恥ずかしそうな笑みを浮かべた。

「本物のレブンワースの味ってわけね」わたしはからかった。

「そう」ギャレットはｉＰａｄで作成したスプレッドシートをわたしに見せた。「ホップとマツの比率が見えるかい？　次につくるときはマツの比率を増やして、ホップをいろいろ組み合わせてもいいかなと考えてる。どう思う？」

「いいかもしれないわね。でも、さっき言ったことは事実よ。この最初の試作品、ほんとに気に入ったの」

ギャレットはiPadの画面を消した。「ああ。でも、クリスマスメニューのビールはどれも三、四回は製法を変えて試作品をつくってみたいんだ。あとで味見して比較できるように」

彼の場合、少量のビールをつくる喜びが実験につながっていた。ギャレットと同じく、わたしもレシピを微調整するのは好きだ。ホップの配合を変えたり、麦芽を一時間余計に煮たりすれば、全体的な味は似ていても、色やこくがちがったビールができあがる。ギャレットが詳細なメモを残していてよかったと思った。レシピを改良するときにただひとつ難儀なのが、また同じものを再現できるよう、そうした変更や追加点を逐一書き留めておくことだった。

「最後のお客さんがお祭りに向かったらすぐわたしも合流するわ」とわたしは言った。

ギャレットはゴーグルをかけた。「よし。じゃあ、研究室に戻るよ」

クリスマスメニューを彼と一緒にあれこれ考えられてうれしかったが、わたしはデイヴィッドの居場所も突き止めたくてたまらなかった。どうしてマックを雇ったのか、その理由を訊いてみたい。ちょうど客足が途絶えていたので、ハンスに電話してみた。彼は二度目の呼び出し音で出た。

「お兄さんと話した？」彼がもしもしと言うなり、わたしは訊いた。

「やあ、スローン」と彼は言った。「ぼくも姉さんの声が聞けてうれしいよ」

「ごめんなさい。でも、マックが二時間前にここへ来て、ドキュメンタリー映画に〝少額の投資〟をしたなんて聞いたものだから」

「なんだって?」やっぱり心配したとおりだ。

わたしはマックから聞いた話をすべてハンスに伝えた。

「ありえない。この話はまえにしたのに。ぼくたちの承認なしにそんなお金使えないはずじゃないか」

「わたしもそう言ったんだけど。怒って出ていっちゃったの」

「数千ドルって、ほんとはいくらだろう?」とハンスは不安そうに言った。「マックの性格だと、二万ドルっていう可能性もある」

「そうよね」

「心配するな、姉さん。今はやることがたくさんあるだろうから、ぼくが捜しにいくよ。兄さんと話してみる」

「いいの?」マックをハンスに押しつけることに罪悪感を覚えた。「オクトーバーフェストのほうは?」

「大丈夫。店には夜まで出なくていいから」ハンスは小さく笑って続けた。「それに、嫌だったら、自分から捜すなんて言わないよ。というか、最近は兄さんの保護者になったような気分なんだ。正直に言うと、兄さんがもがいてるのを見るのは面白くて。いい気味っていうか」

マックとハンスは同じ家で育った兄弟だが、大人になってからはそれぞれ別の道を歩んでいた。それでも、ハンスがお兄さんを愛しているのは知っている。だから、ふたりの関係を壊したくなかった。マックが浮気してからというもの、ハンスは誠実な味方でいてくれて、そのことにはものすごく感謝しているが、もしふたりがわたしのことで仲たがいすれば、これ以上つらいことはない。

「ありがとう」マックをつかまえたら知らせると約束してもらったあと、わたしは電話を切った。マックを見つけるのはさほどむずかしくないだろう。〈デア・ケラー〉のテントで酒を飲んで憂さを晴らしているような予感がした。

〈ニトロ〉の最後の客は五時少しまえに帰った。客はみなグラスの最後の一滴まで飲み干していた。いい兆候だ。うちのビールを楽しんでくれた証拠だろう。店に鍵をかけてカウンターを拭いたあと、わたしはギャレットの試作品がどんな具合にできあがっているか確認しにいった。

ギャレットは厨房にいた。厨房には湯気が立ち込めていた。麦芽を煮るなじみのあるにおいがし、スピーカーからテクノが大音量で流れていた。

「調子はどう?」わたしは音楽に負けないよう声を張った。

ギャレットは気づくのに少し時間がかかった。彼の意識はコンロの鍋で煮ている麦芽に向けられていた。はかりで計量したホップを手で加えている。

「スローン、来てたのか。気づかなかったよ」彼はそう言って、くもったゴーグルを拭いた。

「何をつくってるの?」わたしは業務用サイズのステンレス鍋の中をのぞき込んだ。

「当ててみてごらん」ギャレットはタオルで手を拭き、音楽のボリュームを下げた。

わたしは温かい蒸気を吸い込んだ。

「見るのは禁止だよ」とギャレットは警告した。「きみの鼻の実力はいかほどか試したいからね」

「プレッシャーだわ」わたしは上を向いて笑みを浮かべた。目を閉じ、また香りを吸い込む。かすかなスパイスの香りがした――ナツメグにオールスパイスにシナモン。三度目に吸い込むと、チョコレートとパン生地のようなにおいがした。「ホットビール?」

ギャレットは三回手を叩いた。「おお、さすがだ。でも、なんでわかったんだい?」

「クリスマスに使われるスパイスのにおいにはだれだって気づくでしょ」とわたしは言った。

「そうか」彼は人差し指でiPadにメモした。「まだ完成品じゃないけど、飲んでみるかい?」

「喜んで」わたしはカウンターに置かれた発酵用の瓶からギャレットがビールを少し取り出すのを待った。少量ずつビールをつくるメリットは、短い時間でいろいろなビールをつくれることだ。

味見する際、ギャレットはまたわたしに目を閉じさせた。飲んでみると、クランベリーの酸味と滑らかなバターのような後口がした。それから、チョコレート・ヘーゼルナッツ・スタウトの味も。

「これ、めちゃくちゃお客さんに受けると思う」とわたしは言い、クリスマスのシュトレン味のビールを飲み干した。

「いやあ、楽しかった」ギャレットは笑みを浮かべた。ゴーグルがまたくもっていた。額も蒸気と汗で濡れている。「きみにもぜひクリスマスメニューの試作に取りかかってほしいな。今日は実験三昧《ざんまい》の夜を過ごすかい？　それとも今日もオクトーバーフェストのテントに行きたいかな？　ぼくのほうは午後じゅうずっとビールをつくってたから、どっちでもいいけど。きんきんに冷えた一杯を飲んでシュニッツェルを食べるのも最高だね。でも、今夜から始めたいって言うならぼくもつきあうよ」

わたしは悩んだ。ビールづくりはわたしのDNAに組み込まれている。ビールづくりに没頭するという考えには心そそられたが、デイヴィッドを捜して話を聞いてみたい気持ちもあった。湯気の立ち込めた厨房を見まわすと、試作品が五種類できあがっていた。午後の時間にこれだけつくれるとは大したものだ。「ビールを飲みにいきましょう」

リサとマックから聞いた話をギャレットに伝えた。彼は聞き上手だ。真剣に話を聞いてくれた。話が終わると、彼はシャツの袖でゴーグルを拭いた。「デイヴィッドはなんか怪しいね」

「そうなのよ。クビにするつもりなら、どうしてミッチェルの飛行機代や宿泊費を払ったりするの？」

「しかも、どうして映画の出演と引き換えに投資してくれなんてマックに頼むのか」とギャレットは言った。「ミッチェルは映画に出資してたのかな？」

それは考えてもみなかった。「可能性はあるわね。そうだ。もしデイヴィッドの話をひっくり返してみたら？」

ギャレットはコンロの横にゴーグルをかけた。火を消して、今日最後の試作品に蓋をする。ビールはもう少し冷ましてから瓶に移すつもりらしい。「どういう意味だい？」

「まったく逆の話だったとしたらってこと。もしかしたらミッチェルのほうが映画から手を引こうとしてたのかもしれない。仮に彼が映画に投資してたとしましょう。その彼がプロジェクトを抜けたいとデイヴィッドに言ったとしたら？」

「動機の話をしてるわけか」ギャレットは小さく口笛を吹いた。

もっと早くこのことに気がつけばよかった。「今からだれを捜さなきゃいけないかわかる？」

「マイヤーズ署長？」ギャレットは片眉を吊りあげた。

「いいえ」わたしは首を振った。「ペイトンよ。この話の中心にいる人物。監督だもの。予算とかだれが投資してるかといった情報は、何かしら知ってるはず」

「それは確かに」ギャレットは残ったホップをすくってプラスティック容器に入れ、冷凍庫にしまった。「だけど、マイヤーズ署長にも情報は伝えておくよね」

「もちろん」

そのとき、ある考えが浮かんだ。ペイトンとふたりきりで話せば、デイヴィッドとミッチェルの関係について何か知っていることを明かしてくれるかもしれない。彼女とデイヴィッドはいつも一緒だった。撮影チームのあいだでほんとうは何が起きていたのか、知っている人がいるとすれば、ペイトンしかいない。

ギャレットが醸造用《じょうぞうよう》の道具を片づけるのをわたしは手伝った。彼はホットビールを大型の瓶

たい。

わたしたちはいいコンビだ。ギャレットがアドバイスをしてくれてありがたかった。それに、サリーの話題を持ち出さずにいてくれたのにも感謝だ。できることなら、その話題は当分避けたい。

数分後、ギャレットはジーンズにTシャツ、コンバースの黒のテニスシューズという格好で戻ってきた。濃いグレーのTシャツには〝水は節約。ビールを飲もう〟と書かれている。

「そのTシャツ大好き」とわたしは言った。「もしかしてビールTシャツが家に大量にあるの？」

彼は笑い声をあげた。「ああ。クローゼットを見てみるといいよ。ジーンズとビールTシャツしかないから。シアトルみたいな町で働くメリットのひとつだ。ぼくがいた業界ではスーツを着る必要がなくてね。当時集めてたビールTシャツの数といったら、周りでもかなり有名だった。シアトルにいた頃はもっと持ってたんだ」彼は自分の胸をマッサージしてウィンクした。「準備はいい？」

「ええ」わたしは彼のあとについて店の中を通り、外に出た。夜の空気が少し冷たくなっているように感じられた。ゆうべと同じく、お祭りの音とにおいが町に充満していた。

「ビール漬けのブラートヴルストの香りで一服やったりする人もいるのかな？」ギャレットはわたしの心を読んだにちがいない。

「ね。わたしも同じことを考えてた」わたしは焼けるソーセージのにおいを大きく吸い込んだ。

「麻薬みたいよね」

角を曲がると、カットにばったり会った。右手でちらしを持ち、もう一方の手で空いたビールジョッキを握っている。頰がてかてかしていた。「あっ、いた！　ちょうど探しにいこうと思ってたの。もうこれだけしか残ってなくて」カットはそう言ってちらしを持ちあげた。

「よく頑張ったね」とギャレットは言って、横を通った五十代前半の女性グループに会釈した。彼女たちの熱い視線には気づいていない。これもマックとはちがうところだ。彼女たちがちょっかいを出してこようものなら、マックであれば、自分の魅力を最大限振りまいていたにちがいない。

「もっともらってきたほうがいい？」とカットは言った。三つ編みがほどけて、縮れたツインテールになっていた。

「午後のあいだずっと配ってくれてたんだよね。なら、〈ニトロ〉の名前を聞いたことがない人はもういないんじゃないかな」ギャレットは同意を求めてこっちを見た。

「同感。それに、どのみち印刷業者は閉まってるわ」わたしはフロント・ストリートを身振りで示した。子供広場のスピーカーから流れてくるポルカの音楽に合わせて人々がダンスを踊っている。

カットは残った五、六枚のちらしをめくった。「じゃあ、これを配りおわったらおしまいにするっていうのはどう？」

「ぼくたちもそっちに向かってるんだ。一緒に行く？」ギャレットはテントエリアの入口を指差した。

カットはわたしたちについてきた。「だれかに充電器を借りないといけないの」とわたしに言った。「一時間前に携帯が死んじゃって。友達から返事がきてるはずなんだけど。いっぱい写真を撮って数えきれないくらいインスタに上げてたから。充電がどれくらい残ってるか、確認しておけばよかった」

〝友達〟ということばに、わたしは反応した。「借りられそう？」

彼女はうなずいた。「うん。バッグとかリュックに充電器を入れてる人はけっこういるんじゃないかな」

「例の写真を投稿した人がだれかわかったら教えてね」わたしは係の人に身分証明書を見せて手の甲にスタンプを押してもらった。

「わかった」カットはちらしを振った。「ミッションはふたつね——全部配り切ることと、充電器を探すこと。じゃあ、また」そう言って、彼女は走り去った。

ギャレットはくすりと笑った。「仕事熱心なことは認めないとな」

「ほんとね」それはそのとおりだったが、わたしもまだカットのことは確信を持てずにいた。最初会ったときから態度ががらりと変わったせいで、彼女から聞いた話はほんとうだろうかとつい疑ってしまう。カットがデイヴィッドやペイトンと話しているところは一度も見たことがなかった。それに関していえばコナーとも。ほんとうにハリウッドの仕事がほしいのであれば、ここぞとばかりに直接話をしにいくのでは？　だが、実際はそうはせず、うちの店のちらしを配りに、嬉々としてお祭り会場へ出かけていった。どうも腑《ふ》に落ちない。

わたしは入場ゲートの内側で足を止めた。「どこに行く？　ドイツのテントを試してみる？」本場から輸入されたビール専用のテントがひとつだけ用意されていた。

「いいね」ギャレットはわたしが先に歩き出すのを待っていた。「案内してくれ」

わたしたちはビールの露店のまえに並んだビール愛好家の群れを押し分けて進んだ。テントへ続く道には、金髪の三つ編みがぶら下がった帽子やドイツ国旗のマークがついたショットグラスといったドイツ雑貨がずらりと並んでいた。売店だらけの移動式遊園地の中を歩いているような感じだ。オクトーバーフェストのTシャツやおみやげのマグカップをひっつかむ観光客の手の速さには驚かされた。プレッツェル形のぬいぐるみから、糸で編んだ金髪のお下げにいたるまで、がらくたの数には目を瞠《みは》るものがある。

「マトリョーシカ人形は要るかい？」グループになって商品を売り歩いている売り子の横を通りすぎたとき、ギャレットが訊いてきた。

「もう、やめてよ。いや、やっぱり要る。でも、家にいっぱいあるから」

ギャレットは目を細めた。「ほんとかい？」

わたしは彼のあばらを肘で小突いた。「うそに決まってるでしょ」

「だと思った」彼は大きな笑みを浮かべて立ち止まり、ビール形のゴーグルを試着しようとした。「でもスローン、真面目な話、〈ニトロ〉のカウンターの下から大量のマトリョーシカ人形が出てきたら、すぐにきみをクビにしなきゃいけないところだ」

ドイツの輸入ビールのテントはにぎわっていた。〈デア・ケラー〉のテントほど凝ってはいないが、広さは倍くらいある。ビールの注ぎ口が備えつけられたセミトレーラーが両側に並んでいた。前方のステージの近くでは、音楽に合わせて人々が熱狂していた。木のテーブルにのぼって踊っている大学生のやんちゃなグループも近くに二組いる。「席を探してくれたら、ビールの列に並んでくるけど?」ギャレットは音楽に負けないよう大声で言った。

「ありがとう」わたしは空いた席がないか、混み合った会場を見渡した。たまたまステージの左手、騒がしい大学生グループからそう遠くない場所にテーブルをひとつ見つけた。偶然にもそこで、ペイトンとコナーとデイヴィッドが顔を寄せ合って何やら話し込んでいた。チャンスだ。わたしはそう思い、ビールの列の最後尾に立ったギャレットに手を振って、そのテーブルを指差した。〝あそこで〟と口だけ動かして伝える。彼は親指を立てて合図した。

わたしはテーブルに移動した。「ご一緒してもいい?」エレクトリックギターの音に負けないようほとんど叫ばなければならなかった。

ペイトンが顔を上げてほほ笑んだ。「あらスローン、もちろんよ。座って」彼女はコナーのほうに寄って席を空けた。

コナーは立ちあがった。「ちょうどこのバンドを撮ってこようと思ってたんです。革製半ズボン《レーダーホーゼン》を着た人がエレキギターをかき鳴らすシーンなんて、普段はなかなか見られないでしょ」そう言って彼は、カメラを肩に担いでステージのほうに向かいかけた。

デイヴィッドが、なんとも言えない顔をして大声で言った。「おい、コナー!　全部のテントを順番に回るんだぞ」

コナーはカメラのレンズを調整し、カメラを高く持ちあげた。「了解です」そう言ってそのままずんずん歩いていった。

「撮影の進み具合はどう?」とわたしは訊いた。

ペイトンが答えようとしたが、デイヴィッドが先に口を開いた。「すべて思いどおりに進んでるよ。今までかかわった映画の中でもかなり順調なほうだ。なんの問題もない。万事うまくいってる」

〝映画の進行役が殺されたことを別にすればね〟。わたしは胸の内でそうつぶやいた。

デイヴィッドは話を続けた。「いやあ、レブンワースは昔から夢だったんだ。これはものすごい量の映像をカットすることになるぞ」

「そう言ってもらえてうれしいわ」ミッチェルの代役を立てたことについて訊くなら今しかないとわたしは判断した。「新しい進行役は見つかりそう?」

またペイトンの唇が動きかけた。が、デイヴィッドがその口を封じた。「ロサンゼルスの法律チームから最終的な文書が返ってくるのを待ってる段階なもんで、正式な発表はまだだが、当てはあるよ。ミッチェルがやるよりまちがいなく本物の迫力を出してくれそうな当てがね」

マックが本物の迫力を出してくれる?　思わずぷっと噴き出しそうになり、わたしは太ももに爪を食い込ませた。「それはいいニュースね」

エレクトリックギターの奏者が高音を奏《かな》でると、明かりが明滅し、会話が途切れた。群衆は興奮し、それにつられてバンドはさらに激しい音を出している。指で耳を塞がなければならなかった。

ペイトンはジョッキにほんの少しだけ残ったビールをぐるぐる回した。何か言いたそうにしているように感じられた。

「おかわりは？」とデイヴィッドが訊き、立ちあがってペイトンのジョッキに手を伸ばした。

ペイトンはジョッキをじっと見た。「お願い」

デイヴィッドは席を立ち、ビールの列に並んでいるギャレットに合流しに向かった。わたしは、彼が声の届かないところに行くまで待ってから質問することにした。幸い、スピーカーの調節で演奏が一時中断していた。ボリュームを下げてくれるのだといいのだけれど、おそらくその逆だろう。

「ほんとにいろいろ大丈夫？」この言い方でペイトンが気を許してくれればと思い、わたしは訊いた。

彼女はデイヴィッドを目で追っていた。「ええ。デイヴィッドがさっき言ってたけど、撮影はいたって順調よ。レブンワースのビール業界について知ることができてとてもうれしいわ」まるで映画の記者会見にでも出ているかのような口ぶりだ。

「新しい進行役についてちょっとうわさを耳にしたんだけど」

「ほんと？」ペイトンはいぶかしげに目を細めた。

どうやらわたしとマックが結婚しているという事実は撮影チームのだれも知らないらしい。

わたしは慎重にことばを選んだ。「代役の人とたまたま知り合いだったというか」

「そうなの？」ペイトンはうしろをちらりと見た。

「ちょっと訊いてもいい？」わたしは声を落とした。「この映画、もしかして予算の問題を抱えてたりしない？」耳鳴りがしていた。わたしは指で耳をマッサージしようとした。

彼女は爪を噛《か》んだ。「どこでそれを聞いたの？」

どう答えてよいかわからなかった。マックを売りたくもない。「なにせここはすごく狭い町だから。なんでもすぐに広まっちゃうのよ」ペイトンがこの返答で満足してくれるよう願った。

彼女はビールの列のほうに目をやった。「今その話はできないわ」

「ペイトン、大丈夫？」わたしは彼女の手首を軽く叩いた。

彼女はため息をついた。「わからないけど、今ここでは話せない」

「別の場所に移動したほうがいい？　力になりたくて」

「今はだめ。あからさますぎるもの」ペイトンは爪を噛みながら貧乏ゆすりをしていた。

あからさま？　だれに対して？　デイヴィッドだろうか？　視線がわたしとビールの列とのあいだを行ったり来たりしていることからすれば、まちがっていないだろう。「もしよかったらだけど、このあと会う？」

「ありがとう。ええ、それがいいかもしれない。わたしのホテルの部屋でどう？　十一時に」

「かまわないわ」そう答えたものの、内心は時計を確認したかった。今夜は遅くならないようにするつもりだったのに。とはいえ、ペイトンが何を知っているか情報を得られるなら、そのチャンスを逃したくもなかった。

ギャレットがビールジョッキをふたつ持ってきた。向かい側に座り、軽いピルスナーを渡してくれた。わたしたちはバンドの演奏を聞きながらビールを飲んだ。というより、鼓膜に後遺症を残さずにこの音楽鑑賞を乗り切れるよう頑張った。エレクトリックギターとキーボードの音のせいで互いの話を聞くのはほとんど不可能な状況だったが、ペイトンは逆に、うるさすぎて話ができないことにほっとしているように感じられた。最初の一連のバンド演奏が終わると、ペイトンとデイヴィッドはコナーとともに別のテントを見にいった。

「妙だったな」三人がいなくなると、ギャレットは言った。「というか、うるさかったのは事実だけど」彼は小指で耳の入口を押さえてぐりぐりした。「なんか堅苦しい雰囲気だったね」

「そうなのよ！」叫ぶつもりはなかったが、大声になってしまった。耳に綿が詰まっているような感じだった。わたしはペイトンとした短い会話についてギャレットに話した。「彼女、何を知ってると思う？」

ギャレットは肩をすくめた。「さあ。でも、ふたりきりで会っても大丈夫かな？」

「ペイトンと？」わたしはくすりと笑った。「羽根みたいに軽そうな相手じゃない。どうってことないわ」

ギャレットは眉をひそめた。「まあ、気をつけてくれ」

「ええ」わたしたちはビールを飲みおえたあと、食べ物の売店を見にいった。これから五時間、目を開いておこうと思ったら努力が必要だった。わたしは自分のペースでゆっくりビールを飲んだ。ギャレットが飲んでいる輸入物のビールをときどき飲ませてもらう程度にし、十時頃にはコーヒーに切り替えた。

「十一時までもつ？」とギャレットはからかった。

「もちろん」わたしはあくびをかみ殺した。

彼は真剣な顔で言った。「ほんとうについていかなくて大丈夫？」

わたしは首を横に振った。「ええ。ペイトンはわたしを信用してるわ。これは女同士でしたほうがいい話だと思う」

「終わったらメールしてくれるね。いい？」

胸がどきどきした。ギャレットがわたしのことを心配するのはここ数日で二度目だ。

わたしの返事を待つあいだ、彼はわたしをじっと見つめていた。

「いいですとも」わたしは明るい口調を心がけたが、ギャレットの視線には、こちらの気持ちを落ち着かなくさせるものがあった。

「真面目に言ってるんだ、スローン。もしきみの身に何かあれば、ぼくはどうしたらいいかわからない」

わたしはテーブルの下で自分の指をぎゅっと押しつぶした。わたしたちのあいだには何かあるのだろうか？　それとも、気のせい？

「何も起きないわよ。わたしにはアレックスがいるもの。ばかな真似はしないわ。彼女に会って、デイヴィッドについて知ってることを聞き出すだけ。だからこそデイヴィッド本人じゃなくてペイトンと話すわけだし。殺《や》ったのは彼よ。そう思わない？」

ギャレットは唇を引き結んだ。「どうかな、スローン。でも、わかってることをマイヤーズ署長に伝えるって言ってたよね？」

「うん」

「じゃあ、行くまえに電話したら？」

「それであなたの気が楽になるならそうする」

ギャレットの表情が少し明るくなった。「ああ、頼むよ」

彼が警戒しすぎるのもしかたのないことかもしれない。このまえ、事件があったのだ。そのとき彼は、マイヤーズ署長の捜査に協力していた。「わかったわ。行きに電話してみる」わたしは腕時計をちらりと見た。そろそろ行く時間だ。別れ際にもう一度、マイヤーズ署長にちゃんと連絡するとギャレットに約束し、テントを出た。これでミッチェル・モーガンを殺した犯人がだれかわかるのだろうか？

25

町には笑い声とビールのにおいがあふれていた。フロント・ストリートもお祭りの参加者でいっぱいで、レストランやパブのテラス席は人で埋め尽くされていた。テラス席には持ち運び可能なヒーターや暖炉の温かみのある光が灯っている。パーティーは未明まで続くだろう。次の週末は〈ニトロ〉も二回目のラッシュがくることを想定して、十一時か零時頃にまた店を開けたほうがいいだろうか、とわたしは考えた。

道を渡って休憩所の東屋《あずまや》のほうへ向かった。就寝時間をとうに過ぎた子供たちがエア遊具で飛び跳ねたりリンゴ飴《あめ》を食べたりして、うれしそうに騒いでいた。アレックスのことが頭に浮かんだ。あと一日だ。明日の午後になれば帰ってくる。息子をぎゅっと抱きしめて、旅行の話を聞くのが待ち切れなかった。サリーが訪ねてきたことは話したほうがいいだろうか?

自分の頭より大きなリンゴ飴を持ったふたりの子供が横を駆けていった。わたしは足を止め、近くにある干し草のかたまりに子供たちが飛び乗ってリンゴにかじりつく姿を眺めた。

いや、アレックスに話すのはまだ先でいい。サリーはどのみち帰ったし、作戦を練る時間が必要だ。これ以上複雑な状況に彼を巻き込んでもしかたがない。アレックスはもう充分父親のことで悩んでいる。そのとき、ギャレットとした約束のことを思い出した。わたしは干し草のかたまりに座って携帯電話を取り出した。マイヤーズ署長は電話に出なかった。デイヴィッドが犯人だという自分の仮説について詳細なメッセージを残した。今からペイトンのところに向かうこと、明日の朝一番にまた連絡することを伝える。ペイトンが何か証拠を握っていたら、もしかしたらそれより早く連絡することもあるかもしれないとつけ加えた。無事ギャレットとの約束を果たしたところで、子供広場の人混みを縫ってホテルへ向かった。

ペイトンは〈ホテル・レジデンス〉に泊まっていた。ロビーに入ると、ぱちぱち音を立てている暖炉のまえにドイツの焼き菓子と深夜のコーヒーのサービスが用意されていた。フロントの向こうに立った女性に手を振って、エレベーターで四階に行った。ペイトンは四一二号室に来てくれと言っていた。わたしはドアをノックした。

すぐにドアが開いた。「時間どおりね」

わたしは腕時計に目をやった。十一時を回ったところだった。「ほんとにこんな時間に大丈夫？」

「いいのいいの」彼女は中に入るようわたしに合図した。部屋はスイートで、手前に居間があり、奥にベッドルームとバスルームがついていた。コーヒーテーブルの上に、紅茶のティーバッグとティーカップがふたつ、電気ケトルののったトレイが置かれていた。「温かいものが飲みたいんじゃないかと思って」ペイトンは最初のカップにお湯を注いだ。

「紅茶をいただけると助かるわ」

「ミルクと砂糖は？」ペイトンは手を止めて訊いた。

「けっこうよ。ストレートで」

彼女はほほ笑み、またカップにお湯を注いだ。個別に包装された紅茶が入ったかごと一緒にカップをわたしに差し出した。わたしはピーチ風味のジャスミンティーを選んだ。

ペイトンはカップに口をつけないまま、脚を組んで言った。「わたしたちの映画についてどんなことを聞いたの？」

わたしは甘い紅茶を飲んだ。ほんの少し苦みを感じた。変だ。そう思ってもう一口飲んだ。

レモン水を使ったのだろうか？　もう少しお湯につけておいたほうがいいかもしれない。そう思いながら、両手で陶器のカップを包んだ。「別にはっきりした情報っていうわけじゃないの。ただのうわさというか」

ペイトンはうなずいた。「どんな話か聞かせて」

頭が重く感じられた。目を閉じないようまばたきする。これだからアレックスにばかにされるのだ。まだ零時を回ってもいないのに、ほとんどまっすぐ座っていられないなんて。

わたしはもう一口お茶を飲んだ。まだ苦みが残っている。

ペイトンはほほ笑んだ。「で、どんな話？」

どうして文章をつくるのにこんなに苦労しているのだろう？　わたしは襲ってくるめまいと闘い、ペイトンに意識を集中させようとした。「デイヴィッドがマックを映画に出演させるかわりに、金銭を受け取るっていう話を聞いたの」

彼女は下唇を噛《か》んだ。「ほんと？」

わたしは今、マックが自分に秘密を打ち明けたという事実をうっかりもらしてしまったのだろうか？　わたしときたら、どうしてしまったのだろう？　なんだか頭がもうろうとしてきた。部屋が傾いているように感じられる。またお茶を一口飲んだ。

「デイヴィッドはあなたの上司だと思うから、妙な立場には置きたくないんだけど、彼がお金に困ってるってことはない？」もしかしてわたし、舌がもつれている？

ペイトンはおかしな顔をした。「どうしてそう思うの？」

どうしてそう思うか？　そんなことを訊かれても、使用済みの麦芽の入ったバケツの中を歩いているような感じだった。わたしはここで何をしているのだろう？

「もっと飲む？」ペイトンは奇妙な笑みを浮かべて訊いた。

そのとき、わたしのポケットで携帯電話が振動した。取り出そうとしたが、指が思うように動かない。

ペイトンは椅子に深く腰掛け、わたしがもがくのを眺めていた。

何が起きているのだろう？　わたしはやっとのことで携帯電話を取り出した。カットからのメールが画面にぱっと現れた。文字を読むのに目を細めなければならなかった。

〝友達からメールがあった。スクリーンショットはペイトンのインスタだって〟。

続いて写真が現れた。にっこり笑うミッチェル・モーガンの写真。

「どうかした？」とペイトンは皮肉たっぷりに言った。

「あなただったの？」

「わたし？」ペイトンは目をぱちぱちさせた。「スローン、今夜はちょっとばかり飲みすぎたみたいね。残念だわ。若手のビール職人なのに。あとに続く何百人もの若い女の子のために道を切り開いていく女性ビール職人なのに。そんな人が、飲む量をコントロールできないなんて」

紅茶だ！

なんの話をしているのだろう？

わたしはごくりとつばを飲み込んだ。紅茶だ。薬を混ぜたのだ。どういうつもりなのだろう？

「まあ、ハリウッドではおなじみの光景よ。売り出し中の若い女優にはよくあること。将来有望なすばらしい俳優が薬物やアルコールの過剰摂取で若くして死ぬっていうのはね」ペイトンは立ちあがって電気ケトルを取り、流しにお湯を捨てた。

ここから出なければ。わたしは立ちあがろうとしたが、脚がゼリーのようにくにゃくにゃだった。〝しっかりして、スローン〟。お茶に何を入れたのだろう？　何か強いものだ。でも、それほど飲んではいないはずだ。たぶんほんの数口くらい。

こんなことになるなんて。ギャレットの忠告を聞いておけばよかった。

ギャレット！　そうだ、彼はわたしがここにいるのを知っている。

「ギャレ――彼が……」しゃべろうにも舌が回らなかった。

「今なんて？」彼女は電気ケトルをきれいに洗いながら抑揚をつけて言った。「ことばが出てこないの？」電気ケトルを拭いている。彼女は次に、わたしのカップを取って中身を流しに捨てた。「今夜は飲みすぎたんだと思うわ。検死官も同じことを思うでしょう」彼女は舌打ちして続けた。「かわいそうに。泥酔してふらふらの状態でここへ来たのよね。わたしも意識を回復させようとしたけど、もう手遅れだった。でも、体内から見つかるのはアルコールだけじゃないの。ひどいことに、薬物も常用してたとわかるわけ」

彼女は証拠を隠滅しようとしている。

「わたし――わたし……」舌が腫れているように感じられた。

「町のうわさでは、今ちょうど大変な時期らしいじゃない。夫に浮気されて、離婚寸前だとか。まさに家族ドラマね。映画でもこれに勝るものはないわ」ペイトンはくすくす笑った。「そんな状況だとしたら、薬物とアルコールに逃げるのも無理ないわよ」彼女はきれいになった電気ケトルとカップをトレイに戻した。「あなたもそっとしておいてくれたらよかったのに。そうすれば、こんなこと起きずにすんだのよ」

わたしは意識が遠のかないよう必死で闘った。〝アレックス。アレックスのことを考えるの〟。自分自身にそう命じた。

ペイトンは遠くを見つめていた。ミッチェルのことや、彼がどうやってすべてをめちゃくちゃにしたかについて、ひとりでだらだら話している。わたしの指が携帯電話のキーパッドを探し当てた。カットに返事を打たなければ。

「彼はもっとほしがってた。スターの座にのしあがりたがってたわ」彼女はそう言って、甲高い笑い声をあげた。「『ここにビールがあれば《ウィッシュ・ユー・ワー・ビア》』に出れば、その道が開けるとでも思ってたのかしら」

わたしは〝H〟と打った。

ペイトンの声は怒りに満ちていた。「あの男、こんな辺鄙《へんぴ》な村で早めに会おうなんて言ってきたのよ。訊いたら、話があるとか言うじゃない。あのばか、わたしをゆすろうとしてきたの」彼女は身震いした。「なんなのよ、用済みの子役の分際で。こっちはチャンスを与えてやったのに、そのお返しがゆすりとはね。それはないんじゃないかしら」

わたしは〝e〟と打った。

「そうなの？」わたしはかろうじてつぶやいた。

ペイトンの反応はなかった。よかった。そこで、わたしは次に〝l〟と打った。続いて〝p〟を入力しようとしたが、かわりに指が〝o〟に触れ、そのまま送信ボタンを押してしまった。

〝Helo〟。カットへ送ったメッセージはこうだ。彼女はどうするだろう？ 酔っぱらってメールを送ってきたと思うだろうか？ それこそペイトンの思うつぼだ。

「あの野郎、わたしの横領に気がついたのよ。黙っててやるかわりに貸別荘を買え、なんて言ってきて。ふん！ ほんとにわたしがそんなことをするとでも思ったのかしら。彼には一セントだってやるつもりはなかったわ。わたしには自分の計画があった。このドキュメンタリー映画が大当たりしたら、独立するんだから。わがもの顔であれこれ言ってくるハリウッドの男どもにはもううんざり。そろそろ女が主導権を握ってもいい頃でしょ」彼女はそこでことばを切り、吐き気を催すような甘ったるい笑みを浮かべた。「あなたも首を突っ込んでこなきゃよかったのにね。残念だわ。男の業界で頑張ってる女性がいると知って、ほんとに勇気をもらったのよ。わたしたちって似た者同士じゃない」

あなたが人を殺していなければね、とわたしは胸の内でつぶやいた。携帯電話の画面を指で探った。カットが返事を送ってきた場合に備えて音を消しておかないといけない。ようやく携帯電話の横にボタンを探し当てたが、思ったように手を動かすことができなかった。アレックス。頭の中で自分の声がした。アレックスのためにやるの。ボタンを押すと同時にメッセージが画面に表示された。クエスチョンマークひとつのメールだった。わたしは〝p〟と返信した。何を言おうとしているか、カットが理解してくれますようにと祈りながら。

「ミッチェルにしても、もっと高望みができたでしょうに。それが、こんな辺鄙な場所の貸別荘ですって？　彼が望んだのはそれよ。わたしに長期の契約を結ばせるとか、出演料を上げさせるとか、もっと金銭を要求するとか、そんなこともできたはずでしょ。それなのに、貸別荘をくれですって？　あの男、どこまでばかなの。子役崩れを雇った結果がそれよ。そんなやつ、いなくなったほうが世間のためでしょ。とてつもないエゴもろともいなくなってもらったほうが」

ギャレットにメールしなければ、とわたしは思った。どうして筋肉が命令に従ってくれないのだろう？

「彼には、引っ込んでなさいって言ったんだけど、拒否されたわけ。だから自業自得ってこと。ドキュメンタリー映画に出るときにテキサス級のエゴをふりかざすやつがどこにいるのよ？　映画の流れを何度彼に説明しようとしなきゃいけなかったかわかる？　全然理解してもらえなかった。賢くなかったのね」

まぶたが重くなってきた。

「あらあら、眠くなってきちゃったの。あと数分もすれば、電気みたいにカチッと消えるわ」ペイトンは立ちあがってドアに向かった。

わたしはその隙に携帯電話の画面を操作した。運よく今日ギャレットに送っていたメールが見つかった。カットのメールの下に彼の名前がある。〝h〟と〝e〟と〝l〟を入力したところで、ペイトンが咳をした。わたしは送信ボタンを押し、脚の下に携帯電話を隠した。

携帯電話に気づかれないようにするため、わたしはわざとあくびをした。そのせいで椅子から転げ落ちそうになった。

「あら、大変。思ったより早く効いてきてるみたいね」彼女は椅子に戻ってわたしをじっと見つめた。頭の中でことばと文字がごちゃまぜになる。目のまえに明るい点がぱっと光った。必死で目を開こうとしたけれど、思いどおりにならなかった。そして、部屋が真っ暗になった。

26

次に気がついたときには、遠くでドンドン音がしていた。だれかが叩いている？　ここはどこ？　仕込槽を洗っている音だろうか？　今何時？

「スローン！」

わたしの名前？

「スローン！」

わたしは目を開けようとした。

だれかがわたしの名前を呼んでいる。遠くからそんな声がする。

「スローン！ 体を起こすんだ」

突然、吐き気に襲われた。暗くて何も見えない。それにしても、どうして世界がぐるぐる回っているように感じられるのだろう？

「スローン」声が近くなった。頬に冷たい手が当たる。

サイレンが鳴っている。それとも、赤ちゃんの泣き声？

「彼女、大丈夫ですか？」そう質問する声が聞こえた。わたしに話しかけているのだろうか？

だれかがわたしを優しく揺すった。そのあいだ、別のだれかがわたしの顔に冷たい水を手でかけていた。

わたしはまばたきした。顔を背《そむ》けようとする。

「意識が戻ってきています」と別の声が言った。

「スローン、ギャレットだ」その声は焦っていた。

ここはどこ？

目を開けると、細長い一筋の光が目に入ってきた。額がずきずきした。

「ゆっくり、ゆっくり」さっきの声が言った。

吐きそうになったので、わたしは起きあがろうとした。うしろから手が支えてくれていた。

「ほら、大丈夫だ。ゆっくりでいいよ」

ここは海の上だろうか？　さらに目を開こうとすると、頭がくらくらした。

「スローン！」ギャレットの顔がぼんやりながらも見えるようになった。

「何があったの？」わたしは尋ねたが、彼の顔に浮かんだ心配げな表情から、思ったようにうまく話せなかったのだとわかった。

制服を着た男が液体の入った小さなプラスティックのカップを差し出してきた。「飲めますか？」

わたしはうなずいた。

「吐き気がましになります」彼はあごを支えて飲ませてくれた。

口の端から垂れたよだれをギャレットが拭った。

「何があったの？」今度はちゃんとした文章になっているように感じられた。

「ペイトンに薬を飲まされたんだ」ギャレットはわたしの背中のくぼみをしっかり腕で支えていた。

「ケタミンです」と救急隊員が言った。「デート・レイプでよく使われる薬です。飲むと、数分で効果が出はじめる。音が聞こえにくくなったりものが見えにくくなったり、運動機能が低下したり、ろれつが回らなくなったり。夢見心地というか、ふわふわしているように感じたりもします。あとは嘔吐、感覚の麻痺、記憶障害ですね」

わたしが感じたのと同じだ。

「あとどれくらい続くんですか?」とギャレットは訊いた。

「一時間。もしかしたら二時間くらい。どれくらいの量を摂取したかにもよります。お酒やほかの薬を飲んでいたかどうかにも。でも、受け答えはしっかりしている。それほど飲んではいないんじゃないかと思いますよ。おそらく大丈夫でしょう」

オクトーバーフェストの記憶がよみがえった。ビールを控えめにしておいた自分に感謝したくなった。

「ああ、よかった」ギャレットはそう言って、わたしの背中をマッサージした。

わたしがそこにいないかのようにふたりは話していた。「危険な薬なんです」と救急隊員は言った。「ひきつけを起こすこともあるし、ときには死に至ることだってある。吐き気止めの薬を飲んでもらいました。そのうち効いてくると思います」

「ペイトン」とわたしは言った。だんだん記憶がはっきりしてきた。

ギャレットはうなずいた。「マイヤーズ署長が逮捕したよ」

「なんで――」

「メールだよ。カットとぼくはまだオクトーバーフェストにいたんだ。ペイトンのインスタのページを見せてもらってね。それで、きみを探しにホテルへ向かってたら、酔っぱらいながら打ったみたいなメールがきみから届いたんだ。でも、きみがせいぜい一杯と数口ぐらいしかお酒を飲んでいないのは知ってた。きみが危険な状況にあると気づいたのはそのときだよ。だから、マイヤーズ署長に電話した。彼女もすでにここへ向かってるところだった。きみに使われたのはミッチェルが殺されたのと同じ薬だったそうだ。マイヤーズ署長のもとには映画の制作会社の財務諸表も届いていた。会社からかなりの額のお金が消えてたんだ。警察は、そのお金がペイトンの個人口座に振り込まれてることを突き止めていた。ぼくたちはほぼ同時にここに着いて、床に倒れてるきみを見つけたんだ」

ギャレットは救急隊員のほうを向いた。

「どれくらい気を失ってたの？」わたしはこめかみをさすった。「三十分くらいかな」

「そんなに？」

彼はうなずいた。「ずっとそばにいたよ。救急隊がバイタルをチェックしてくれていたんだ」

下を向くと、血圧計が腕に巻かれ、心拍数モニターが指についていた。

「だけど、一番の名シーンはきみも見逃しちゃったね」ギャレットはそう言ってウィンクをした。「けっこうな見物だったんだよ。ペイトンの語りっぷりときたら、主演女優賞級だった。きみが千鳥足《ちどりあし》で部屋に入ってきて気を失ったって、ぼくももう少しで信じそうになったんだから」

「ほんと？」

「いや、信じなかったけどね。ぼくはきみと一緒にいたから。でも、ペイトンはかなりあれこれ言い訳を考えてきてたみたいだった。マイヤーズ署長はいつものとおりプロだったけど。銃だけじゃなく、いろいろなものを準備してたんだ。逮捕状に財務記録。ペイトンも数字を見せられれば反論できなかった。何もかも白状したよ」

「で、わたしはそのシーンを見逃したと？」わたしもいつもの調子が戻ってきていた。吐き気を抑える薬を飲んでほっとしたせいかもしれない。

「ああ。自白したあとは、自分も何か飲んだんじゃないかってくらい洗いざらい話しはじめた。ミッチェルにも同じ薬を使ったと署長に言ってたよ。どうやらあの夜、〈ニトロ〉で彼が飲んでるチェリー・ヴァイツェンにこっそり混ぜたらしい」

どうりでミッチェルもあんなに酔っぱらっていたわけだ。そのとき、ペイトンがバッグにしまっていた薬のことを思い出した。あの三つの瓶のどれかに、ミッチェルを殺し、わたしを殺しかけた薬が入っていたのだろうか？

「でもスローン、気を失っててくれてよかったよ。彼女がどれほど入念に計画して、それを実行に移したか話すのを聞いてたら、こっちは心が落ち着かなくなってきたから。話してるときの彼女といったら、氷のようだった。どうやってミッチェルを殺したか、順を追って説明してるあいだ、うちで出してるどのビールより冷たく感じられたね」ギャレットはそう言って身震いした。彼が震えるのは見たことがなかった。ペイトンはよほど彼を怯えさせたにちがいない。

ギャレットは指の関節を鳴らした。「彼のビールに薬を入れたあと、あとをつけてビール容器《グラウラ》で頭を殴ったらしい。〝だめ押し〟だって自分で言ってた。マイヤーズ署長によると、ミッチェルの体内から同じ薬が見つかったそうだ」

「でも彼女、わたしに何を飲ませたのであれ、殺人だとは絶対にわかりっこないみたいな口ぶりだったわよ」わたしは首のうしろを揉んだ。「みんな、わたしが酔っぱらって意識を失ったものと思い込むって言ってた」

救急隊員が口を挟んだ。「それはないですね」

「ということは、どのみち逃げられなかったってことね?」わたしはまばたきして、目の焦点を合わせようとした。

「そう思います」救急隊員はもう一度バイタルをチェックするためギャレットに場所を空けるよう頼んだ。ギャレットはさっとわたしの横から離れたが、救急隊員が確認するあいだもずっとこっちを見ていた。

「気分はどうですか?心拍数は平常に戻ってきています」脈拍を計りおえたあと、救急隊員は言った。

「ましになりました」半分うそ、半分ほんとうだ。まだ夢の中にいるような感じだった。ペイトンがわたしに薬を盛った飲み物を出したコーヒーテーブルも、はっきり見えたりぼやけたりしていた。

救急隊員は人差し指を左右に動かしてわたしの目の動きを確認した。指を目で追っていると、また吐きそうになってきた。「少し水を飲めそうですか?」

わたしはうなずいた。「たぶん」

ギャレットがぱっと立ちあがり、水を入れたグラスを持ってきた。

「ゆっくり飲んでください」と救急隊員は指示した。

冷たい水が喉を滑りおりた。わたしはどれだけ死に近いところにいたのだろう。自分でも信じられなかった。犯人はデイヴィッドだと確信していたせいで、ペイトンのことをすっかり見過ごしていた。

「どちらか選んでください」水を飲みおえると、救急隊員は言った。「このままここであと一時間ほど様子をチェックして、そのあと自宅にお送りしてお友達に看病してもらってもいいですし」救急隊員はギャレットのほうにあごをしゃくった。「それか、これから病院に移動して一晩様子を見ますか？」

「ぼくが看病します」わたしが口を開くまえにギャレットが答えた。

ありがたい。わたしはそう思った。病院で一晩過ごすという考えは、あまり魅力的とはいえなかった。

ギャレットと救急隊員は、倒れていた床からソファにわたしを移した。ペイトンの感情的な甲高い声と悪魔のような笑い声が頭の中でこだましていた。

しばらくして、マイヤーズ署長が戸口に現れた。「よかった。座れてるのね、スローン」目は笑っていたが、口は固く引き結ばれていた。「でも次は、自分ひとりで威勢よく出かけていくまえに、わたしが電話をかけ直すまで待つこと。いい？」

わたしはうなずいた。

彼女はこっちに近づいてきた。「少し質問してもかまわない？　もし無理なら、明日の朝まで待つけど」

「大丈夫よ」

ギャレットと救急隊員は部屋の向こう側にいた。救急隊員が、気をつけたほうがいい危険な兆候についてギャレットに説明しているのが聞こえた。マイヤーズ署長は、ボールペンの先をカチッと出し、わたしが覚えていることをすべて順に説明させた。思ったより驚くほどよく覚えていた。薬の影響は一時的なものだったということか。そうだといいのだけれど。

「厄介な薬の影響下にある人にしては悪くないわね」わたしが話しおえると、マイヤーズ署長はうなずいた。

「ええ。犯人はまちがってたけどね」

署長はメモ帳を閉じた。「確かに」

「デイヴィッドにちがいないと思い込んでたの。彼とミッチェルは昔共演したことがあったし、彼がこの映画をプロデュースしてるんだとすれば、経済的な打撃を一番受けるのは彼でしょ。『ここにビールがあれば《ウィッシュ・ユー・ワー・ビア》』の新しい進行役としてデイヴィッドがマックを採用したって聞いたとき、すべてが腑《ふ》に落ちたような気がしたのよ」

マイヤーズ署長の冷たい目が部屋にあったカップのほうを向いた。彼女はドアの近くで見張りをしていた警官のひとりに声をかけた。「それを今すぐ証拠袋に入れて」そう言ったあと、わたしに注意を戻した。「一部は合ってるわね。デイヴィッドは確かにマックを雇った。だけど、ペイトンはおたくのご主人、じゃない」マイヤーズ署長はそこでことばを切って咳払いをした。「別居中のご主人とこっそり話して伝えたらしいわ。デイヴィッドは言い忘れてたけど、映画に出演できるのは、映画に少額の投資をしてくれた場合だけだって」

「少額？」わたしは顔をしかめた。

マイヤーズ署長はため息をついた。「マックのことはだれより知ってるわよね。少額の定義は人によってちがう、とだけ言っておきましょう」

わたしは息をのんだ。今度は〈デア・ケラー〉のお金をいったいどれくらい使ったのだろう？

「デイヴィッドにはあとで話を聞くけど、今の段階では、ペイトンが映画の予算に手をつけたうえに、出資するようマックに要求してたことを彼が知っていたと考える理由は何もないわ」

「ということは、デイヴィッドも被害者だったの？」

「わたしたちは今のところ、その線で捜査を進めてる」

部屋の向こうにいるギャレットと目が合った。その真剣なまなざしに首が火照《ほて》った。

「リサ・バルメスは？　ミッチェルが殺された事件とはなんの関係もなかったってこと？」わたしは確認の意味で訊いた。

マイヤーズ署長は首を振った。「今のところ、つながりはなさそうね」

「彼女のロッジをめちゃくちゃにしたのはミッチェルだけど。リサもきっとインターネット上のイメージを完璧にしたくて必死だったのね。わたし、もしかしたら彼女が殺したんじゃないかってずっと疑ってた」

「それはちがうでしょう」マイヤーズ署長はメモ帳をめくった。「ただ、ミッチェルがあそこをめちゃくちゃにしたのかどうかはわからないわ。わたしはあれもペイトンのしわざだったんじゃないかとにらんでる」

「何か探してたってこと？」

「たぶんね。警察でしらみつぶしに調べて集めた証拠をこれから確認してみるけど、おそらくミッチェルがふたりの取引に関する証拠書類みたいなものを持ってたんじゃないかしら。彼女はあそこをめちゃくちゃにして、ほかの人の犯行に見せかけようとしたんだと思う。強盗殺人とか。でも、その計画はうまくいかなかった。彼をそこからだいぶ離れた場所で殺してしまったから。だけど、ペイトンも殺人容疑で拘束されててよかったかもね。わたしだったら、復讐に燃えるリサとは顔を合わせたくないもの。彼女、もう弁護士を雇って、名誉棄損でミッチェルを訴えようとしてるらしいわ。ほんとうはペイトンのしわざだったってわかったら、怒りの矛先《ほこさき》はそのまま彼女に向かうでしょうね」

救急隊員が最後にバイタルをチェックしにきた。「なかなか強い人ですね」彼は笑顔でそう言った。「明日起きたときにひどい頭痛があるかもしれませんが、それ以外は、思ったよりははるかに早く回復しています。二、三日はゆっくりしてくださいね」

ここでギャレットに任せても大丈夫だと判断したらしく、救急隊員はもう十回目くらいになりそうな危険な兆候のリストを口頭で確認して、去っていった。

「ということは、カットとコナーも無実ってことね」わたしは思ったことを口に出した。

「ふたりには動機がないわ」マイヤーズ署長も同意した。

「カットったら、ほんと謎。最初に会ったときは、ミッチェルが殺されたことで打ちひしがれてたのに、この週末のあいだにすっかり人が変わっちゃったみたい」

「若さよ」

「たぶんね」わたしは思った。ミッチェルが殺されたあとカットが見せたあの悲しみは、先行きへの不安からきていたのかもしれない。コナーに関していえば、あんなにひどい扱いを受けていたにもかかわらず、ミッチェルのことをほんとうに尊敬していたように見えた。でも、彼がかぶっていたフェルト帽はミッチェルのとそっくりだった。あれは手がかりになると思っていたのに。

「スローン、顔が疲れてるわ。今夜はここまでにしましょう」マイヤーズ署長はこっちへ合流するようギャレットに合図した。「気をつけたほうがいい兆候は救急隊から聞いたでしょ。そういう兆《きざ》しがあったら、すぐに連絡して」

帰宅を許されたので、ギャレットはわたしの腕をつかんだ。「ぼくの家にする？　それともきみの家？」

「笑える」わたしはぐるりと目を回したが、そのせいで頭が痛くなった。「あなたの家のほうが近いわ」

「確かに」ギャレットに体を支えられながら、わたしはホテルを出た。また、ギャレットの腕に抱かれているのも安心だった。ミッチェルを殺した犯人がつかまったとわかってほっとした。

27

救急隊員が予想したとおり、翌朝は激しい頭痛とともに目が覚めた。樽一杯ビールを飲んだかのような痛さだった。

ギャレットはわたしをベッドに寝かせ、自分は横の椅子でぐっすり眠っていた。化粧台に鎮痛剤と水の入ったグラス、〝眠っていたら起こして〟のメモが残されていた。

彼はもう充分なことをしてくれた。起こすわけにはいかない。そこで、わたしは鎮痛剤を二錠口に放って水で流し込むと、忍び足で階下《した》に下りた。どのみちしばらくひとりになりたかった。

コーヒーを沸かしはじめた。明かりのせいで頭がずきずきした。こめかみをさすってまばたきし、目のまえに浮かぶ小さな白と黄色の点を追い払おうとした。だが、うまくいかなかった。わたしは電気を消し、サリーが置いていったファイルを取りにオフィスへ行った。

コーヒーの香りがオフィスまで漂ってくると、ファイルを持って厨房へ戻り、カップにコーヒーを注いだ。マニラフォルダーの中に入った紙一枚一枚が、当時一緒に暮らした里親の記憶をよみがえらせた。それぞれの家庭ごとに短いメモが残されていた。里親の家の住所や大人の名前、里子として育てられているほかの子供の情報、特別な配慮についてなど。それ以外は、わたしの健康や心理状態に関する記載は何もなかった。すべてのページの一番下にサリーの署名があった。彼女がしてくれた心からの謝罪を思い出した。わたしを別の家庭に送ることになる新しい書類にサインするたび、自分の一部を失うような気持ちになっていたのだろうか？

どうしてわたしの記録が消されたのか？　コーヒーが少し変な味がした。ペイトンに飲まされた薬の影響がまだ残っているのかもしれない。喉の奥に残る苦い味を忘れてコーヒーを味わおうとしながら、想像できるシナリオをすべて考えた。だが、頭に浮かぶアイディアはどれも現実離れしていた。一番ありそうなのは、両親がもうわたしを育てられなくなったという可能性だ。失業した？　もしくは家を失った？　もしかしたらどちらかが死んだのかもしれない。

物思いにふけっていたせいで、ギャレットが入ってきたのにも気づかなかった。

「起こしてって言わなかったっけ」彼の声にびっくりした。「いびきをかいてたから。起こせなかったの」

わたしはファイルフォルダーを閉じた。「恥ずかしいな。なおさら起こしてくれればよかったのに」彼は自分のカップにコーヒーを注いでわたしの近くに来た。彼の目がファイルフォルダーに留まったのに気づいたが、彼は何も言わなかった。「頭の具合はどう？」

「ましになってきたかな。オクトーバーフェストで散々楽しい夜を過ごしたあとの大学生みたいな感じ」

「そうか。といっても、きみは殺人犯と顔を突き合わせたわけだけどね」

「まあね」わたしは笑みを浮かべたが、目が痛んだ。

「今日は仕事を休むよね」ギャレットはコーヒーにクリームを混ぜ、砂糖も一袋入れた。

「ううん、大丈夫よ。鎮痛剤を飲んだから平気。今はオクトーバーフェストで大忙しだもの。あなたひとりに大勢のお客さんの相手をさせるわけにはいかないわ」

「大勢のお客さん？」ギャレットはクリーム色のコーヒーにスプーンを浸した。「昨日は何人来たんだっけ？　二十人？」

「三十二人よ。午後全体で」

「ほらね。大した数じゃない」彼はそう言って、スプーンでコーヒーを味見した。「家に帰るんだ。睡眠を取るといい」

わたしは抗議しようとした。

「もうカットがかわりに働いてくれることになってるよ」

「そうなの？」

ギャレットはうなずいた。「考えてたんだ。長期的に働いてもらうことについてきみはどう思うかな？　実はもう彼女に言われちゃったんだけどね。ほんとにレブンワースが気に入ってるって」

「最高じゃない」パブの仕事を手伝ったり、ときどき醸造所《じょうぞうじょ》の雑用をお願いしたりできる人がいれば心強い。〈ニトロ〉は実際、かなりの人手不足だった。「でも、お金のほうは大丈夫なの？」

「ちょっと計算してみた。突然ひらめいたんだ」

「何が？」

彼は天井を指差した。「二階に空き部屋がたくさんあるだろ。ささやかな給料のかわりに部屋と食事を提供しようと思ってる」

「それはいいアイディアね」

「ああ」彼はコーヒーを飲んだ。「そんなことを考えてたら、〈月刊ビール職人〉に広告を出したらいいんじゃないかとふと思いついてね。同じ条件でビール職人の見習いを雇ったらいいんじゃないかと」

「うん。すごくいいかも」

「あのスペースを全部無駄にするなんてもったいないだろ。使えばいいじゃないか」

「確かに」そのとき、ある考えが頭に浮かんだ。〈デア・ケラー〉にいたとき、醸造所の中を案内するツアーは人気で、希望者にはつねにキャンセル待ちをしてもらう状態だった。昔B&Bとして使っていたここの部屋の一部を改装して、ビールづくりの舞台裏を楽しむ客をもてなしたらいいかもしれない。レブンワースで頻繁に開かれるお祭りの期間なら、まちがいなく客は入るだろう。また、ビールの愛好家なら、本物の醸造所に宿泊できる機会に飛びつくにちがいない。わたしはそのアイディアをギャレットに売り込んだ。

「驚いたな、スローン。ゆうべは薬を飲まされて殺されかけたっていうのに、もうこんなアイディアを思いつくのか。信じられない人だ」

「わたしのアイディア、気に入ってくれた？」

「もちろん」彼は立ちあがり、厨房の引き出しを探った。メモ帳と鉛筆を持って戻ってきたかと思うと、早速二階の間取りについて計画を練りはじめた。二部屋を〈ニトロ〉の従業員用に当てても、四部屋あまる。

「ビールのテーマごとに部屋を飾ったらどうかしら？　パカーアップ宮殿とかボトル・ブロンド小屋とかに泊まってもらうの」

ギャレットはメモした。「完璧だ。これで収入もうんと増える。どうしてもっと早く思いつかなかったんだろう？」

わたしは肩をすくめた。昨日ミッチェルを殺した犯人を見抜けなかったとき、わたしも同じことを思ったのだった。

〈ニトロ〉の部屋を宿泊客に貸し出す計画について大まかに話し合ったあと、ギャレットはわたしに帰宅するよう言った。わたしもさほど抵抗しなかった。疲れ切っていたうえに、アレックスに会うのが待ち切れなかったから。

家に戻ると、サリーのファイルを寝室にしまって、熱いお風呂にゆっくり浸かった。午後になってから、私道を入ってくる車の音が聞こえた。

アレックスだ！

わたしは急いで彼を出迎えにいった。彼には連れがいた。クラウス家が一家勢ぞろいでマックのSUVからぞろぞろ出てきた。オットーにウルスラにハンスにアレックス。「みんな、何してるの？」

ハンスはピンクのスターゲイザーリリーと黄色のチューリップの花束を抱えていた。オットーはタッパーウェアの入った箱を持ち、アレックスは明るい色の風船の束を握っている。

「スローン、ゆうべのことは聞いたわ。夕食とお気に入りのビールを持ってきたの」ウルスラはそう言って、杖の力を借りながら足を引きずるように近づいてきた。

胸がいっぱいになった。家族とはこういうものだ。

「母さん、なんで電話してくれなかったんだよ？」アレックスは走ってきてわたしに抱きついた。風船がわたしの頭に当たって髪の毛が逆立った。

わたしは彼の髪をくしゃくしゃにして息子をきつく抱きしめた。「電話したらどうしてたの？」

「先生に言って早く帰らせてもらったのに」彼も抱きしめ返してきた——強く。ひょろ長い息子の体がこっちに倒れ込んできた。

「この子ったら。できることは何もなかったわよ」わたしは彼の頭のてっぺんにキスをした。

アレックスは体を離してわたしに風船を差し出した。「無事でよかった」声がうわずっていた。

「うん」そう言って、また息子の頭のてっぺんにキスをした。「でもね、あなたのおかげなのよ」

「何が？　ぼくはその場にいなかったですけど！」

「ええ。けど、薬が効いてきたとき、ずっとあなたのことを考えてたの。無理矢理意識を集中させてた。アレックスのおかげで正気でいられたのよ」

彼はまた体を寄せてきてもう一度ハグし、そのあと家に入っていった。気のせいかもしれないが、目から涙を拭うのが見えたような気がした。

マックはウルスラが玄関の階段をのぼるのを手伝い、そのまま中に入ってキッチンの火をつけた。まもなくドイツの酢漬け肉の煮込み料理《ザウアーブラーテン》のおいしそうなにおいが部屋に充満した。今まで何度もしたのと同じようにみんなで食卓を囲み、ウルスラがつくった昔ながらのサンデーローストと赤キャベツを食べた。ハンスはアップル・ヴァイツェンを開け、肉やチーズ、ピクルスののったプレートをみんなに回した。家族と一緒に食事をとっているうちに、自分の過去やミッチェルの殺人事件のことは頭から消えた。実の親を探す旅がどこへ行きつくかはわからないけれど、これがわたしの家族だ。何があってもそれは変わらないだろう。

訳者あとがき

ドイツのバイエルン地方に似たのどかな町並みが広がるアメリカのレブンワース。ここはビールで有名な観光地だ。新しくオープンした小さなビール醸造所兼《じょうぞうじょけん》パブ〈ニトロ〉で働くビール職人のスローン・クラウスは、ビール業界最大のお祭り、オクトーバーフェストをまえに忙しい日々を過ごしていた。そんなとき、ビールを題材にしたドキュメンタリー映画を撮りたいと、俳優のミッチェル・モーガンと撮影チームがレブンワースへやってくる。大御所然として振る舞うミッチェルに、眉をひそめる撮影チームのメンバーと町の人々。そして、オクトーバーフェスト開幕前夜、ミッチェルが会場近くで死んでいるのが見つかる。彼を殺したのは、この平和な町の住民なのか？　スローンは新作ビールの開発と料理に精を出しながらも犯人を探る。

前作『ビール職人の醸造《じょうぞう》と推理』に続くシリーズ第二弾をお届けします。町で一番大きなビール醸造所兼パブ〈デア・ケラー〉で夫とその両親とともに働いていたスローンでしたが、夫の浮気問題もあり、今は〈ニトロ〉で経営者のギャレットと日々ビールづくりに励んでいます。ふたりがつくる、おいしそうなビールや料理といったら。中でも、訳者が興味を引かれたのは、さまざまなフルーツやナッツを組み合わせて開発されるビールです。本作のシーズンはちょうど秋で、リンゴやサクランボを使ったビールが登場しますが、次のクリスマスシーズンに向けても、スローンとギャレットは奇想天外なビールを試作しています。えっ、そんなものまで使う？　と、思わず突っ込みたくなるような食材の登場に、目を瞠《みは》ってしまいました。それがどんなものかは、読んでのお楽しみに。

また、スローンが積極的にビールを料理に活用しているところも新鮮でした。前作では、黒ビールを使ってデザートのチョコレート・スタウト・ブラウニーをつくっていましたが、本作でも料理にビールが使われています。スローンが生み出す料理は、それほど手が込んでいないにもかかわらずとてもおいしそうで、いつか自分も試してみたいと思うものばかりです。

スローンと一緒になって新作のビールを開発したり、客に出すおつまみをつくったり、どうやって新規客を呼び込もうかと考えたりしているような気になれるのも、本作の魅力ではないでしょうか。自分のアイディアがそのまま仕事に反映され、しかもそれを喜んでくれる人がいるというのは、読んでいるだけで気持ちがいいものですね。お仕事小説の醍醐味だと感じました。

そして、本作の舞台は、ビール好きなら一度は足を運びたいオクトーバーフェストがおこなわれるレブンワースです。作中で自称レブンワースの大使、エイプリル・アブリン（この人、面白くて嫌いじゃないです）も言っていますが、〝オクトーバーフェストを楽しみにくるなら、本場のミュンヘンに次いでここが一番〟だそう。実際、レブンワースのオクトーバーフェストの公式ホームページ（https://www.leavenworthoktoberfest.com）にもそう書いてあります。ホームページを開くと、二〇二〇年のオクトーバーフェスト開幕（今年は十月二日と三日の週末から三度の週末にわたって開催されるそう）までのカウントダウンがすでに始まっていて、あと何日何時間何分何秒と細かく表示されていてびっくりしました。それだけ町を挙げての一大イベントなのですね。本作でも、その盛りあがりぶりは存分に描かれています。

著者のエリー・アレグザンダーは、本書の舞台と同じアメリカ太平洋岸北西部の出身です。お菓子づくりが趣味で、このシリーズのほかに〈ベイクショップ・ミステリ・シリーズ〉という、焼き菓子店を舞台にしたコージー・ミステリも執筆していて、そちらは現在十作を超えて出版されています。別名義ケイト・ダイアー・シーリーでも小説を書いていますが、地元愛が深く、どの作品でも舞台は決まってアメリカ太平洋岸北西部だとか。本シリーズのレブンワースの風景描写も実に鮮やかなので、なるほどと思いました。ちなみに本シリーズは、三作目*Beyond a Reasonable Stout*が二〇一九年十月に本国で刊行されています。

孤児として里親のもとを転々としながら育った主人公スローンの出自の謎についても本作で新たな展開を迎えます。殺人事件の捜査と併せてぜひお楽しみください。

検印
廃止

訳者紹介 東京外国語大学卒。英米文学翻訳家。訳書にブランドン『書店猫ハムレットの跳躍』、アレグザンダー『ビール職人の醸造《じょうぞう》と推理』、エルヴァとストレンジャーの共著『7200秒からの解放』、ブルーム『モリーズ・ゲーム』などがある。

ビール職人のレシピと推理

2020年4月10日　初版

著　者　エリー・
　　　　アレグザンダー

訳　者　越《お》　智《ち》　睦《むつみ》

発行所　(株)　東京創元社
代表者　渋谷健太郎

162-0814/東京都新宿区新小川町1-5
電　話　03・3268・8231-営業部
　　　　03・3268・8204-編集部
URL　http://www.tsogen.co.jp
フォレスト・本間製本

乱丁・落丁本は、ご面倒ですが小社までご送付ください。送料小社負担にてお取替えいたします。

©越智睦　2020　Printed in Japan

ISBN978-4-488-11708-5　C0197

新作のクラフトビール、美味しい料理、そして事件

DEATH ON TAP◆Ellie Alexander

ビール職人の醸《じょう》造《ぞう》と推理

エリー・アレグザンダー
越智 睦 訳 創元推理文庫

◆

南ドイツのバイエルン地方に似た風景が広がる、
ビールで有名なアメリカ北西部の町・レブンワース。
町で一番のブルワリーを
夫とその両親と切り盛りするわたしは、
幸せな日々を過ごしていた
——夫の浮気が発覚するまでは。
わたしは家から夫を追い出し、
新しくオープンするブルワリー兼パブで働くことに。
新作のクラフト・ビールや、
ビールに良く合うとっておきの料理が好評で、
開店初日は大盛況。
しかし翌朝、店で死体を発見してしまい——。
愉快で楽しいビール・ミステリ登場！

ニューヨークの書店×黒猫探偵の
コージー・ミステリ！

〈書店猫ハムレット〉シリーズ

アリ・ブランドン◎越智 睦 訳

創元推理文庫

書店猫ハムレットの跳躍
書店猫ハムレットのお散歩
書店猫ハムレットの休日
書店猫ハムレットのうたた寝
書店猫ハムレットの挨拶

ミステリ作家の執筆と名推理

Shanks on Crime and The Short Story Shanks Goes Rogue

日曜の午後は ミステリ作家と お茶を

ロバート・ロプレスティ

高山真由美 訳　創元推理文庫

◆

「事件を解決するのは警察だ。ぼくは話をつくるだけ」そう宣言しているミステリ作家のシャンクス。しかし実際は、彼はいくつもの謎や事件に遭遇し、推理を披露して見事解決に導いているのだ。ミステリ作家の“お仕事”と“名推理”を味わえる連作短編集！

収録作品＝シャンクス、昼食につきあう，
シャンクスはバーにいる，シャンクス、ハリウッドに行く，
シャンクス、強盗にあう，シャンクス、物色してまわる，
シャンクス、殺される，シャンクスの手口，
シャンクスの怪談，シャンクスの牝馬《ひんば》，シャンクスの記憶，
シャンクス、スピーチをする，シャンクス、タクシーに乗る，
シャンクスは電話を切らない，シャンクス、悪党になる